關山萬里情

王貽蓀、杜潤枰戰時情書與家信

（二）

Love Letters and Family Letters

Wang Yi-sun and Tu Jun-ping on the Home Front

Section II

民國日記｜總序

呂芳上
民國歷史文化學社社長

　　人是歷史的主體，人性是歷史的內涵。「人事有代謝，往來成古今」（孟浩然），瞭解活生生的「人」，才較能掌握歷史的真相；愈是貼近「人性」的思考，才愈能體會歷史的本質。近代歷史的特色之一是資料閎富而駁雜，由當事人主導、製作而形成的資料，以自傳、回憶錄、口述訪問、函札及日記最為重要，其中日記的完成最即時，描述較能顯現內在的幽微，最受史家重視。

　　日記本是個人記述每天所見聞、所感思、所作為有選擇的紀錄，雖不必能反映史事整體或各個部分的所有細節，但可以掌握史實發展的一定脈絡。尤其個人日記一方面透露個人單獨親歷之事，補足歷史原貌的闕漏；一方面個人隨時勢變化呈現出不同的心路歷程，對同一史事發為不同的看法和感受，往往會豐富了歷史內容。

　　中國從宋代以後，開始有更多的讀書人有寫日記的習慣，到近代更是蔚然成風，於是利用日記史料作歷

史研究成了近代史學的一大特色。本來不同的史料，各有不同的性質，日記記述形式不一，有的像流水帳，有的生動引人。日記的共同主要特質是自我（self）與私密（privacy），史家是史事的「局外人」，不只注意史實的追尋，更有興趣瞭解歷史如何被體驗和講述，這時對「局內人」所思、所行的掌握和體會，日記便成了十分關鍵的材料。傾聽歷史的聲音，重要的是能聽到「原音」，而非「變音」，日記應屬原音，故價值高。1970年代，在後現代理論影響下，檢驗史料的潛在偏見，成為時尚。論者以為即使親筆日記、函札，亦不必全屬真實。實者，日記記錄可能有偏差，一來自時代政治與社會的制約和氛圍，有清一代文網太密，使讀書人有口難言，或心中自我約束太過。顏李學派李塨死前日記每月後書寫「小心翼翼，俱以終始」八字，心所謂為危，這樣的日記記錄，難暢所欲言，可以想見。二來自人性的弱點，除了「記主」可能自我「美化拔高」之外，主觀、偏私、急功好利、現實等，有意無心的記述或失實、或迴避，例如「胡適日記」於關鍵時刻，不無避實就虛，語焉不詳之處；「閻錫山日記」滿口禮義道德，使用價值略幾近於零，難免令人失望。三來自旁人過度用心的整理、剪裁、甚至「消音」，如「陳誠日記」、「胡宗南日記」，均不免有斧鑿痕跡，不論立意多麼良善，都會是史學研究上難以彌補的損失。史料之於歷史研究，一如「盡信書不如無書」的話語，對證、勘比是個基本功。或謂使用材料多方查證，有如老吏斷獄、法官斷案，取證求其多，追根究柢求其細，庶幾還原

案貌，以證據下法理註腳，盡力讓歷史真相水落可石出。是故不同史料對同一史事，記述會有異同，同者互證，異者互勘，於是能逼近史實。而勘比、互證之中，以日記比證日記，或以他人日記，證人物所思所行，亦不失為一良法。

從日記的內容、特質看，研究日記的學者鄒振環，曾將日記概分為記事備忘、工作、學術考據、宗教人生、游歷探險、使行、志感抒情、文藝、戰難、科學、家庭婦女、學生、囚亡、外人在華日記等十四種。事實上，多半的日記是複合型的，柳貽徵說：「國史有日歷，私家有日記，一也。日歷詳一國之事，舉其大而略其細；日記則洪纖必包，無定格，而一身、一家、一地、一國之真史具焉，讀之視日歷有味，且有補於史學。」近代人物如胡適、吳宓、顧頡剛的大部頭日記，大約可被歸為「學人日記」，余英時翻讀《顧頡剛日記》後說，藉日記以窺測顧的內心世界，發現其事業心竟在求知慾上，1930年代後，顧更接近的是流轉於學、政、商三界的「社會活動家」，在謹厚恂恂君子後邊，還擁有激盪以至浪漫的情感世界。於是活生生多面向的人，因此呈現出來，日記的作用可見。

晚清民國，相對於昔時，是日記留存、出版較多的時期，這可能與識字率提升、媒體、出版事業發達相關。過去日記的面世，撰著人多半是時代舞台上的要角，他們的言行、舉動，動見觀瞻，當然不容小覷。但，相對的芸芸眾生，識字或不識字的「小人物」們，在正史中往往是無名英雄，甚至於是「失蹤者」，他們

如何參與近代國家的構建，如何共同締造新社會，不應該被埋沒、被忽略。近代中國中西交會、內外戰事頻仍，傳統走向現代，社會矛盾叢生，如何豐富歷史內涵，需要傾聽社會各階層的「原聲」來補足，更寬闊的歷史視野，需要眾人的紀錄來拓展。開放檔案，公布公家、私人資料，這是近代史學界的迫切期待，也是「民國歷史文化學社」大力倡議出版日記叢書的緣由。

導讀

高純淑

天主教輔仁大學歷史系兼任教授

　　中國抗日戰爭史的研究，過去多著重於軍事、外交、政治、經濟的領域，作為研究素材的個人日記、回憶錄、口述訪問，也大都集中於軍政領導階層。近年來學界對庶民生活史的研究日趨重視，咸認戰時平民百姓的生活圖像是很值得開發的議題。過去對國計民生、政經制度等的「公領域」研究已具相當成果，屬於個人「私領域」的情感或心靈部分，隨著日記和書信的公開，實可提供研究者新的議題和趨向。民間私藏史料，往往隱而未現，不易獲得，「王貽蓀藏王府、杜府信件」的出現，極屬難得，宜加珍視。

　　2005 年 12 月，王正華博士在中央研究院近代史研究所主辦的「戰爭與日常生活（1937-1945）」學術研討會中，發表〈烽火渝筑情——情書中的戰時生活〉，首次運用其父親王貽蓀與母親杜潤枰在抗戰後期（1944-1945）交往的信件做材料，初探大後方一般人的戰時生活。2008 年 9 月，王博士再次發表〈關山萬里情——家書中的戰時生活（1937-1945）〉（《國史館學術集刊》第 117 期），透過王、杜兩家戰時往來書信，見證戰爭下淪陷區與大後方的生活。嗣後計畫繼續運用「王貽蓀藏王府、杜府信件」，探討其他議題，惜

英年早逝，未能如願。

　　「王貽蓀藏王府、杜府信件」包括江蘇省江陰縣祝塘鎮王、杜兩個家族於抗戰期間往來的書信，烽火連天中「家書抵萬金」，王、杜家庭成員有的留在家鄉，身陷淪陷區，如王貽蓀之父王仲卿，叔王贊卿、王采卿，族叔王湘卿、王雪卿，與幼妹王芸芳、王芸芬，幼弟王穎蓀，杜潤枰之父杜志春及兄杜鑑枰、幼妹杜鑑玉等。部分兄弟姊妹則奔往大後方，輾轉流徙於湘、豫、鄂、滇、黔、川各省，到1944年分別暫居四川重慶（王貽蓀）、雲南昆明（王桐蓀與陳偉青夫婦）和貴州貴陽（杜潤枰、徐敏生與王月芳夫婦）。書信的內容，有父親對兒女的期望與關注、兄弟姊妹之間的友愛互助，和青年男女在戰火中結緣的戀情，顯示同鄉親族的人際網絡在戰爭中的維繫，他們的命運和戰爭的發展息息相關。從書信的內容，足以追尋他們在八年抗戰中的行蹤和經歷，勾勒出淪陷區江陰祝塘的圖像，與到大後方的子弟各自歷經烽火下的人生旅程。

　　這批珍藏七十年的信件中，大半是王貽蓀與杜潤枰從通信到訂婚、到團聚、到結婚的「情書」，時王住重慶，先後任職於軍隊黨部、三青團部；杜住貴陽，職務是郵局郵務員，兩人自1944年談戀愛，至1945年抗戰勝利那年的中秋（9月20日）正式結婚。王貽蓀致杜潤枰的信始於1944年1月20日，止於1945年10月26日；杜潤枰致王貽蓀的信始於1944年1月30日，止於1945年9月4日。兩人魚雁往返密切，幾乎是一天一封信，最高紀錄是一天三封，有時是兩地同發。「情書」

應該是屬於個人的「私領域」，原本不適公開，惟其翔實書寫所見所聞，並記錄其心路歷程，內容勾勒出抗戰時期的真實人生，藉個人的生命史反映大時代的故事。除顯示抗戰時同鄉親誼的人際網絡的重要，亦透露小百姓的戰時生活，從柴米油鹽到日常娛樂的種種面向。信中更提及郵政制度的運作、調職與轉任的周折、援華盟軍的討論，在在可供研究戰時政治、社會、經濟者參證，深具歷史意義，故不能以一般情書觀之。

　　「王貽蓀藏王府、杜府信件」由王貽蓀集之於重慶，抗戰勝利後，由重慶帶至南京，1949 年大陸變色，又由南京遷至臺灣高雄而臺北，轉徙於大江南北，歷經還鄉、渡海，多次搬遷，迄今七十餘年而留存完好，實屬不易。

　　民國歷史文化學社徵得王貽蓀家屬同意，將王貽蓀保存書信併同日記交付整理出版，書信部分定名為「關山萬里情：王貽蓀、杜潤枰戰時情書與家信」，第一冊蒐羅王貽蓀寄出的信函，除三、五件寄與徐敏生、王月芳夫婦外，其餘皆為與杜潤枰交往的「情書」。第二冊為杜潤枰發出函件，受信者皆為王貽蓀。其餘為親友函件，發信地點遍及江蘇江陰、湖南長沙、湖北恩施、廣西桂林、雲南昆明、貴州貴陽、四川重慶和上海等地，包括王仲卿致王桐蓀、王貽蓀兄弟的信，王桐蓀、陳偉青夫婦和王貽蓀、王芸芳之間的通信，杜志春與杜潤枰的通信，以及其他親屬友人函件。惟王貽蓀僅能保存其收到及王桐蓀轉來之家書，自身寄發之書信則已散佚，無法相互參照，殊為可惜。

人世間固有醜陋的一面，但更多的是善良、誠摯與溫情。戰火中數百封情書與家信，熊熊的戀情與真摯的家庭關愛，躍然紙上，道盡了離亂中人生的至性、至情。這些信函，除了作為史料外，一般人讀過之後，也很難不為之動容。

收發信人介紹

王貽蓀
王仲卿次子、王桐蓀之弟，抗戰初期
遷往後方，後任職於重慶黨部組織。

杜潤枰
杜志春長女，抗戰初期往後方求學，
於貴陽國立第三中學高中部畢業，
後在貴陽郵局供職。

王桐蓀、陳偉青夫婦
王貽蓀之兄嫂，
抗戰期間分途遷往昆明。

徐敏生、王月芳夫婦
王貽蓀之堂姊夫婦。
王月芳為王采卿之女，
於抗戰初期前往後方，
輾轉落腳貴陽成家。

王仲卿
王貽蓀之父，在祝塘經營南北雜貨店。

　　王芸芳　　　　王芸芬　　　　王穎蓀
王仲卿子女、王貽蓀之弟妹，在祝塘。

陸含章
王芸芬之夫，
1944 年結褵。

杜志春
杜潤枰之父，在祝塘經營南北雜貨店。

杜鑑枰
杜潤枰之兄、王貽蓀之小學同學，在祝塘。

杜鑑瑜　杜鑑玉　杜敏玉
杜志春子女、杜潤枰之弟妹，在祝塘。

王湘卿
王貽蓀之族叔，在祝塘。

王雪卿
王貽蓀之族叔，在祝塘。

王軼卿
王貽蓀之族叔，抗戰中期赴後方求
學，後任盟軍翻譯官，復員後任職
於善後救濟總署蘇寧分署。

王文元
王貽蓀之族兄弟。

王鶴亭
王貽蓀之同鄉，抗戰期間與其妻徐
志英分途遷往後方。

陳祝三
陳偉青之弟、王桐蓀之內弟。

陳祝平
陳偉青之弟、王桐蓀之內弟。

陳祝和
陳偉青之弟、王桐蓀之內弟。

陳壽昌
王貽蓀之同學與同鄉，復員後娶其
妹王芸芳。

柳克述
王貽蓀參加戰時工作幹部訓練團第一團時之長官。

翁思信
王貽蓀之上司與同鄉,與杜潤枰亦相熟。

徐作霖
字雨蒼,王貽蓀之中學老師,抗戰期間遷居貴陽。

華欽文
王貽蓀之姻族長輩。

黃克誠、李俊彬夫婦
王貽蓀之友人夫婦。黃克誠為王貽蓀之同鄉與摯友,抗戰期間遷居後方,於重慶結婚。

黃鑑璋
王貽蓀之同鄉、王軼卿之中央大學同學,抗戰末期赴印度。

楊燕廷
王桐蓀之同學、王貽蓀之友人、杜潤枰之高中老師。

賈漢儒、楊育興、郁文祺、駱駿
王貽蓀之同事。

周傑超、李向樸、周希俊、毛鳳樓
王貽蓀之友人。

1944-1945 年親屬散居各地情形

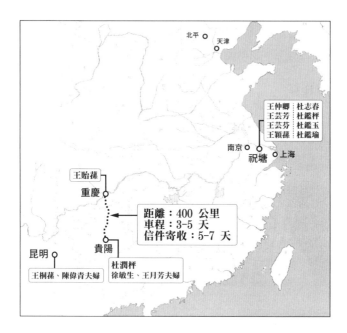

編輯凡例

一、本書收錄王貽蓀先生所藏1938 至1953 年間書信，
　　均依發信人分類，再依時序排列，標題統一使用
　　西曆記年。

二、原件已有標點者予以保留，若無則加具標點。

三、為保留原意，錯字、漏字、贅字等均不予更動，
　　異體字、俗寫字一律改為現行字，至挪抬、平抬
　　等書寫格式，一概從略。

四、無法辨識文字以■表示，原件破損之文字則以□
　　表示。

五、信中如有收件人加註文字，以加劃底線標示。

目　錄

致王貽蓀函（1944 年 1 月 30 日）

貽蓀姻兄：

接讀來書，至為欣喜。只身流落，得知親友信悉，其樂無以言狀。月芳姊自長沙別後，音信久隔，家父曾告以昭宗祠，妹無法探得詳細住址。今得悉之下，恨一晚之難度也，於明晨即訪。

曾有一信寄奉翁思信先生，此乃未知吾兄之詳情，故無問候，此請原諒。

在校中情形頗不合意，願服務半年，暑期投考他校。詳情待後告，敬祝

公安

妹潤枰上

元月卅日

一月廿四日覆。

貴陽六廣門外國立貴陽醫學院。

致王貽蓀函（1944 年 4 月 21 日）

貽蓀姻兄：

聆悉手書已久。因離校以來，生活頓形窘困，求事安職更為費盡心計。至今仍於飄流不安之情態中，幾欲返鄉，由同學等勸阻。當初離校時均有職方退學，事後全為事中人情之關，妹因此大吃其虧。又若有一至親相關之職，亦為佳些，無奈妹無一親人，現又流離。至一位武進人寡婦，帶三小孩，任職電廠，暫住於此。欲將膳費以月擔任，待得便車向渝市一走，則較同學親友為多。未識吾兄代妹之設想之法又何如，盼告一二。

再告月芳姊處，當妹未離校時曾訪晤數次，及至向芳姊借洋叁百元，終未得手奉還，竟遲至今日仍未晤及。芳姊於私心忖度實難見，芳姊若能諒妹此過，則妹於最近中必去見釋念。此乃妹少識世情，使芳姊惦念於身，將此一言請吾兄提及於芳姊前，實出妹之無奈也。

又翁先生及夫人前此次不另函告，亦祝近安。請得暇常賜佳音為盼，敬祝

安康

　　　　　　　　　　　　　潤枰手上

　　　　　　　　　　　　四月二十一日夜

　　賜出處：貴陽水口寺貴陽電廠董增華轉交。

　　？廿八日即覆。

致王貽蓀函（1944 年 5 月 5 日）

貽蓀姻兄：

四月廿八日來書敬悉。月芳姊處已於前日去訪矣，相見之下歡樂異常，見芳姊為生活勞碌之苦，真是萬感於心。妹於四月中旬投考初級郵務員，試題大概可無問題，大約於本月中旬可知消悉。若能錄用，則妹暫不續學，先工作後再作計議。然郵局工作可無宿舍可寄居，此實一最大問題。故赴渝上否待本月中後再函告，吾兄或代為渝市找一小職以謀棲身。至於工作，以靜為宜，學校課程方面以數學、常識、自然等可擔任，除去勞作、音樂、體育、國文、英文等不願擔任。

今居董先生處可稱舒適，亦方便，此可請勿念。

家中少見妹信，實為不安。生活所累，故無暇作書。彼等為妹之苦心，實無以言狀，惟有努力前途不苟且，及時策勵，致不使失望為佳。將目下所遭竭力忍受，能忍厄運，諒亦能任大事，惟以此聊作自慰之念。餘不勝述，欲待下次補訴，即祝

公安

妹潤枰手上

五月五日

來信仍寄水口寺，貴陽電廠董增華先生轉。

五月九日收，即覆。

一、告克誠兄可設法工作。

二、請敏生代買便車。

三、千元收到否？

四、郵務員亦可。

五、來渝否自決可到。

致王貽蓀函（1944 年 5 月 12 日）

貽蓀姻兄：

　　今收到由陳國楨先生代匯來之款，九號自董先生交來，並將收據附上寄尊府，由舍下清付此款。

　　郵局第一試已通過，今傳第二試（口試）於十五號舉行。妹已有一位股長應允能將工作分派於住宿較近之處，若能實行，則月芳姊處距離最近，月芳姊每日辦公必經之路，若此妹歡欣極矣。欲赴渝市恐不能成，能有安定長久之工作做，亦算幸事。

　　翁先生及夫人、公子等均代問候，妹不欲多述。即頌

頌

安康

妹潤枰手上

五月十二日

附件——收據

今收到

貽蓀姻兄轉匯洋乙千元正（五月九日收）。此據。

杜潤枰立

五月十二日

五月十七日收、覆。

致王貽蓀函（1944 年 5 月 23 日）

貽蓀姻兄：

今妹僥取郵局為乙等郵務員資格，工作尚未派定，俟派定後續告工作詳情可也。於報戴謂今暑雖各校招收新生，惟暫不開班，因本屆畢業生需服務一年，如吾等投考學校，又將停學一年矣。妹幸取郵局工作，可暫為安業，投考學校事則付之泡影。

月芳姊處因時間難合，故妹又多時不見，芳姊欲於本星期六下午敘晤。

接家鄉來信稱瘟疫盛行，又用迷信之法，化費實不知。醫學衛生，思之痛惜，彼愚民永遠無法挽救。今雖蹣辱敵人手下，恐仍迷離享受。

餘不多述，敬祝

安康

　　　　　　　　　　　　　　妹潤枰謹啟

　　　　　　　　　　　　　　五月二十三日

五、卅日覆。

致王貽蓀函（1944 年 6 月 5 日）

貽蓀姻兄：

在月芳姊那裡提到我少給你寫信，本來回到住處就想寫信，因為有意外事端，性情少寧，直擱置到現在。接到你五月卅日信稱譽投考郵局事，其實這也是偶然的一試，功課已經有三、四月沒有好好溫習，完全是目下程度一般的降低，僅能算僥倖錄取。工作還沒有派定，要經過對保人，同時得繳納四十，相片三張，到九號相片方能取回相片。大概在七月前，無論怎樣總可得到工作。

生活一切都好，尤其董先生待我的摯誠，無意中成為我的一個保護者，捨身助人的精神，處處為我單獨人著想，不使我吃虧。她用坦白真誠的精神愛護我，所以我有任何立意都得同她商定，這次對於董先生的款待我，當然我當永遠記牢不忘。

所說溫習功課參加高考，不知在何時舉行？想到你能自己努力，必有可觀的成績，前途真無可限量。回念家兄不能忍受吃苦的生活，至今仍舊躲在家中，再無希望。再說我們家鄉的教育程度非常低落，目前社會上能佔有一地位者，簡直寥寥，要改善鄉內，惟有提高教育水準。餘不多述，敬祝

近好

妹潤枰覆

六月五日

附件——杜潤枰簡歷

姓名：杜潤枰

性別：女

籍貫：江蘇江陰

年齡：二十二

學歷：國立貴陽醫學院肄業

國立第三中學高中畢業

六月十一日覆。

致王貽蓀函（1944 年 6 月 18 日）

貽蓀姻兄：

五月十七日與六月十一日兩書，僅隔二日相率收閱。關於郵局工作之分派尚未定妥，其對保事時日俟的較長，並待局內缺額相補，是故至今仍居董先生處。報告翁先生之書，待工作後再告詳情，既承思信夫婦之稱譽，實不敢當。妹自離家後一年後方醫院之生活，及只身空奔銅仁三中，參加初三插班生考試，可謂待之惶急焦慮。幸受錄取，四年來之攻讀，天祐尚未一日病痛。去年來筑參加統考、會考，以及夏令營受訓，進入貴醫學院。歷年來所受家庭給與之負擔極為微少，雖有鄉親之轉匯款事，從未受相繼不斷之匯劃，三月、半年寄來錢一次是常事，亦不願向人啟齒，待需要匯劃之人家是為取用對象。今吾兄能再代劃或籌之摯意，妹深為感激，若吾兄目下有餘款，並需劃匯至府上，則妹尚再需款應用，否則妹乃保持原有習慣。

　　家中已久無來信，今戰事吃緊，湘北家音又得阻斷。於昨晚十一時，筑市有空襲驚報，一小時後始解除。餘不待言，即祝
公安

妹潤枰敬覆
六月十八日夜

六、廿五日覆。

時接月姊函詢對潤妹有無婚意，其云可但仍█，擬代劃三千元。

致王貽蓀函（1944 年 7 月 2 日）

貽蓀姻兄：

這樣的稱呼是為我們關係上的稱屬，固然如此稱來有俗化的樣子，我覺得根本還是不要脫離為好。超脫舊社會，當然以舊思想上曾有的長處為根基，而趨向優良的新社會。另外新的必然也有缺點，願先更正。這是我說到一般人的想法，祗知道有新即時麾，亦不分辨事非清白。我所略略見到目前有人如此的觀念，當然並非反對你所提議修正上說的，願你相信我這爽直的話一無他意。

能向同鄉處代劃是最好，因為我正急乎用錢。請你接洽妥後，不必匯出，我會來重慶的。你又說匯我的錢並未告訴家父，可是我希望還得取一次告一次，以免日後之混肴，在於我也已同樣寄回收據乙紙，要舍下奉還。

願我們都是從苦痛中得到快樂，由奮鬥尋求幸福，是抗戰給我們的工具，多麼難得的時機。

不過近日來因我沒有找妥適當的保人，僅一星期的時間，郵局為了時事的轉捩，有總局來命令，新考取郵務員不傳用的消息，所以又擱下來三星期之多。現在又有電覆請示，我等已交保單的如何處置？再等信悉，要是無法挽回，我又得向重慶跑的念頭。能夠再在首都觀光並晤見所有鄉友，恐怕精神上會更慰樂。

你寬慰我目下的心境，惕勵我如今的環境，我尚能堅忍耐煩，就是沒有前進英雄奮鬥的決心。到我一時消沈的時候，恐怕什麼也喚不起我的雄心，從新做人。要

是郵局工作無妥，我決心離開我目前所不願存留的環境，貴陽給我的命運沒有一件是如意的，幸虧所遇見的人都還知己，都還同情我。現在唯一的還是幸而有董先生的寬解同幫助，不使我陷入更痛楚的境遇，終至貴陽不是我安身地。

　　恕我一切言之不慎不卻，敬祝

康樂

　　　　　　　　　　　　　　　　妹潤枰手覆

　　　　　　　　　　　　　　　　七月二日

附件——收據

今於七月一日收到貽蓀姻兄處匯洋伍百元正。此據。

　　　　　　　　　　　　　　　　潤枰條

　　　　　　　　　　　　　　　　七月一日

七月九日覆。

致王貽蓀函（1944年7月12日）

貽蓀兄：

　　在七月七日正式的工作了，有兩天是收快信寫收據，現在正式派在匯兌部分，還是做些登帳、剪匯票輕鬆工作，以後當漸漸弄熟工作上的要領如何應付。

　　因饍宿問題，暫請求派二分局，每天早出晚歸到董先生處，中、晚飯是在月芳姊姊處吃。到月終如何的貼法，倒也難說，我想終以現在一般的情形來算。

　　家裡的信很久沒有收到，恐怕因中途停頓的關係。

　　這是我偷工作之暇寫的，別的不多述。即告

近好

妹潤枰手上

7 月12 日

信直寄筑大南門內郵局（即二支局）。

七月十七日覆。

致王貽蓀函（1944 年7 月17 日）

貽蓀兄：

七號進郵局工作，近月芳姊處，每天中、晚兩餐都是在月芳姊處共食，必然每天見面。十四號長學甥的週歲，敏生兄請假一日在家料理，請客是晚飯時吃麵。我最為抱歉的一點表示也沒有，在於月芳姊一定知道我不是不董禮節，乃是我這一時不能做人情，日後尚久長，再補送以盡禮數。長學甥已長的壯健活潑，就是頑皮，不停一刻。

舊日的那種叔叔、姑姑、嫂嫂等的稱呼，大概還是由於母親與兒童的接觸時長，一切習慣也從母親處學來。為了訓練兒童如何稱呼大人時加以引導教授，方便上的習慣，母親也漸漸稱起叔叔、姑姑來。這是以我的觀點來推測的，現在一般的原則上說來還是以舊例為根據。

郵局分局工作要較空閒些，學校裡讀的死功課這裡是用不著的，乘現在工作尚空，又得從新學習這裡應用上的技術。幸而碰到了一位江蘇人女同事，她進郵局年數有久，各方面都很熟悉。她待人極好，所以她常常願告訴我工作的方法，使我不致漫無頭緒。

　　劃款事如能接洽妥，我還是想使用，如果麻煩太多，我也可以就得菲薪支持。

　　希望我能做到與你所鼓勵的銘言。餘少寫，祝

健康

潤枰手上

7 月17 日

　　剛剛月芳姊同我談的，待我回水口寺找相片後再告你。

七月廿日覆。

致王貽蓀函（1944 年7 月20 日）

貽蓀兄：

　　給我15 號來的快信也收到了。在支局裡工作可覺得少忙，就是現在住同食的問題對於我是太嚴重了，目前雖然多跑兩次在月芳姊處吃飯毫無問題，就是住太為難了。郵局職業穩固，偏偏又是沒有宿舍，對於像我這樣單身的人如何去安排好呢？當寄人籬下為客時，惟有耐性忍受為最上策。一個人感情的厭抑亦得有一個限度，而我呢，永遠這樣忍氣吞聲的晏伏下去。蓀兄，我是忍受著多重的利害關係，為我暫時每晚的一宿，用我誠意來敷衍下去。當我們會面時，我想詳盡的述說給你聽，讓我也可以噓噓我久壓的心頭。願你能知道我，因為我值得向誰去說呢？我說了誰能明瞭我呢？我也曾夢想過將我日積用累下來的言語留在小簿子上回家給鑑哥看吧，到那時不過是大家歡敘樂融的空氣，決不會肯追

憶這些陳舊無價的東西了。爸爸呢，他除了慈愛的撫慰外，何必再增加他老人家多一陣的內疚呢？所以我現在不給他們知道我曾過過怎樣生活的。

我現今是多麼難處這種環境裡，同學明晰我目前的困厄，盡量向我勉慰，要我處以忍耐與敷衍，祗少得任事後的一、二個月。這是多麼痛苦的！為了答謝這數月（僅二月的食宿），如今是宿的恩情，得好好周旋下去。為了不損大局，大家的顧全計，所以我還得苦苦、還得受受。

月芳姊姊告訴我，說我們雖然有半年以來的通訊，對於各人的影像都是模糊得非常，既然大家近在咫尺的鄉親，還是大家不曾相識似的。現在我可以給你一個小相片看一看，就是太小，又是去年畢業時同同學合照的分洗下來，所以太小了。要是大家知道得清楚，還是像我與月芳姊每天見二次，可以更清楚。

郵政局就是貴陽沒有住宿，就是貴陽郵政儲金匯業局就有宿舍，一切待遇高過郵政局。其實是大家一個系統上的，又聽說重慶郵政總局裡是有宿舍的，要是我得到理想的調我到這種有宿舍的範圍去，那我是青雲中的幸福者了。

我收到家裡五月中的信，還附有桐蓀兄的信，現在我也寄給你吧。

以後信寄貴陽大南門郵局，我可以當天看到。

像有更多的話要說，可是無從說起，下次再續告吧。

敬祝

康樂

妹潤枰覆

7 月20 日晚

七月廿五日覆。

七月卅日再覆。

致王貽蓀函（1944 年7 月26 日）

貽蓀兄：

十七號及廿號發信都收到，錢是由徐竹霖先生處轉領的，徐先生亦教過你的是不是？他也很想看看月芳姊，他說與仲卿伯伯是很要好的，所以我與徐先生愈談愈熟悉，一個長者愛護幼小者的心最為切實。

要我代你辦的禮物，我當然能做到，不過在貴陽城裡，實在沒有什麼可買的，辦妥後再告你如何情形。

現在我有兩個疑想問你一聲的：「原諒我不能將禮物及給信你一樣的寄給月芳姊」，這一句話倒煞費我心思的。還有「回到水口寺的成績」，這我倒忘記了我是怎樣同你說的，你再肯提醒我一句嗎？這裡我要請你告我，並且原諒我這一時的糊塗，竟然絲毫想不起來。

我有一個感覺，這是很久就覺得了。天氣有兩種的變化，有一種是平靜溫和的清晨，朝陽漸漸上昇，就是陰濕天也是使人舒適的，不會厭煩、不會燥熱。還有一種是夜晚將來的暴風雨，都在這發生的，或者就是紅日將現的晚霞，多麼美麗嚴莊的暮景，但願有靜和晨曦配和著莊麗暮序。理想和事實，還有自然的循例，你看那一件可以由我們來支配嗎？

在我工作台的面對是一位江蘇小姐，她也還嚐過單

獨生活的味兒，現在她已能闔家住在貴陽，對於我目前的環境極其同情。工作上她是比較老練得多，我們很能相處，一點也不為難我，更能教我、指摘我，結果我也沉靜的應你所說「謙讓」來接受。

這是我在上班時寫得玩的。

每天爬坡下爬必得走一個半鐘頭在路上走的，天熱很難消受，幸而去年夏令營的晒要比這強得多。

別的下次寫，祝

康樂

妹潤枰手上

7 月 26 日

董先生看過你信後，說你是做黨務工作的人，你說這是怎麼知道的。

7、30 收。

致王貽蓀函（1944 年 7 月 29 日）

貽蓀兄：

二十四日發信收到。這次徐先生處所取叁仟元，我已致函家中還至徐府。據你說乃是由你匯我的，要是如此之說，我再另給信家中將此款還仲卿伯之處。最好仍請你告我明白，我不願由你匯我。

董先生是有一度救助過我，月芳姊也大概告你一點，幸而董先生的主張同激怒解決了我那件當時曾為難的事。在那時我曾寫好詳盡的一封信要告訴你的，後來也就覺得毋須要，所以也就沒寄你，到現在根本再無聲

息，也不必重提。可是此後呢？以及我已進郵局，董先生在感情上有「作用發生」，使我為難。那天給你說的完全為當時一刻兒的感觸，曾使我煩厭一切，所以發給你的信，我也糊糊塗塗的亂寫一陣。現在覺得我是不該早告訴你的，還是留著談談有勁些。但是董先生在為人上的確還是好的，沒有另外的煩擾，對於我仍照舊情。

　　要購的禮物待明天到城裡看看怎樣，結果當告你。

　　希望我能達到要在那裡，就能成功到那裡。我盡想能到重慶，因為我所親近的同學多，在貴陽祇覺悶人。不多寫，祝

好

潤枰於將下班時
7 月 29 日
5:10 時

8、1 收。

8、2 覆。

8、7 寄交通建設。

致王貽蓀函（1944 年 8 月 4 日）

貽蓀兄：

在陰曆 6 月 14 日是長學甥週歲，我們歡鬧鬧的吃麵。昨晚同去看電影，因太遲即在月姊處住一晚。我們在這裡當然是熱鬧親切的情況，同樣想到你處祇有欣慕我們現在的相敘，希望著有一天能有如我與月姊等今日的情景嗎？

偶然在我的簿子裡翻到了這個書籤，我就想到你有著繼續不斷的記日記，我願將此贈你，作為你每日目覩到牠，使你每日一見，你能珍藏著嗎？你的建議我可以照辦，能在最短時期中實現我希望，不過時會立即能寄你一看就好。

前次三仟元早就收到，由徐雨蒼先生處取用。他老先生很寂寞，常希望同鄉等相聚，也希望通信解悶。他仍記得你，你能常給他寫寫信嗎？通訊處「貴陽三民後街資委會運務處徐竹霖先生」。我已給信家裡直接還給徐先生家或仲卿伯伯處，任他們得到雙方正確通知再定。我將此錢作為家裡有對外任何用途再用，我可以不必此款，所以我仍保存著你今天所匯來 2000 元。我完全尊照你所提議的本意辦，你會感覺我這樣做會太固執了嗎？

重慶天氣太熱，這是一般的人從重慶來的消悉，像貴陽實在是避暑的好地方。有太陽時稍熱一點，一到晚上就涼意迫迫，棉被軟褥毫不感熱。貴陽天熱很可避暑，可是我想到重慶的心切，不知有什麼力量在，使我想到終要住在重慶去，貴陽沒有我可眷戀的念頭。

　　當過於熱的天氣，你可以休息納涼，你又何必定要午後一時給我信呢？尤其午後的溫度最高，就是體溫也是午後最高，我不希望你如此勤快的覆信，當有話須說的時候就說，不要一接到信就得必覆。因我見你一見我信就有覆信來，我早就深感到需要說的話真多，不知從何說起，還是慢慢來說吧。

　　關於住的問題，現在電廠廠長因湖南、桂林退下來的人多，有許多人來電廠住。廠長以員工宿舍不能留住賓客的旨意下了，我也是賓客之一，所以有不可能躭下去的情勢。反正我也想住離郵局近些的宿處，既然如此，等待情勢決定。水口寺不能留，月芳姊同敏生哥說過多次，很可以暫時在她們處留下。

　　與董先生處了三月多近四月，開始都抱著純潔的友愛互助，曾經過一度意外的紛擾，如今又是另一面目。固然董先生還是有過去的精神，而感情裡含有其他的意味。我也曾將你告過她，當然她可放心一點，可是已用不到我的時期開始了，我存留下來很有不得已的趨勢，我能早早安排好住處離這裡。

　　窗外皓月晴空，發電機聲沉重，點點燈火。惟有這燈下細音願送達至所向（董先生去城算工資，三小朋友均入睡），遠處亦有此景，實千里共嬋娟。待下次再告，即祝
晚安

　　　　　　　　　　妹潤枰於水口寺電廠宿舍
　　　　　　　　　　8 月4 日晚10 時

8、9收。

8、12、14覆。

致王貽蓀函（1944 年 8 月 8 日）

貽蓀兄：

　　首先得問你的就是由青木關或九龍鋪離你新橋地方都近嗎？你進城時至何處為最方便？我要請同學帶東西來，不知怎樣為妥便，所以要先問問你。

　　你又寄來的二仟元使我打不定主意倒底買些什麼，要是你能想得到的，也提供一點意見如何？關於你，我親自做一件襯衫給你好不好？這樣的紀念比較要切實些，你可不要先謝我，到做成的時候再說，可是我總必一定做到的。

　　工作上已有一月的觀察，大概可以捉摸得到。不過郵局裡工作是刻版式的，沒有困難處的，條件上還得有熟練的手法，這完全是經驗與習慣的合成，我必得好好努力。反正我有與世無爭的性格，這倒很有用處，你會不承認我這句話——與世無爭——的確我素性很久一直是如此，我也不知道是好是有壞。在同學之間就因為我是這樣的性情，一定要勸我學醫，現在進郵局，倒也極其相宜的。已經下班了，這次少寫，回水口寺後再給你寫。

　　祝

康樂

妹潤枰手上

八月八日

8、11 收。

8、14 覆。

致王貽蓀函（1944 年 8 月 8 日）

貽蓀兄：

　　今天曾發給一信。剛下班我同這位女同事至馬路上走一躺，也就順便買了送長學甥的禮。見一件紗線打的衣連褲，是短袖短褲，適應貴州氣候，亦很有樣子，我就買下了，價錢580，又加兩雙襪子200，共780 元，如再需要，以後仍可添購。讓我住宿安定，亦可以由我自己做，那是會順心所欲一點。一方面怕錢放在我身上，早遲要用光的，還是早早買就，就是對你的覆言，我也將無以可對的。如此買後，你還有意見嗎？我一定會給你做到的。

　　你給月姊的兩次信我都看到了，要我怎樣的答覆呢？在當時我極不自然的將另外的事扯開了，我們從此就不談了。我們最多是將你的情形提一提，並且關心著重慶氣候的難受，我又不會怎麼說，僅以這深默的精神自認。貽兄！你知道這兩地的情誼均是月姊給播下的啊！幸而董先生認事的精透，也曾給我引上幸福之途，我是素來感謝她的。此後她又因牽累了另外感情作用，所以有過一度給我冷漠而厭煩，我永遠抱定我忠誠懇摯的情愛，答謝她過去給我的恩情。現在她被我深感，如今還是很好一切的相關。讓我以後口述給你聽，使你有明瞭的一天，也可以代我剖白是非真善。

　　關於黨團工作應否的問題，在於我是站在團員之

內，說話負責任，可以包括一切的論端。有的人盡說不做，毫無責任心，並且借羊頭賣狗肉的玩意。靠黨團吃飯的無職業意志的人，真如和尚牧師的一類人，因為見到這種一類的人，真將一切有價值的東都蔑沒，反而引起一般人士的反感，所以就有分歧有異端，種種怪樣都出來。我最痛心的現在辦團務的太不能周密，常常發出惡端混濁，弄得我自己不願意說出我是團員的名義出來。團務再不澄清，前途終難發展，第一就不能泛收團員；第二不能以團員有諸多優越待遇過來引誘，這並非鼓勵；第三團員切實做到本份的職務，還有許多舉不勝舉，尤其黨務更不能使人提起精神。我曾聽到這次貴陽市黨員大會，唱國歌沒有聲音，呼口號無精神，簡直沒有人呼的這種退步的精神，真叫人急煞心。一些胡亂說的話，願你給我有更好的更正。

　　我前幾次寫的信，前後有些忘掉了，所以我問了你兩點。這小小的錯誤你會原諒我嗎？你會不生我的氣嗎？坦白真誠的給與，也該有坦白真誠的收穫。你能給我同樣的答覆，我惟以抱歉自愧。

　　我盡想著重慶的夢景，其實真到實現的夢景也不一定盡善的，可是我終不喜歡在貴陽。不多寫，夜很深，祝你

健樂

　　　　　　　　　　　　　　妹潤枰手上

　　　　　　　　　　　　　　8 月 8 日夜靜

8、12 收。

8、14 覆。

致王貽蓀函（1944 年 8 月 18 日）

貽蓀兄：

「交通建設」一書前兩日收到，你告訴我要去小溫泉旅行一信於昨日收到。本來昨晚即覆你，因我洗澡、洗衣到十二點以後方睡，所以我無法支持。祗有待今晨早從水口寺出來，坐到郵局裡來給你詳盡的訴述。

這幾天終想從水口寺搬出來住，時間精神太受損害了，我又何必省去幾個房租錢，去得到更大的消耗。無奈貴陽人口特增，房子太難找到，雖然月芳姊也盡量的設法，已有一月餘來，還是無望。以我的願望想在本星期日搬出水口寺。

「寧人負我，我不負人」這確是言，我們所受的折難也從這兩句話裡藉以自慰。在於我從這多方面人情間弊端的探討，使我更堅實的，處事做人能有久長的忍耐處，以平常的態度使對方能瞭解。可是我也因此而自己壓抑，竟然變成沉默，可是人情間的一些勢利情景，我將恨透。

當你很乏力的時候，為何必定給我支持著去寫信？在你沒有告我時，已有一星期多沒見你來信，月芳姊也是記掛著你沒有來信。我可不曾先給你信，因我怕有多打擾，你會原諒我不先給你信問你嗎？祗得等待著你有來信。這完全因你有工作忙，我不必有多煩你，此後我也會少這樣想的。

這次恕我還是不能給多寫。祝

康樂

潤枰手上
8月18日晨

致王貽蓀函（1944年8月18日）

貽哥：

想不到這無形之中使我們逐漸接近，述說著兩地的近況，使各人安慰，也因此而放心。本來我是已多日不見你信，疑慮著一些不關緊要的想法。當我見你12日信及前一日「交通建設」中一幀，使我放心，亦使我起了一陣無由的感覺——你要是實在無暇又何必定要給我信呢？在你疲乏時、在午後渝市的猛熱下，你還是不忘的給我寫信，你能答應我嗎？當你寫信時，等待空暇或溫涼時好嗎？

要談的事情盡可慢慢談，我能同意你。關於互相贈予近照，並非我小氣不能立即給你，因我沒有照。難道還不記得月芳姊問我後，不是將去年的陳物，不以為牠太小，還是給你看一看了。貽哥！你相信我，待我有後再給你。

做你以後的顧問，能看我能力所及，做出成績怎樣。我不敢這樣的答覆，原諒我如此說嗎？

我能諒解你給月姊兩信中的許多觀點，不過還太早說，你覺得這句話會使你異感嗎？我是直率的說給你聽，也打破了怕羞等的忸怩，因為我也討厭這種舉止的人。

真誠、諒解、互助，在朋友情誼聯繫唯一的要素，我在校中能有三、四位同學的互助合作，這是最大的收

效。要是楊燕挺先生還記得我們校中情形的話，他一定還會怕我們這一夥的勢力。楊先生是我高一上的組導師，高一下的及導師，因為他膽小怕事，小媳婦的樣兒，時常給我們弄得無法想。要是你問他，一定會告訴你一點關於我們幾人詳細的情形。校規很能嚴守，一種不合理的壓迫，我們是立即反抗與不妥協。他所以早走，也是與這一班導生很難合意。其實當他沒有做我們導師時，與我們很客氣，也請我們一班菜吃，錯誤完全在不諒解所引起的風波。

夜已遲，祝你

晚安

潤枰上

8月18日晚，又上

克誠同鄉的信，你代我有一個改正。如錯的太多就不寄去，能過意得去的就代轉去。

22 日收。

24 日覆。

致王貽蓀函（1944 年 8 月 23 日）

貽蓀兄：

八月十四日覆信已給你，今接續十八日來信，使我一口氣的讀下去，忘去了一切，我是迷惘了。

最先得告你的，月芳姊常在想你有來信的打算，可是並不見渴望的獲得，我固然亦略略的告月姊姊你述說的近況。

　　星期日的搬進城住沒有實行到，在這星期日無論若何我是得搬進城住了，過生活的不正常最能損害健康的，而且每天很疲的走到水口寺，不免還得再做一些事情才能安下來，才能提到筆寫幾個字。等到字寫的幾個，時間已要十一、二點鐘，這樣下去會影響我日後的幸福。所以我也不管房子弄就否，還是先到月姊處暫住，等待工匠的工作。

　　在於事業的根本觀念，還得依據黨團的精神為服務的樞組，祇能得黨團的精神，不能憑藉黨團為職業，你所主張的當然贊同。你職業的轉變不知指何轉變？在於我看起來做任何事情有恆的去幹，不敷衍做我應做的份內事，並能從中探討，求得節省時、物、精力等的科學方式處理。對於所要做的事，無有不成功的，我這樣的胡說，對嗎？

　　虛榮、欺騙、利誘，這種人對於人群的害處太大了，這樣的人等於腐敗的酵菌，怎樣的違害，其程度無法可測。

　　會計或教育，要接受你的修正這個說法，我倒有了一番沉重的深思。在於會計，我本想要去學的，並且徐雨蒼老先生也促我快搬進住，可以參加夜校補習，並能借書。與我在投考郵局時，我也曾自己研討過，我想困難問題尚少。關於教育，祇要針對著對象的性格去捉摸，也可以解決的。你所希望的是要我捨去郵局，另外走入這兩條門路去嗎？或者再進這一類的教校嗎？

　　關於我性格上說，要是楊燕廷先生批測的，對你就可以從他處得到一點毛皮，對於喜愛的同拙劣的，他都

知道清楚。尤其在他臨離開三中的最後學期終，我們一班的同學都給他不少次的難堪，其中僅有一位同學他尚能利用，得到我們全體贈以「班奸」的好名頭。恐怕他也不會過分的說我們什麼，他盡吃虧在無用上，不能立斷真偽，我們亦稱他可憐蟲。

中央訓練團確系一標準生活的集團，現在中國能夠在受過相當教育的人都能如斯的生活情調，生活上立即能改變成一有紀律的維繫社會。我固然沒希望能一觀其光，你能有機會，那是好極了，希望你能得一個成功，在你事業上成功的前奏。

夜更靜了，電燈格外明亮。那潑電機聲盡在耳中嗡嗡聲，在鍋爐邊的火夫燻炙著高溫度的煤火。人是盡在各種形式中溜過他的年華，得失難能計算。下次再寫，
即祝
好

潤枰上

8 月 23 日夜

致王貽蓀函（1944 年 8 月 26 日）

貽蓀兄：

昨天月芳姊得你信後，很高興的說你來貴陽玩，歡迎、歡迎，要我寫你信時這樣說。雖然沒有到該寫信的時候，可是我放在心上終究不得安，乘此將下班的空閒時給你寫一點。

月姊說她平時少空，所以也不能常寫信。的確她辦公之外還得回家料理家務、做衣縫補，最能佔時間的。

現在長學甥又長的更壯，要自己走路，正在學想走路的小兒最難帶領，因為他是能更活潑的自由遊耍了。要是你來貴陽看到他的頑皮，真會喜歡他。還有月姊說你要來，最好在最近一、二月中。因為貴陽天氣正是好的時候，到冬天又是冷、又是下雨不太好。你說怎樣？當然全在你處的方便。要下班了，不多寫，祝你

好

　　明天准搬進城，暫月姊處幾天。

妹潤枰手上
八月廿六日五時半

致王貽蓀函（1944 年 8 月 31 日）

貽蓀兄：

　　8 月 23 日晚的信，我一口氣的讀完了，還有克誠同鄉的信也與你的同時收到。我已在禮拜日的上午搬到月芳姊暫住，當我離開董先生時，她的繫戀情態使我慚愧。我並沒有付給她多少的情愛，僅本著互助同情的意向，使我給董先生有忠誠赤意的幫助她。我也會代她做一切，可能的事我也是無辭的去做到。如今一旦兩下離開，我該如何的記著她呢？

　　連我自己也不明白，竟有這大的忍耐力。一件事情的好惡會忍著讓慢慢得一個合理的解決，可是矛盾的心念又是自己深入苦惱中。在忍的時候，我會抱了絕大的痛情，深深的忍受，可是我心裡是多麼的不願啊。貽兄，你說這樣的性格該是合理嗎？

　　你能在什麼時候到貴陽呢？來了又祗能住幾天呢？

是否你來去方便？一切我是估計著。月芳姊很喜歡你能快來，最好早來，待到冬天來，貴陽是多雨的。

　　今天再接著以上的寫。昨晚飯後我一個人到徐雨蒼老先生處看他，我們就慢慢踱步到中山公園，沿路上他告誡我許多至理銘言，順便我就告訴你聽他談到些什麼。講到做事方面應有的精神與條件，一要有能力才幹；二要努力勤勉；三要涵養忍耐；四要有恆。像如此的做事，一定能得到好成績，各方面應付自如。談到一種成功與失敗的人的預測，當一個正在服務的人很能努力勤奮，公餘之暇自己研究工作上的進展，又能自修學業，像這樣的人前途的發展是無從估計。

　　次一種人是做事尚稱職，平庸守職，公餘也不思再有上進，如此的人僅保持他原來地位，於一生再無其他發展。再次是完全腐敗墮落的習氣染上，整天嬉遊。這樣分了三等，你看還有四等的人嗎？後來又談到他同里中有一個子弟，從苦難中想法讀書，現在居然從聯畢業，又弟妹輩也跟著讀書。我們一直談到九點鐘，回到月芳姊處就睡了。

　　徐先生還稱你寫給他的信很見上進的神速，能夠給年老識多的長者稱讚一句是很不易的。

　　凡天下事，都能盡如人意的少。你說當我們需求的希望，能否盡如意？在我感覺裡總有許多不平的事紛擾著，所以我是常常有空虛的意向。貽兄！我明知這是不對的，可是思想要向這裡穿。

　　別的恕我少寫，祝你

好

潤枰手上

8 月 31 日午前

　還有克誠夫婦結婚相片一定會給你的，能否給我一看？見見李先生的玉容。

潤又上

9、3 日收。

9、5 日覆。

致王貽蓀函（1944 年9 月3 日）

貽蓀兄：

8 月28 日來信讀到了。在我局裡工作中得信非常便捷，你每次來的信總不超過四天或三天，這樣更使我感到工作餘下的慰情。

在於各個人所有的志趣能順利的實現與完成，在旁的惟有從旁讚同與幫助，來完成一個有益於公眾與社會的意向。將來事業的若何，要看你我努力的程度與互助相洽的效率，你說這樣我的回語覺得滿意嗎？

正在給你寫信，月姊說因她沒空不能給你信，要我代告你一些事。要請你問問西北羊毛線，要新貨，陳的當然不要，價錢約在仟元左右，買兩磅，顏色棕、灰、栗（總以大方為準，是小孩用），當你來筑時帶來，或請便人帶交最好。月姊是極誠歡迎你來貴陽，自己燒菜吃，敏生兄作伙頭，他能燒最好吃的菜。總之你來是最使他們快樂的，希望你乘你們部裡車來，恐要安穩些。

我在月姊處已有一星期的留住，使我更清晰的觀察了月姊家庭間的型式。他們真是一對合理的家庭，與敏生兄間的互助合作可說是最合理的，共同肩負著家庭的責任，各人向外發展著事業。生活是清苦的，可是其中正式合情的生活與樂趣，滋生在這中間。

今天徐先生來月姊處坐了，因看了長學甥壯健活潑的態度，非常高興的。我們逐引他學走路，因為他已能脫手走幾步，就是太頑皮，常常跌交。徐先生坐到四點多鐘走，即著有黃祖榮同鄉自圖雲關來，略坐片刻。

家中還是不見來信，等一個時候也可以快接到了，

因為郵路可以想法通過。你說有家鄉人物風情的相片，還有我玉文姊的一角，我為好奇同關懷，很想立即就能一見。如果你能就寄來最好，或者你來時帶來也可以。希望著能早見到家鄉的渴念是一般的思潮，都能多得好音或景片，是可以寬解遙念中的孤寂。

　　不多寫在這次，祝

安好

　　　　　　　　　　　　　　　　　潤枰手上

　　　　　　　　　　　　　　　　　9 月3 日

　　我還是沒有給你詳細的寫，因我不凝靜。

9、7 日收。

9、8 日覆。

致王貽蓀函（1944 年9 月8 日）

貽蓀兄：

　　9 月2 日發掛號信及相片一幀都收到了，在我看了好似瘦一點，恐怕一個炎夏使人是會不適的，就你說的此後會變好的。

　　你來貴陽終使你職務上與車輛上最方便為原則，來的早遲當然不能記掛的，你說是不？月姊說的是因為貴陽在冬天雨日多，來的陰天多，不是不能暢遊嗎？還有敏生兄打算待你來後，同去花溪一遊。我想你見到如此的歡迎，你更想早日實現嗎？請你問的西北毛線，由你帶筑最好。

　　我相片還未照，有了一定會寄你，相信我不失約

嗎？還有我得代你做的一樣東西，雖尚未實現，可是我終得代做到，並且一直放在心上。最好你需要那一種的，告我後比較要適用，否則那是我一方面的作主，恐難合意。你能直率的告我嗎？當你最需要的物品。

凡本著一定目標向自己所認為應做的事業發展與努力，在於國內所需要的業務，那一方面都重要。何況中國正急待地方自治的施行，你能如此的抱負，我沒有這大的能力鼓勵你，祗有誠意的讚同你。這樣的答覆，覺得滿意嗎？我不曉得怎麼答你。

這幾天長學甥身體有點不適，每晚上要哭一、二次，月姊、敏兒很為之辛苦。帶領一個兒女成長，做父母的真非易事。想到我們的父母撫育到我們這樣大，不知付掉多少心血。兒女不能順從，於良心何安？事業無成，何以對父母？惟幼時愛護之情，能於晚年見兒輩成林，於慈念可安。

長涇宋蕙琴同鄉我亦見過，當我第二次在總局時，見她好似不認識樣的，我也未敢招呼她，亦許她首次一見，影像不深。我亦知道她在總務課工作，要是給她信，可以寄貴陽大坭郵政管理局宋蕙琴收。

黃祖榮同鄉在星期日來月姊處，見到他也有過信給我。告月姊後，月姊因他信嚕囌而無要事，要我不覆他，故至今未覆。

家裡仍不見來信。關於轉匯的款子，不知家中能知道否？我放在心上很覺不安，現在我薪水上說，可以維持零用。

你有便的話，經過九龍鋪到交通大學詢問胡廣訓教

授再告你，他的女兒胡哲文所找的工作能得到否？如果沒有，你可否代留意一個職位給她安排下來？還有她弟胡連文，都是沒有工作做妥，或許也能進到學校讀書了。最好胡哲文能代她找到一個職位，因為她也借我陸仟元做路費到重慶，到現在都無法還我。別的不多寫，敬祝

　　你

好

　　　　　　　　　　　　　　　　　潤枰手上

　　　　　　　　　　　　　　　　　9 月 8 日午前

　　　　　　　　　　　　　　　　　二支局

9、11 收。

9、12 覆。

致王貽蓀函（1944 年 9 月 13 日）

貽兄：

　　9 月 6 日快信前天已收到。我不知怎樣的來感謝你，惟有極誠來接受你給與的友愛。我絕對的相信感情是沒有憑藉，以利害相繫的感情是不久長。真如我與董先生當時的情景，與現今的現象已大不相同，因為現我沒法幫助她了。出於真切的善意，結果也是美的，我答覆你的提案該說是對的。

　　看了克誠夫婦的相片，的確克誠同鄉是清瘦了許多，一定是工作使他如此。你問我怎麼今想起他們有結婚相片，不是你說你同克誠同鄉是很要好，必然會送贈你一張，所以我順便的問你一句，你竟能如此的放在心

上，立即就寄給我。貽哥，我將怎樣的答覆你？你對於健康適度的調節也注意到嗎？你多次的先囑咐我的注意，可是我見你這次相片要略瘦些，是嗎？我祝福著你的康樂。

9月9日來信已在昨午收到，你來的祈求不但是我的希望，就是月姊、敏兒亦常常打算好怎樣的請你。當你決定來的前數天就得告訴他倆可以預先準備，你能預先兩天告知嗎？你來的車輛是否部裡的便車？要是票車不妥便又不經濟，月姊說寧願不心急，還是等待便車好。你能如此接受嗎？

我在最近數天會去照相，寄家裡去外，當然會給你寄一張，我怕會照的不好。

你要問我需要的東西，我可說不出那一樣是需要的。因為我所應用的物品太簡單了，現在物品又貴，你不要為這些來費心。你能不再想我，這樣答覆的不爽直嗎？給月姊買的毛線在千元左右，買來要是太貴，也不必從重慶買來，因為貴陽亦有。「以我的主張，還是給長學甥買一件小大衣來送他，又聽說重慶呢有著名之說，別的也不必太費事，因為月姊是很節儉的。」（是指你問我需要買何物而言）

有同學住在九龍坡，還沒有得到適當的工作，你能留意到工作機會，就代介紹去。她能教書，國文方面亦好，其他也能教。除去體育、音樂不教，就是寫字也可以。她這樣久住在家裡會心慌的，因為我也曾受過這種味道的。

這裡東西一天天的貴，月姊略提起像牙膏，黑人的

這裡買300 元左右。

要是沿途方便的話，在離遵義40 里的刀靶水能停車買一點豬油，十斤左右。在貴陽已漲到近300 元，這裡要請人到這方面帶又不方便，要是你能順便帶來最好。

我又是拉雜了一些，你會怕這樣的麻煩多事嗎？最後希望你來之前有一個先通知。別的少寫，即祝

你

好

潤枰上

9 月13 日

月姊的毛線有適當的便宜，還是要買的。

克誠夫婦的相片寄還你？還是你來筑時還你？

9、16 收。

9、18 覆。

致王貽蓀函（1944 年9 月17 日）

貽蓀兄：

又從何說起呢？無限言語、無限的思潮，那個該是緒之端！我惟有沉默在深沉的情思中。貽！該是多麼傻啊！當你每次來信，貫注著所有的神情，讓我細細讀完。正想提筆作覆時，真像萬數話語，訴述在這紙上。可是終無我沉靜的境地，暢訴我應有的話，但願我們晤會時，盡流露人生的「真與善」。

昨晚看了「幻想曲」，純粹藝術的傑作。其中首部

演奏自然界的真、善、美的結晶，春季一切滋生養育、夏季顆實成熟、秋收美果、冬播新種，神奇離落的情境，使人沉醉在美的自然中。

　　我答應下來的事也不易失約的，希望你相信我還不寄相片，是我還未攝就的原因。還有代你需做的物品，亦恕我一時不能做到，為希望你有參加意思的等待。

　　你來貴陽是必須在可能之中，要是不另往返時，你能靜待一些時候嗎？我擔心路上車輛不方便或者回去不方便，總是你盡最可能的機會來，月姊也是這樣希望著，我們都是渴望著早來敘晤。並且最近貴陽天氣剛晴，像近一月之中盡是陰雨。你到貴陽最好其中有一個星期，可以大家在一起玩了，否則都是上班。

　　月姊因沒有空所以沒給你信，連這次看「長夜行」的話劇也犧牲了。夜晚有小孩是再不便，所以沒有去。餘待後續告，即祝

好

潤枰上

9月17日

9、21 收。

9、21 覆。

致王貽蓀函（1944年9月19日）

貽蓀兄：

　　得你9月13日信，告訴我們可能在本月26日動身。那是多近的日子啊，要是一定動身的話，在這十天之中一定能來到。月姊給你這樣算算，剛巧有一個星期天在

其中，那是太好了。

　　你所提供的主張，我一定在可能之中做到，希望著當你回去時帶走。現在我趕打長學甥毛線褲，能從早做起最好。

　　你想像著一個理想的她，能否為你所希望的？我將如何慚愧？我深深知道能力一定不夠的，要是一旦失望的時候，你將如何？

　　月姊的毛線不能比貴陽貴，在貴陽需價2000元左右，要是太貴，何必從重慶買到貴陽來呢？月姊已多次說，要是太貴一定不必買，能夠有好一點顏色為要。

　　黃祖榮同鄉在昨天進城來留一張條子說要留班，有離開衛訓所去安順考軍醫班的念頭，不知最後決定是如何？要是你能再囑咐他如何走法，他能否聽你話決定？

　　徐先生那裡又是很久沒去了，他一定很想我們去看他的，可是我又很怕夜晚的行路，所以總是延擱著沒去。餘待後再告。

　　祝你

安好

　　　　　　　　　　　　　　　潤枰手上

　　　　　　　　　　　　　　　9 月19日午

9、22 收。

9、23 發。

致王貽蓀函（1944 年9 月21 日）

貽蓀兄：

　　自從九月十三日給我信後直到今天，我每天望著，

可是不見。那是為什麼？真使我不放心。

　　現在局勢很不好，一般的恐惶都是在測度著怎樣的安排，月芳姊也是急得沒法。要是這種情形，你來貴陽一定難得便利。貽兄，我們需要的見面不拘於這一個時候，你可以不必汲汲的來貴陽，我想路上是太不方便了，你按下不來吧！我怕局勢太惡化了。貴陽再逃難都是同聲之稱，這是沒有辦法的。郵局太窮，到疏散的時候，困難真大，我又不知再流落到何處。

　　你路上不能走，以及請假難請，一定不來貴陽吧，我希望你從這裡不再找麻煩。我總以虔誠的心志祝禱著能早敘晤，能夠在最暢逸的時令相會晤。我祗有早早寄給相片你，使你得一個見到。貽哥！你得按下，要是來太煩難了。別的少寫，祝你

安好

妹潤枰手上
9 月21 日

　　毛線一定不要買，這是月姊要我說的。

9、24 收。
9、24 覆。

致王貽蓀函（1944 年9 月25 日）

貽哥：

　　你這樣的希望著我，是親切的呼我，將是如何的來承受這份偉大的禮品呢？惟有默默的微笑，祝福著你的更樂與美。貽哥！我怕我不足以使你若此的希望，恐怕

當我們見到後，反而感到失望時，我將何處？在於現階段的當兒，固然祗有感情是無條件的，一旦有意外的存念，這是我無意中想到了這一點，你該不會疑意吧？

在這信之前我曾寫過一封匆促的信，是說你不必要時，可不來貴陽。因為我同月姊等常常討論著時局，在最近中轉變得很可怕。你來的途上當然有諸多不便，所以我匆匆的寫了一信，要你按著，等待有好的時機再來也不遲。既然你這次來信中盛稱雙十節的聖節可來貴陽，祗得你沒有困難的條件中來貴陽，在那封匆促中寫的信，要原諒我一時的情急，所以我得告你。時勢不穩定的時候，是最難行路的。

我太忽略了，思信夫婦如此關切我們的誠意，我每次給你信終沒有問候過，這次請你轉告一聲吧。你將我寫得幼稚的信竟然給你科長夫婦看，真是不好，寫的如此蹩腳，真醜煞我。固然我也得領受他們如此的關懷，想他們亦會原諒我的吧。

你周詳的計劃與慎思，都是我們一往無阻的產生。由於書信言辭的交感，使我們逐漸接近。因為各有互慕的感情，使我們談了更多的問題。你更追述著未來的希望，這當然是人類必然的趨向，何況我們一無阻礙，事實促使我們到了這樣的地步。最好你來了貴陽後決定一切，月姊問我答覆是怎樣，我不好意思怎麼說，她恐你徒勞的往返，所以一定要問我。既承思信先生代告家父，想他老人見了會安心的，你說是不？

相片還是昨天去照的，下星期一可以取出寄你。我在昨天竟很興奮的，我也不知怎麼會這樣的。本來昨天

我該紀念我已亡的母親，這是將近20年的痛音，我每年今日是作忱痛的想念。

月姊有空時再給你覆信，她終為家務累忙，還得辦公。別的待下次談，祝你

健樂

妹潤枰手上

9月25日午

9、28午後收。

9、28晚覆。

致王貽蓀函（1944年9月27日）

貽哥：

得你二十一日來信，告我們在十月五號左右，可以來貴陽。要是有工作的牽累，你還是遲按些時候吧，免得麻煩重重。我們這裡常常在預計著你能來貴陽的日程，月芳姊在昨天已給你信了，她是怎樣說的？

今年的中秋就會來了，要是你這次行程已經實行，到這裡大家一起歡敘，多麼雅意。中秋已有多年的離家單獨度過，想不到今年確在月芳姊處聚樂，到這天該是如何的愉樂啊！過去數年的情景都是無聲無悉的度過，學校有的集體月光會我也是不輕易參加，寧願獨坐教室埋頭書寫家信。待月色當空，踱步園間，這幽靜林間賦與我真切的感情，牠可以施放給人類。真美的善意祗有自然間，人叢中偽詐猙獰的面目真難領教，所以我變成如此僻靜的性情。

家裡我曾收到過六月發信，最近又是沒有接信。我

想家裡知道了，是如何的表示法，在於家父他也無任何疑意的，最好將你這次來此的預計告訴一聲。家裡怎樣的說法呢？你說我怎樣說？貽兄，這也不明白有何在作主宰，使我們愈走愈近的途上相洽。我將感謝誰呢？貽！你說我又將怎樣答謝呢？永恆的幸福，基於真誠的互動，你說這對嗎？

別的不多寫，祝福你

康樂

潤枰上

9 月 27 日

致王貽蓀函（1944 年 9 月 28 日）

貽蓀兄：

得你廿三號來信，同你作的稿子，我一定妥為保存。昨天我到了水口寺董先生處，來不及回月姊處，就宿在那裡。今晨出來遇見月姊，說黃祖榮同鄉昨晚在月姊處坐，並籌款去渝市，恐怕安順考軍醫亦無望。你所囑的話我沒有遇見，以致還未轉達，我已告月姊，待下午他再來，定告他留級打好基礎為要。

你說要買呢大衣，我那時提供的意見為買長學甥適合而說的，你就想到我是需要的。貽兄！並非我拒絕你的盛意，實在多了東西麻煩。你知道我的東西簡單極了，所以我祇要夠穿就得了，你能答應我一定不買嗎？這樣貴的東西，又不知道我的尺寸，你又怎麼決定買多少？我堅決的不要買，好不好？

你說五號動身，那麼三天就到是七日，是指十月十

號是吧？我看猜的不正確。

　　我也不明白是誰在使我有如此的感情奔放，當我有預計上多天不見你來信，我將幻想著無數的念頭。當我見你信後，又是有無窮想說的話，可是我無法陳述，從何著手呢？祗有靜待理智來支配了，靜待著那時的來到，讓我們享受那自然的真美吧。

　　急需告訴你不必買的東西，你得一定不買的好不好？我極誠的希望你不買，那是多費的事。我實在告你，我不喜歡人家代我買東西的，我得自己選擇。固然我可以領受你如此的關切，可是我總覺不安，你得一定答應我不去買，我才能放心。匆匆草上。

　　祝你

康樂

潤枰上

9 月28 日

10、1 收。

10、1 覆。

致王貽蓀函（1944 年9 月30 日）

貽兄：

　　你廿五日來信在昨天收到，安慰了我們許多話，心裡更覺穩定了。就是敏兄亦是常常如此剖解，貴陽並非想像的那樣惡化，敵人根本毋須乎來繞上這大的圈子，不過來幾架飛機赫赫人吧？在於一般富商將存聚的一些款子再逃到後方一點的角落裡安居，吸收現款、囤積發財，應響社會金融、浮動人心，實是萬惡極了。月姊的

所以沉悶，因為當一旦需要逃難時，行李將怎麼辦，貴醫的職務又不能跟隨著，想到這些她才有的發愁。現今桂局已好轉，一切都得更安了，就是物價也趨平穩些了。

你如此的謙辭也正是我考慮著的，也在前信中提出了，恐怕有你的失望。你亦正如是說，難道竟有同感嗎？在於一般俗世都是以姿色名利為前提，以致造成日後的空幻不滿，這完全是出於當時參雜了一些條件的模型，就釀成厭倦的結局。貽哥，我這樣的說法你覺得怎樣？這許多事實，我在小說上見到的真多，許多名著家將見到的編集給後人警覺。坦白爽直的互換，終能得到坦白爽直的諒辭。貽！你說對否？

昨晚上去看了徐老先生，慢慢踱步在月光下。他老人家又能孜孜不倦的指示了一些話，告訴我交朋友要認清人，愈其有十個普通朋友，還不如交一個好的朋友，良師益友可以使人發展到成功之途。一方面他又稱讚了你許多，他又講到指示他女兒的四大點：學問、品行、身體、家庭，也都告訴我採取的步驟，也是遂行的解釋。我每去他那裡一次，就獲得了無限的上寶，我一一的接受這可貴的訓詞，去實行並牢記。徐先生已介紹給你知道的幾個長者，完全是要你去多多接近，當然祗有得益。想不到徐先生愛護幼者的慈心如此偉大，每時每刻在希望著我們的長進。貽兄！我倆蒙受他這諾大的殷望，該如何答謝呢？惟有你我的努力創造出他所希望的地步，我們方始不負他希望的熱切。

在我的生活上充溢著愉悅，一種毅然的心志堅定了

人生目標，現在我會自己管理自己，否則我將漠然的。這樣的改變是我感到突然的改變，貽兄！相信嗎？我竟然常常有著一個名字深影在心中，當一件不應該我做的事的時候，從我內心中在呼著，你看這不是一件怪事嗎？

　　你會決定在五號動身嗎？我要寄你相片時間不及，還是等待你來時一起移回渝市不是更好嗎？你說這樣帶回你處更好嗎？

　　要下班了，餘待後續告，祝福你

　　並

健樂

　　　　　　　　　　　　　　潤枰手上

　　　　　　　　　　　　　　九月卅日

　　要代買呢大衣，還是一定不買好。

10、3 收，即覆。

致王貽蓀函（1944 年 10 月 5 日）

貽蓀兄：

你28 日晨發信及29 日發信都一一收讀，從遙遠的愛音帶來到這單聊的局裡，給與慰愉的歡情，該是如何的感謝與領受。這輕捷的遞送兩地情景，實是奕奕。

也知道你將能來貴陽，心底輕盈的微笑將不斷的祝福著你，因為這樣，我還是照常寫下來，待你來了或者仍在渝市的決定再給你寄。今天是5 號，你真的動身了吧？在於月姊、敏哥也是這樣說，對於你工作上以及車輛都不生問題的時候，你來貴陽好了，這裡總是絕對歡迎你能來。貽哥！你亦是這樣計劃好了走的嗎？但願你是照了這樣計劃來的。

想不到你亦已為無母的缺憾而艱苦奮鬥，兩個都曾受過的痛楚，現在因此而奮勉，求得造福人群。可是在於我，從幼時深深的暗影深刻在腦中，心靈上已蒙上不可磨滅的創痕，至今還是如此。所以在我性情上極端趨近僻靜，也許我在幼時沒有得到兒童天性應有的發展，這在兒童保育上應當有的注意點，這是我無形中的襲擊。

枰於五號書

致王貽蓀函（1944 年 10 月 7 日）

貽兄：

知道你五號一定沒能動身，現在仍繼續寄給你，補充報告你中秋情景。下午我曾去徐先生處看望，不巧他已出門了。中飯同月姊、敏哥大啖美肴，真有使人忘

2322222222222

情。晚上五時參加同學訂婚典禮，同學共堂，天真、熱烈、生氣充滿了整個典禮，一直玩到十點多鐘回家。在當時，我常常想到要時你已來貴陽，今月夜的情緒該換一面目吧？反之，你如今在渝市的情景，原來兩地思情於同感中。

你定要買呢料，我可不贊成你如此的為我化費。東西太貴了，等待我們回到家裡，稱心心的做衣服或者送禮，你說這樣的等待要更好嗎？

當月姊問我的時候，還不敢怎樣的答應，因為我們究竟還未面見呀！在月姊又說不要使你徒勞來一躺，以為月姊騙你，我就乾脆的說了一聲好。反正在我們之間一無阻礙，並且有親友們的贊同，家裡也會高興的。何況一個女孩子的感情，放得出去是難收回的。貽哥！你覺得我這樣說不對嗎？儀式是一件事，感情是永遠的，就是思信先生他們說的，可以使兩地安心共同奮鬥刻苦，所以一定要有儀式的過程。好吧！等待著一個光明美滿的幸福日子來到吧！我將贈你什麼樣的禮物呢？決定做一個枕頭好不好？願意你來筑帶回。

前次我照的相，因為照相館沒有依從我怎樣的大小，我不高興極了，這裡眭小姐也一定要代我交涉重照。貽哥！你等待我慢慢寄你，你不要常常望著好不好？否則我會更不安的！

家裡去的信我亦曾提過你幾次，都是說與你能常通信，另外的話，我還是在這次去信時告訴了。當然要等他們來信，那是時間太長了。就是徐先生我看他暗暗中已有一點成竹了，因為他問我常常提到你，亦問我關

於這方面的主張，我僅答以讓家中父親作主，不關我的事。事實上我不好意思告訴他，我現在的心懷也是含糊的略過了這一段談話。貽！你看到我這一段的話，會說我太直率了嗎？這樣的提到太早了嗎？因為我既已自認，又何必委縮呢！所以我就果敢的述說了給你聽。

愈寫愈不能止，還是留待下次談。祝福

你好

潤枰上

10月7日午刻

王仲卿、杜志春為次男貽蓀、長女潤枰訂婚啟事

茲承華欽文、徐雨蒼二先生介紹，謹訂於十月十五日在貴陽訂婚，特此敬告諸親友。

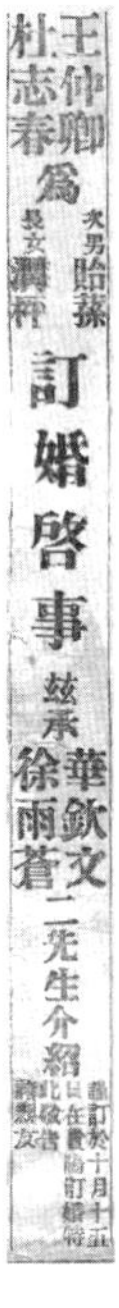
王仲卿 杜志春 為 次男貽蓀 長女潤枰 訂婚啓事 茲承華欽文 徐雨蒼 二先生介紹 謹訂於十月十五日在貴陽訂婚特此敬告諸親友

圖1 訂婚啟事

（貴陽《中央日報》

1944年9月15日，家屬提供）

致王貽蓀函（1944 年 10 月 18 日）

貽哥：

　　你帶走了精神，也送來給我無盡的精神，使我增強了為人的力量，也摒除了邪惡的力量。你這次來給我久創後的溫暖，深種在我的心中。貽哥，當我們緊倚的時候，你是多暖！

　　這一星期中的生活真慢，竟將我們慢慢成長的愛亦達成一階段，使我們開始堅信的共同生活，從此將合作奮鬥邁進。你會安心於工作，我更靜心怡樂。此後互換生活情景，你需要嗎？今天是你離我去渝，為著各人的工作，不得不使我們暫時離開，等待我們需求成功了，再得我們永遠在一起。

　　你臨行囑我做的數條，我一一去完成。長學甥的押歲已一定給月姊了，放心。

　　你身上的錢一定不敷用了，我真不安。這次你一個人受了許多的顛困，你在這裡一星期中能夠得到彌補嗎？我盡量給你報費。貽！你說是不？到部是否得請同事？可能中還是請他們。

　　天雨得真可恨，今天一上午全是雨。你車子是怎樣的走法？我真擔心。今天匆匆給你一信，是你達新後第一面見好嗎？祝福

你，貽哥

潤妹上

10 月 18 日午後

10、24。

10、24 覆。

致王貽蓀函（1944 年 10 月 21 日）

貽哥：

　　將寫給你輕鬆的報告，今天是你走後的第三天，你還是冒著風雨馳騁在險峻山谷間，你寫下許多奇特詩句，將來給我讀嗎？或者就能寄我整理起來好不好？可以互換這次心境的共鳴。

　　在想像的時候是最有趣的，事情沒來到的熱忱是玄幻的。雨下得悶人，當你在門口叫月姊的時候，我聽了似乎特殊。我見你後，似曾相識的影形立刻掠過，因為我們精神上早已相識了，你說是吧？當你一見我的時候，初次的感想是你一個出於意料的倭小，又是這樣的南瓜式的臉。這是我知道你一定有這樣的感想，你老實答覆我，是這樣的印象嗎？所以當你未來之先我就告訴你了，你一定會失望的，我就是指這方面說的，實地上其他各方面都可以使你滿足，你覺得如何？天下就沒有十全的美事，要是有也要有遺憾的事留待在日後的。這一晚我沒能安睡，存念著無數的想像，這是十號晚情。

　　十一號我們都是默默的，可是我心境多麼不平呀！我很知道你這次來的原意，如果沒有真正的愛我，怎麼會從這遙遠的地方，來看我們、來準備我們互傾衷情。可是我沒能得到這可貴的機會，我也知道你為了完全尊重我的意見，所以也沒向我提議。到了我的同學來月姊家找我，反到你略有準備。你說我沒有起勁，其實我何嘗願意讓我同學空走一躺呢？完全怕我一個人高興得沒用處，我沒有想到你能給我怎樣的態度。到我們南明堂去散步的那天上午，我深深的領受到你給我真誠坦白

的友愛，毫不避諱的說出我的倭小、不懂事，表示出我們應有的手續，我當然毫不猶疑的答應，而且怎樣的辦理。直到晚上我們的開步，你讓我傾訴了數年來的積鬱，將我在水口寺的一節，也使我輕輕的噓一口氣，了結了這段無故。十四號散步南明河畔，這時交織著狂熱的愛戀，將我們致身在浮雲、在天堂。當這滴滴燈盞倒映，瀝瀝照出我們光明的幸福，我不知人間是何狀，但知我倆幸福的甜美在天上，上流著的激灘不是我們佇立片刻，這是合揍著湃澎的，陶醉在混著的初戀甜吻中。那時我是漠然，我祗能倚你而行，只有你的溫暖才能增加我的情愛。今後已屬於你的一切，但願你勇敢維護。因為你有這次的勇敢，也有今後的勇護，你說是不？

十月15日是我們合作奮鬥互助的起始，你說過鼓勵你事業的進展，我得重負此責。為了我們理想的幸福，日後生活的保障，我們得互相砥勵督促。我哥哥說的奮鬥才能生存，依賴等於自殺。在我們之間都是奮鬥的，能合作，盡用精神來互助。貽哥！我祗需你的精神，這樣我可以安心逸致。

幾天來心境的情趣，你也是有同樣的甜美一樂的感覺。為了各人工作，當然不能盡意的久躭在一起。但願我到重慶的日子縮短，希望你也有同樣的想望。

現在你已到了重慶，同事們會怎樣的鬧你呢？是否要補請他們，還有思信先生夫婦一定要靜心聽你在筑的詳情。他們會給我父親去信嗎？但願他們也寫一封給我家裡，可以讓他們安心。

這次你真的來了，已經給我們奠定穩固不拔的基

楚。兩人同時獻奉的偉大，誰也不能先說誰，這是共同的意志、共同的目標！摯愛的貽哥！你這次來太累你了，我惟有貼順你，向你至上的溫柔答謝，所以我不求任何需要，祇要你的方便。雖然這裡同學還是鬧得我很利害，我會一一補給她們的，在本來的計劃，我是想請一部份同學有一點熱鬧的，何況多年老同學已渴望了很久的事，很想共聚一下，也乘機讓你看一看我們同學間的天真。可是我一看事實不可能，我也就不執拗了，請她是遲早的時機，所以任她們絡續的來玩。你不要說我的客氣，那是我觀事實的可能後再有的主張，在我們之間應當由雙方都可能後再去行事。何況我們的原意完全在互助合作上，這次的事我覺得很美滿，就是以經濟原則為第一。我們已能確實做到，就是化了許多錢、許多精力，所收穫的恐怕沒有我們現今的友愛吧？貽哥，你見解如何？

　　你曾問我為何你這次來完全得到勝利的原因，當時我也無從答覆你，現在我可以分析一點給你聽。第一、我們有不拔的基楚穩固偉大；第二、我們交換的是廣義的思想，沒有拘於一點為感情而發洩的觀點上；第三、你是忠誠坦白直爽不諱的說我、批評我。老實說在於我的思想裡，人的貌我是毫不計較，可是你竟給我有這樣一個挺俊的印象，為人忠摯的態度、共同信任、老實節儉、仁厚的目標。貽，你能應我這一段觀點嗎？最後我得說你有一個感覺給我，是不滿意我的樣子，這是你這次來筑第一點的失望。可是你卻給我如此多純厚的感情，那你到底是怎麼的？

　　話愈寫愈多，還是留待你渝函後再給你談吧。祝福
你，貽哥！

潤枰二支局上

33、10、21 日午

10、24 日收。
10、26 日覆。

致王貽蓀函（1944 年 10 月 21 日）

貽哥：

　　一星期過去得真快，你在路上的心，該是多焦心
的，我們時刻計算著日子，你可能到達的日程，現今也
許你已到部工作。這次已將你累極了，今後我們都可以
好好休息安靜了，用我們聖潔的心靈相互祝禱、相互潤
澤。貽哥！有精神充實的心境，該會更美滿吧。

　　相片昨天同月姊去取回了，我將它寄你後再添印
吧，未知你觀看後的意見如何？由於月姊、敏哥的評語
還不差。還有你單人的相片，是照的普通的嗎？你要不
要加印？都待你告我要加印的情形。

　　枕頭在本星期之中能夠寄出，當然不能稱好，祗是
一個新的一個以手代作的物品，給我倆這次的紀念物。
其他到有機會的時候再辦，此後永遠合作的我們各以方
便辦事。貽哥！你說的不是也是這樣的意思嗎？

　　今正等待你到部後的來信，別的恕少寫。祝你
好

潤枰上

33 年 10 月 21 日

登報費等這星期日送給徐先生，勿念。

26 日收，即覆。

圖2 王貽蓀、杜潤枰訂婚紀念照（家屬提供）

致王貽蓀函（1944 年10 月25 日）

貽哥：

　　你十八號烏江發信，使我起伏了無數感情，甜美的回憶油然再起。當我昨晚自青年會上課歸來，獨步在路上時，使我憶起了偎你而走的情景。那時該多麼崇高的感情，融洽著我倆幸福的前途。精神是偉大的，可以使人永遠遺留、永遠記住。貽哥！你給我偉大的精神，現在我已用它驅除我一切無為的煩瑣，將我無瑕的忠實答謝你，好不好？

　　蔡傑他在為我們倆祝福著美麗幸福的花朵，他十二

萬分的忠誠來為這幸福花朵而慶祝。這個忠誠純篤的孩子，為了暫時瞞過他的好友，因良心的責罪在懺悔、在祝禱。貽哥，你也願與這樣忠實的人做友人嗎？願意的話，當蔡傑有困難時，我們得幫助他的，是我們共同幫助他的。因為他講話很消極，我很擔心有這種性格的人，你能寫一封信給他，說你願意與他為摯友，好不？

你走的那天，中華就改演「天方夜譚」，真把我氣煞。可是我還夢景著你沒有走掉，還可以讓我們賞玩這巨片。吃中飯時問過，敏哥說你順利上車，那是我喜歡還是不滿意，這種的體味是同等的。你回部後身上錢用的夠吧？我真擔心你路上用的一定很節儉，到渝後同仁要你請客也要發生問題了。你看月姊因你這件事很為著急的，現在反正也已到達了，願你詳告我。我總因你而解慰你，安靜的日子讓我們絮絮追述吧，這樣的滋味會更神往的。

你寄我的這種詩將我驚又樂，這是我倆戲遊的一節，你竟將牠寫出來。祇有我們的陶樂，記載在我們幸福的一頁裡。愛的真切、誠篤的取樂，貽哥，這在於我們才有。

敏哥說你的小冊子還是失去了效用，你再查一下還缺什麼沒有。

你20號從克誠處發來信收到了。

現在一刻很忙，不多給你寫。剛剛董先生來，聽得我要補請，要我本星期六就到她那裡去。

祝你

安康

潤枰

10 月25 日午後

　　這是一位貴大學生，從前是三中好友。同哲文三人，是我們一小夥的同伴。浙江人，脾氣好極，就有一點小古怪。

附件——張書華致杜潤枰函（1944 年10 月）

枰妹：

　　劈見十五號的報上，道報了您的訂婚喜訊。誠然，我們是多麼高興，同時也祝賀您的幸福。當然您的意思也是對的，讓我們進城來補糖吃，但是每一時刻，不一定都是千篇一律的，您難道歡喜在熱鬧過後的場面來請我們的客？意思當然是沒有錯過，但是否當時當時的時候是較有意思、較快樂點？不過我要說回來，您不願意我們來鬧您，那末也應該早些通知，好使我們在您們正當盛華的時候給您們祝福，這不是很神聖而整嚴嗎？而且這也不是形式呢？

　　能否將王先生詳細的介紹給我們聽呢？您知道，這是我們最關心不過的。

　　什麼時候來花溪玩呢？為什麼不偕同王先生來呢？當然您是忙著辦公。枰妹，我相信您永遠是束縛著自己的，惟祈您總有例外的時候。

　　即祝

愉快

書華草上

29 日收，即覆。

致王貽蓀函（1944年10月27日）

貽哥：

　　你廿四日安達部後的信，今午收到。昨天我發出一封雙掛快信，裡面本沒有信，是一包東西。能否收到，要看一點小運氣了。恐怕當你一收到要捏一把冷汗了，說我太膽大。

　　在重慶你又能與同鄉親友敘在一起，這次真可說我們是快樂的一節，你這樣告訴我，我是如何的快樂接受他們關懷的祝賀我們的幸福、一帆風順。我倆虔誠的感謝上帝的賜福，永遠接受這偉大的時機。貽哥，精神可以制勝一切，我在這次完全領悟到了。我永遠將你的精神作我的勇氣，交流著的精神為我們保證永恆。

　　幾時能使我們再在一起玩呢？我到重慶來，這是使我特常有的渴望，或者讓我住下一個安妥的地方，也是使我安心的。現在雖說月姊那裡等於我一個家樣在方便，說房子太小是很不合宜的，你來此當然也看到的。你看這問題在於我可說是一個極不安的問題，郵局真不該沒有職員宿舍，叫我們單身人苦著。可是家庭至樂也是我在玩賞，你說對不？我工作時給你寫，終有斷續的不連氣。這次少寫，祝福你

康樂

潤枰上

33 年10 月27 日

11、1 收。

致王貽蓀函（1944 年 10 月 28 日）

貽哥：

昨天到徐雨蒼伯處去，將報費也還他了，你可勿念。我也告訴了他你到渝的日子，使他放懷。雨蒼伯告我說華濟民會來重慶，已收用他路費，這樣看來恐怕會到重慶的。

明天敏生哥哥是生日，又要請我們吃麵了。我到麥香村買了麵，當然不會像前次我們吃的壞。早上請我們吃寧波年糕湯的早點，你要是沒有走，不是也可以享這盛肴？你想不想，那也祗好從黑甜鄉中來了，你說是不？

相片要送的那幾位？這裡雨蒼伯處要否送？反正我都說印好一併寄你，由你決定簽送就得了，我沒有異議的。一封 10 月 7 日發的信，你是否得到？一定是你離新橋後到的，不是我曾告你，意會你不來所以發給你了的一信，希望能得到。

董先生來同我談談，她告訴我的話真有趣。那位姓楊的她同事，因我們訂婚董沒告訴他而生氣了，多天沒有講話，這真是小孩子之間的爭氣，據說氣得很利害。水口寺許多太太們都等著我去請她們吃糖，董今天一定要我去吃晚飯，菜由我代買帶去。可是像這樣的情形，我在董處曾住了很久，現在我竟去的很少。要請我吃飯，還是不去，心裡的不平從何說起，我真躊躇。月姊有不贊成我去的意思，當然必要時擇善而適。

你在這裡曾對我說要代我換一個枰字，要換得我也喜歡的，我以後就用，你告訴我好吧？

　　家裡七月發信，我最近收到了，還是告我轉匯乙仟元的事情，說就會去還你府上。他們真不知道今日的我們已變成摯愛的一對兒了，想起來真要笑，等到他們得我們消息的時候，不知是怎樣的高興？鑑枰哥哥他是祇請你照顧，現在卻成為你所說的，當時你向我說的時候，我祇有微笑以對。

　　記得從前錢潤生最後曾有一次這樣的祝我、願我有一個美麗的太陽。現在我卻真有一美麗的太陽，永遠追隨著我，永遠在我心中的太陽。貽哥，當我們攜手東歸的時候，有多少人在羨慕我們呢？祝福你也
祝福我倆的光明

潤枰手上

10 月28 日

附件——訂婚啟事登報收據

貴陽中央日報廣告通知書

王仲卿先生

茲承惠刊廣告，請將刊費即日交付本社取據為荷。

標題摘要：訂婚。

寸數：八寸。

次數：一次。

刊載日期：十、十五。

定價：一千兩百公元。

合計國幣：六百四十元。

廣告組主任林元龍印

11、1 收。

圖 3 訂婚啟事登報收據（家屬提供）

致王貽蓀函（1944年11月1日）

貽哥：

　　你廿六、七兩次愛音都飛舞在我眼前，當我展開一一讀完，將我憶起一陣陣甜美愉樂的神情，一一掀起在眼簾中。我們愛的真認識的正確，所以什麼條件也阻不住我們奔放的感情。星期六從去水口寺途經南明河畔，觸起我無數溫情、甜美的回憶，該是最有味。我也假想了，你還是曾在我身旁二而一的緊倚，踱步細細密言著各人心懷，各人惟有著最初的忠誠。相信你是剛掀開初戀的美夢，也同樣相信自己在秋天裡的春天言說。初戀是最忠誠的一對，拾得的孩子一問一答，你看這種神情多麼生動有意，不是我們也是在秋裡讀我們心中的春天嗎？年青人在秋天裡也應該叫牠是春天的。

　　這兩天Miss眭請假，工作時沒暇給你詳述。晚上回去，因長學甥又不舒服，馮媽也痛在家沒來，家裡忙的很，敏哥已請假三天，明天得月姊請假了。我怕你記我，所以給你這封簡短的信，你會明白我的是嗎？枕頭能收到嗎？我真擔心。祝福你

同我倆

潤枰手上
11月1日

11、4。

致王貽蓀函（1944年11月3日）

貽哥：

　　當我能有空的時候我就利用，剛剛封好信，現在能

給我一小時多的時間，我得給你談談。

　　首先答覆你所要做的幾件工作：(1) 夜校在星期四去過一次，老師沒有來，以後因下雨到水口寺，到今天我沒去過。反正這種書看看就能知道的，老師又講的並不好，你能原諒我這樣的偷懶嗎？(2) 工作是安心了，並且我盡量多做事；(3) 徐先生處將錢送去後的明天我就給你信的，當有機會時我可以請他的；(4) 你說呢料如可賣去另揀別的，我同敏生哥是同樣的主張，既然是送的，決心能改換過去。月姊曾說的是怕你回渝時路費不夠，所以月姊有這樣的提議，當然以敏哥之說不能賣掉；(5) 這次間我用掉的錢嗎？這不要問的，反正我是等於沒有化錢，你來我也該請請你的，何況我根本就沒請你，倒反化掉你許多的錢；(6) 你問我怎樣準備到重慶嗎？我要將我應用物品整理一下，我衣服也沒有什麼，到重慶來不是很好的？這裡請求調派恐怕沒多大困難，當然朝裡無人莫做官的老例子還是脫不了。

　　這張紙還是前天寫的，工作相當無暇，所以帶回來寫了。今午後得你29日的精神賜與。當時太忙，見到厚厚的一封重信，裡面寄來了我至樂的寶貝、心弦的節奏。可是我沒法立刻來拆閱，直到我回家，已在淡黃的電燈光照下，我忘去一切，祇有你的影重現在我眼前，在腦中憶起數天以來的情愛。月姊在叫我將燈移至中間再看，我也不知道再動動我這個人。我盡只有憶想，緊緊的一字一句往下讀。貽哥，我倆共同的趨向建造理想的樂園，摯誠親愛將我倆造作為一，相互奮勉前途，事業第一、身體第一。用我們素有的堅苦精神向光明的事

業邁進，用我們互相溫慰的情愛潤擇我倆的精神、心靈自然蓬渤，不是嗎？我這次有一月來沒去水口寺，這次去他們都說我胖一點而豐潤了，這完全要感謝你給與我的灌溉。

我計算著那封掛號信要不要受查覺，否則我們郵局及收信人都得受責。我是封班，上帝有助，天助我倆精神的交流，竟將我最摯誠的代表送達到你手中。貽哥！我愛的！怎麼會將我們安排得如此妥帖，為不負上帝的愛助，我得更盡我的力量，耕耘出我們美滿的人生樂園。你已離不了我！那我又怎麼能離了你呢？貽！我倆的默契是怎樣會造成得若此程度？你說的幾個觀點全對的，有著相同的賦性，我既已屬於你的，將一切獻給你、豐潤你，我祇需要的精神，的確我已佔有了你的精神在我的心中。

蔡傑確是一個少英雄氣的男子，與胡哲文的性格大大不同。因此他已隱隱的有一點失望的情調，所以向我所說的全是帶有一點失望的喪氣話。我想能挽回他這種念頭，又找不到一個適當的人，所以我暫時還得請你給他一點鼓勵，恐怕亦是徒勞。不過他很祝禱著我倆幸福的花朵，正在開放鮮妍時，對你亦很誠。

寫不盡的情弦無從收縮，希望我們常在一起，不用分有距離，讓我們時時的有機會談談。貽哥！我念著你、我厭著時間不我留，夜籟人靜是我心弦微奏出合情的曲調，寄給遙遠的愛。貽哥！想你亦在今日此晚共鳴嗎？祝你

晚安

潤妹手上

33 年 11 月 3 日，筑

詩讓我慢慢觀賞。

11、8 午。

11、9 午覆。

致王貽蓀函（1944 年 11 月 6 日）

愛的貽：

最近兩天來我在辦公時特別不能有多的時間，我時時想寫一點我內心的陳述，可是沒有多的機會讓我舒暢的動一動筆。我已延下幾天使你望著我，望著我們交流的音節。你卅一是晚寫的信已來了，我呢還是四號那天發的信吧。

你說時刻佔有了你的心靈，那你已永遠充溢著我的精神裡，你是我光明之神，你將我從黑暗中照亮。針指著我應向的方向去，當我苦惱的時候，我就輕快的給你一些坦白的報告，使我心中得一點寬解。將我數年來孤悽之心使我回暖，將我已死之念得到溫慰再生。在我沒有獻給你以前，我與任何人談論中，我願永遠做我單獨的一個，鳥一樣任到何處。到董先生處生活以後，我對家庭之累的生活情調我厭極，我再也不願踏入。如今我能為你獻給一切，我也能重整過去所觀察多個家庭的總結論，以後我可以慢慢告訴你，作我們訴論的起始。

關於桐哥信，看過後所要說的，我應該直率的說給你知道。現在要組織一個家庭，經常的開支要有一個盤

算。在我們兩人相協之下，能否應敷？若是增加孩子的負擔又如何？我們結婚時候一筆經濟怎樣籌劃？絕對避勉負債撐持，你說對不？這是我約略的說出幾點，貽哥，你的觀點又如何呢？桐哥說不要時間延得太長，而事實環境能夠使我們不延長，那是最好。不過等待我們回到家裡不是更好嗎？貽哥，這點你大概不會承認的，因為時局不知到那一日，方是我們攜手東歸時？在於我工作地點也是一件費事，能調重慶何時能實現？而且我一開口說要去重慶，人家都說要結婚去，這樣可把我難住口，實不敢再說了。我到那邊去問明白怎樣的情形可以請求，用什麼方式，能有幾方面可能。貽哥，我終想盡可能我們要縮短距離，這樣可以使我們的互相關顧更切實，更能達互助合作的條件。

今天將相片去洗了，十號取，我就可以寄你。因為太貴，僅加印了幾張美術的，普通的請敏哥到省黨部合作社去洗，恐怕便宜，而成績並不壞。普通也加洗半數，你要送的就酌量送吧，不需要美術送的，就等幾天再寄或送。現在我將說好的全數寄給你，由你分配好不好？

我倆合攝的確乎我第一次出於意料的比較好，我任何一次攝的沒有這次自然。這完全的是藉你的情愛充溢在我的精神裡，顯露得如此真切。貽哥！你呢？也不是莞爾著我們勝利的笑容，永遠年青的神奕俊俊。你看我們的後面有光明照亮，兩個相同的目光，注視著共同目標，將為永遠的幸福生活而注視。

這枕頭上的花是很少而小，那是聖誕片上的花樣。

聖潔的愛是偉大的至聖——上帝——所賜與的愛的。
貽！願這美麗的愛開放在你的心的深處，永遠鮮艷，陪
伴著你、溫愛你，將你一整天工作下來疲倦後的小憩尋
一個美夢，來憶念我倆的溫情，理想著來日後的美夢。
貽哥，我越寫越收住了。時間很晏，外面雨還是不停，
月姊也因做長學甥的棉衣。燈忽然黑了，我不再寫下。
祝福你的

潤枰上

33 年 11 月 6 日晚

11、10 收，即覆。

致王貽蓀函（1944 年 11 月 7 日）

貽兄：

我單獨的相片不好，所以遲遲的寄你。既然你定
要，我也只得寄給你。不能給別人看，祗作我們親密見
面的代表。這張是我們在一起時的最真影，你說是不？

還有「中周刊」寄來一次國風外，至今未見寄來，
你去便中問一聲。今長學甥已復健，還是頑皮的抱不
住，他比以前更會跑了。

別的不多寫，祝

好

潤枰又草上

十一月七日晨

11、10 收。

致王貽蓀函（1944 年 11 月 7 日）

貽哥：

我們新增名字含意當然很好，我不會有新發現，就完全依你所定。現在我又去將我的戒指換上兩個，要金鋪定打，將我們的新名刻在戒背面，樣子仍同敏月哥一樣的，你說好不好？這是我這後母給我一點小小紀念，仍是將他大小換兩個，作為我倆永遠的紀念。請何人帶給你最好？你便中問華濟民什麼時候到重慶來，當起程時請他來我處拿東西帶給你好嗎？

你要我將放大及普通的添印相片還沒有辦好，僅加印了美術的，時間稍稍長一點，反正沒有多大礙事的。

你比我作月亮，要是我能嫻靜的溫情你，那是才不名不符實呢。貽哥！你卻是我壯嚴的太陽，月亮沒有太陽，那能發出皎潔皓空呢？好的，我們的精神受日月的感召吧。

當你將入睡的時候，一切艱苦隱現在眼簾。親愛的貽哥！你這就是給我了最大的安慰，我願因此而忍受，等待呼吸寧靜空氣的時候來到。貽哥！我倆所設想的以及感受的怎麼都是同的，怎麼你又感想到我現今暫時的委屈呢？愛的貽！我以後不再自悶了，我會常常將你在我心頭，而寬慰、而解脫。

桐哥的意思在於你是主張怎樣？問我嗎？我說現今社會情形，唯一得立定經濟。兩人能在相近處工作，在環境可以使我們不兩兩相顧的不安，這是唯一要件。我們需要置辦的一切，在物價如此畸形中，恐怕不會稱心的，你覺得怎樣？告知家裡，家裡也是不能助得多少

的。這全在我倆努力出來的多少，怎麼向家裡問呢？你代我問好不好？

你所有的詩，我只會興賞，不會學習，祇知含意，不知改造。其中亦有韻不合的，這是我浮略的知道，並不是我會的說法。貽哥！你不能意為我是會的，否則我也可以寄語給你了，是不？有幾句吟得確實自然逸致：「花開可折直須折，莫待無花空自蹉。」還有其中秋思二則，實是生動有情：「恰似美夢醒中睡」，伏美情態的逼露，我就喜歡這一句。貽哥！你最得意的是那裡一點，告訴我。

徐雨蒼處的相片，我就簽送他了，不再寄你處是吧？此外我仍都寄你好不？餘不多寫，祝你

好

並快樂

你愛妹潤枰手上

33 年 11 月 7 日

11、12 收並覆。

致王貽蓀函（1944 年 11 月 9 日）

貽哥：

今天得到你3 號信，也同時胡哲文來信。當她也詢及婚前的計劃，同婚後的通盤打算如何？你也問到我這些，可是我一時無從答覆起。我怎樣來渝呢？我們一切的東西都沒有，在現今的時勢裡頭，購辦房子太不合算了，我們能住多久呢？還不是就能回家的。那房子要是能相應的買下來，再能臨時租出去倒也好的，等待我們

合用的時候拿來應用，一切全由你自己盤算好了。你提出來的諸點不也是我慮到的，「錢」和「人」能解決一切問題，我們能打破牠嗎？貽哥，我不會失望的，祇有奮鬥使你少慮。提早來渝，我何尚不是渴望的，終至我得整理好我的一切，否則我是一個難民還不如。

郵局調用是向有例子，不知須服務多久才能調，我還未明白。做一個合理的呈文，以家作前提，調起來可以方便些。我待天晴的星期日，我會去問後再告你。你說四川銀行工作地點還是在城裡嗎？匯局的人基本是郵局派去的，現在間或亦有極少數用私人面子進去。你們新橋沒有女職員，那全為女職員不願在內地服務的間係。

購房子耗金太大，你可不必，因為我們需要用的不止這一點。

我目前的環境，不必要的精神損失我是無法避免的。我全都告訴你了，因為你才是我最能明瞭的。貽哥，你也不必因我的諸多問題使你千頭萬緒，不知從何著手，損害你現今工作精神。我自己也會想法的，也會慢慢求得解決的。不是我已從不正常的環境裡走到現在可稱安善的地方來了，在現今可以有多一點可能避免不必要的應酬了，並且我常常用來托詞自護。貽哥，你是明白我的遭遇，所以才有如此直率的說給我知道，怎麼要用到原諒的字來說呢？

衣服由敏月哥代我計劃，將我錢作一個積儲，待解決這事，皮衣已打算去賣。情形如何很難說，因為現在時局惡化，賣的人多。你衣服給友人拿去，一定是合理

的給與，能救助一人之困，而自己還能設法，也是我們
得愉快。

我滿意我們的直陳無諱，作為我們合作的先決條
件。我接受你純愛的心，我也獻給你我所有的純潔忠
誠，來慰護我的愛。

哲文希望我的心也同她自己一樣，聽到我這次訂婚
的消悉，才使她一懍。全想我會再讀書求進的，為我一
時經濟困頓，沒有多大反對我進郵局，可是鼓勵我讀書
的心還是每次來囑我的。當她一來貴陽知道我已離貴
醫，才使她一個大不高興。經我陳述在貴醫苦狀，她才
安心我進郵局，所以每當提我再讀書的時候，使我感起
陣陣隱痛。今天哲文的末尾一句，使我勾起素日餘音。
我所要知道的東西，那是我這多年來為苦的目的，要離
家為求知，現在我卻沒有這個環境同時間。貽哥，願你
能亦帶領我讀書。記得我同書華、哲文三人共書一室
時，終夢想能常有這情景。可是今後是失望的希望，
回憶過去是多麼合理，現在我唯一的著急是我每天荒
嬉無成。

到重慶，我也不過是一利。希望能夠使我們在可能
一起，這是我們最美滿的一點了。那時我們還是兩地相
顧，不是更苦了你嗎？

最後，你不要為我的事來損失你的精神。貽哥，你
本來一個人的時候，決不會有這許多事來煩你的，現在
你卻要多這一層思慮。貽哥，我們討論，可你不要常放
在心上。想到解決的一天，就是我們時機到來的一天。
我現在還祇能麻煩敏月哥處，寄居在他們處實是使他們

多一點麻煩、多消費。而我也極盡自愛，使敏月哥更愛我。你說對不？

　　祝你

快樂

　　　　　　　　　　　　　　　　　　　　　潤妹上

　　　　　　　　　　　　　　　　　　　　　11 月9 日

11、14 午，即覆。

致王貽蓀函（1944 年11 月10 日）

貽蓀兄：

　　要放大六寸，價2320.00，八寸是4320.50，你看要不要放大？指美術的，你問重慶的價錢怎樣？在重慶印普通的什麼價錢問一聲，我想再添印幾張普通的送送人也可以了。

　　今天將相片取來，印的沒有以前的好，真失望。我留一張送徐雨蒼先生，此外都寄你。你個人的要留給月姊的及給我，所以祇寄你一張。要是你仍須要，我再寄你好不？

　　貽哥，我倆的決定確乎在我能否到渝嗎？我看現在局勢也很惡化，究竟如何很費躭心。郵局是有逃難費，怎麼分散或帶走，都是不知道的。

　　我去從志願軍好不好？你說後我再想這條念頭，你說怎樣？這是我說得玩的，你不要計較我。

　　初冬寒風很能逼人，願我倆都自攝理。祝

　　你

健樂

潤妹上

33 年 11 月 10 日午

11、14 即覆。

致王貽蓀函（1944 年 11 月 13 日）

貽哥：

今午後得你 6 日發信，美玲綺麗的詞句，得安排在我遙遠的溫暖中。貽哥，這溫情我仍在你的胸際，感受這至上的愛憐，將這黃菊深秋，給我們改走得猶如錦花春山。你也忙在工作中嗎？長學甥復健，勿念。愈在我忙的時候更想給你送音，將我心靈的揉音給我愛的歌頌吧！以上是十一號寫好的。

昨天是值班，請了兩個鐘點假到蔡傑辦公處做菜吃。他們的機構真簡單，一個站員，一個站長。這位站長是四、五十歲的長者，所以任由我們幾個同學做菜。有三個女同學楊啟維、凌琦鈺，給我們盡情的鬧了一頓，我是充當了廚手。下午仍值班，由楊維送我到局裡，下班後我到貴醫接月姊（星期要值十二點鍾班）回家。在昨天一天裡，我們做了許多事。

時局極惡化，雖說逃難還不急，有一個準備要好些。敏哥問你小龍坎紅十字會近新橋多遠，要是敏月哥有箱子請紅會車帶重慶，你到小龍坎去取容易嗎？希望你接信後立刻覆敏哥，紅會車約還有十天左右開重慶。

貽哥，我可以有一個床睡了，是敏月哥去借到的，你亦會為我高興嗎？你亦常為這些使你記掛關懷的，所以我得從早告訴你。

　　我在敏月哥處真是我從得家庭的照顧，關切的獲得。敏月哥是真誠的愛護我，不也同時月姊你在筑時急切的憂著你路費的不足一樣，確實你們姊弟的感情真好，我也因你而蒙受到手足之真誼。那時鑑哥對我如何，我還不能深深瞭解，現在我可以體念到人情間如何的濃蜜。

　　貽哥，董先生問我時，我是答她的，我極愛你，不，你也正極愛我的，我倆是相愛的氛圍中，在純潔寧靜的世界裡滋長著初戀的結晶，這忠誠初戀的賜與是我貽的造成。貽哥！你的溫暖又在我身內蕩漾，流拂內心開郎的美景，常是不斷的起伏。貽！我永遠是緊倚在你胸裡，是嗎？你在笑，你笑的使我勾起無限情緒，傾訴給吾愛。時間是上班的時候了，祝福你的

樂與健

　　　　　　　　　　　　　　　　　　□□

11、17 即覆。

致王貽蓀函（1944 年 11 月 16 日）

貽哥：

　　局勢轉變得很惡化，一般的人心很是不安。各種的傳說使人心動搖，有些機關不公開的自動疏散。當然貴陽人數太眾，能疏散些最好，可是政府眼看了這種貴陽人滿之患的情形，就沒有一點通盤辦法呢？要是貴陽一旦有意外的發生，慘狀可以勝過所有過去各大城市的程度。現在重慶也聽說有許多恐惶的情形，許多謠言、許多不可考之說流傳在一般人的口頭，作現今見面寒喧的

開場白。這種不穩定的轉變，太使人沉悶了。

我的眼睛大半由於我自己不注意，本來在初中時就給看小字有點不方便了，到了三中全用油燈，加上█教室光線不充足，更加深了我的光度。你要我注意預防，現在的環境裡已給我有益的方便，這倒不怕了。關於挺胸直視的態度，我經你在一起時有注意到，你說過數次那是暗示的，並沒有直接說我。那時我唯一的矯正外，我更欽愛你。貽哥，惟有你是這樣的說、這樣的注意到，我愛你，赤誠愛的！你盡管說是了，我愛人家指摘我的缺點，讓我矯正改善。今晚敏生哥還說我的兩雙鞋子不能留一雙出客穿，穿鞋█費是一種真直的說我，我會注意改良，我更感激。

我從不與人為好意的勸告而生氣、而放在心上不舒服，並不是因你已愛我了，才說我不生氣，那是我素有的脾氣，喜歡人家指出缺點。在哲文就是我的明鏡，她常常給我有褒貶的。你的習慣嗎？還沒有給我發現到，你能相信我這樣說嗎？其實在倆倆相愛的當兒，我們就要有找到一點不滿意處來相較可愛的情形，這樣才能有美滿的對方。貽哥，你能相信我，我對於人家沒有什麼可求的，唯一的是誠。我給人的也是誠，所以我才有生死之交的同學三、四位，她們願與我相共一生。所以這次我同你結合的唯一伴侶，她們很為失望，同時也關心著你是怎樣的一個人。所以哲文責我為何不同你到花溪，同孟文、書華一見。貽哥，願我倆的誠還是她們所希望的。

作我們奮鬥的信號：「時間不我留」。畢竟我是腐

敗了，我是不能再得按習作的機會了。除非我給你一點摯愛的書信傳音外，我就沒有其他時間作我進修的機會，希望你有時間盡量利用前進，我們正是進修的良好時期。我要你努力進修，也正同我現今切盼有這樣的環境來到。

對於人家的缺點，我用更明瞭。那種處境而成的缺點盡量寬解，用優點來填塞，何況你還沒有我所注意到的缺點發現到。

關於「中央週刊」，一期也沒有寄到。這是什麼道理，是停刊了嗎？有便時你問一聲好嗎？

克誠同鄉既少一個人補助生活費，還要另外添一個人消費，生活得還好嗎？所以一個女子一達到這個程度就沒有自由了，你說是嗎？人的思想是在矛盾中相爭的，我就是這樣在砥觸著。可是我畢竟是愛你的，貽哥，我們是互愛，也是互信著的。

現在我暫時調在夜班工作，上半天我在家做一點事，乘這個時候又給你寫上一點話，下午一時上班，到七點半鐘下班。要是明上午有空暇，我就去問請調渝工作的情形再告吧。

即祝你的

愉悅

潤妹手上

33 年11 月16 日午前

相片僅留了一張，給敏月哥的。

11、20 收。

致王貽蓀函（1944 年 11 月 17 日）

貽哥：

　　昨天將你信在上班時我一口氣讀完的，因當時沒有機會可以立刻覆你，等到夜班完後再返出來細讀。又為長學甥有燈不能睡，我就在熱愛的情趣中入睡了，等到早上醒來，我一一的回記這一晚美夢的經過。好似我倆都已去參加遠征軍的任務，你還是穿了那套呢服裝，我向同志們嬉笑著說你「將中山裝權充軍裝」。當我們將出發的時候，你臨站在一個大深水塘的岸旁，你對我說：「要是我這樣的一跳下去，你將怎樣？」我答你的說：「我也會立刻跳下的」，我還加上一句：「我會游泳將你救起來」。這一場美夢是我倆又重遊甜美，重返燈影交輝的河畔。愛我的貽！這真是兩地夢悠悠！

　　貽哥，我們這樣的相愛，各人體念著相互間的情況。過去的、現今的，你不也是單獨奮鬥過的嗎？我固然你所稱誦的七年來飽受磨折，你呢？也不同樣辛勤了七年來？我要溫慰你，更要瞭解你，願你仍不斷的努力。你的學問、資歷穩固，事業不減，你過去的雄心，有更深刻的奮鬥與努力，將我兩過去所歷受的一切經驗與教訓，作我倆攜手努力合作的明鑑。貽哥！相信我素來的趣味喜歡在苦難中求快樂自慰的。我能忍受、我能磨苦，你要相信我是糟糠。你祇須自己努力，我就愛你、尊敬你的，不斷的努力自愛，這是有希望的光明條件。所以我得獻給你一切，貽哥！由我們赤手空拳中成長起來，該是多麼自慰的！

　　你再從事軍事工作，要是你得到詳悉的消悉，怎樣

的情形告我後，你已決定的事亦告我，我會立刻報名投效的。最好同時報名，能使我們在接近一點的工作中。我想投效的念頭早有，我不趕向你說，要是你以為這是我們合理的途徑、應該去的地方，你已去了，我一定得同你攜手相向的。

請調的事現在很難說，要是貴州區的員工都想調，在這種時局下，局長無法簽准的。要是重慶總局有人來一個命令，得調某某人來川區服務，這才可以。現在敏哥也說欲速則不達，還是慢慢說吧。貽哥！你也在希望我們早在近處嗎？

要煮飯了，不多寫。祝你

早安同愉悅

潤妹上

11 月17 日

11、22 收，23 日覆。

24 日寄介函。

致王貽蓀函（1944 年11 月21 日）

貽哥：

你14 號的愛書及退寄我兩幀相片都收到，本來我該昨天覆你的，因有蔡傑請我同眭看「殺到東京去」，回家已來不及寫了。今天雖然我又做了夜班回來，看到你給月姊的信中，關懷我們筑地的情況，以及為我安排的打算，我得給你細讀，給你道說我等的安然。

筑地在13 號，有2 時至四時許的空襲警報，我們都避到郊外，可勿念，並未有緊急。在十八號有一時至三

時十分的緊急，敵機僅聞到遠遠的聲音，並未臨至筑市上空，我們（與月敏哥）都逃避到水口寺郊外。你們在渝市所得完全是謠言，筑市並沒有空襲，連敵機都未曾臨空過，這種謠言也未免太擾惑人心了。貽哥，筑市有什麼情況，我得立刻告你的。當我每次給你信，我終沒有提過貴陽是怎樣的，因為貴陽人心的慌張完全是自擾其心，也有給有錢人走的慌。這些慌張，完全是不合時局所應該到慌張的地步，所以我們在家的空氣是很悠然、恬靜，沒有想到要逃難。你如此的為我著急，叫我怎麼來承受這深深的情愛？貽哥，我不是已早告你，不要因多一個我，而使你素來是一個單獨自由人無思無慮，現在卻添一層愁。我也明明知道，我不在你近處，實處在目今時局的驟變，要求請調是難於啟齒的。本來要調是有的，正趨於這個時候，所以我祈望著局勢漸能好轉穩定，疏散逃難的風聲略止，我再去請調，要能夠說說或者束性早早遣散。郵局的疏散路線是桐梓、松坎一帶及川地，這僅限眷屬，職員尚無消息。尤其我在本地股，得最後撤退等悉。貽哥，我沒有將這許多消悉告訴你，我也怕你一方面有希望，一方面卻擔憂著真要最後的撤退。現在貴陽就是疏散空氣盛，銀行家先疏眷屬已實行，此外各界都在登記請求疏散中。人心之惶，所未見有的。這種的觀察時局，真是庸人自擾。

現在唯一的請調方法，也祗有在總局裡想法，來一個令得調某某人至渝工作，這完全是人情面子，在我們又不願如此做。或者我到雨蒼先生處問孫文深（在郵局很久）可以有法想否？能夠到總局報到，宿舍問題可

以一暫時解決，但願能早實現，省得將我一種希望擱置得無法實現。貽哥，你呢？我更不願使你為我而擔心費事。貽哥！叫我怎樣感激呢？唯有使你少為我不安，從早讓我投入你溫愛的懷裡。月姊明天或有空，就會給你信。水沒有了，祝你

晚安

潤妹上
11 月21 日

11、21 發，26 收，28 覆。

致王貽蓀函（1944 年11 月23 日）

貽哥：

　　17 號同18 號快信，今天中午同下班時接到。我不願使你為我而擔憂，更添上你一層愁。貽哥，你摯誠的為我打算一切，為筑地謠傳而為我懸念，我將怎樣感激你呢？願我一切為你獻給，願早投入你親愛的懷裡，讓我們輕鬆的呼出勝利的歌頌。為了你，更為了我們的兩地懸念，我得早日來渝。在現今的情勢裡，我請調很難啟口，所以敏哥提供的意見是，提早到渝最好，不以離職郵局為原則。若要離職赴渝，為時太早，待請調照准後赴渝。這請調的工作得及早設法，並且多方面的設法。敏哥又說，要我立即來渝是為了戰局，抑為了其他原因。這一點我立刻為你答覆了，當然為了戰局，為了我的安全打算。貽哥！我是默受你給我偉大的摯愛，在以前除了家裡有鞭長莫及的關顧外，唯有我自己照顧我自己的安慰。現今我卻自傲著、自傲著我竟有如此偉大

的外力充實在我的心坎中，循流在我的精神裡，我將立刻飛入你的懷裡，祇有你的聖潔才是我的崇敬！

本星期日上午即去訪謁雨蒼伯，請他設法為我調職到總局疏通。得一調令來筑，一切可決無問題的赴渝，聽說渝總局也有宿舍，這更為美事。

你說離職後換另職，就敏月哥亦是如此說，其他任何職都沒有郵局穩妥，況且目下待遇又不差，人事之間沒有難處，所以不失郵局職務為原則。反正現況中貴陽不致即有緊張，可靜候調職赴渝。當然貽哥完全為我，緊張後的貴陽，使我諸多不便時的打算為處在一切困乏中，我還是不能妄動。貽哥，你懸念著筑地安全否？我何尚不是念著你因我而起的許多不安，我能立即奔到你一起，那時我們都可放心。

一到重慶，我會以你的指針而一一訪晤，渝市有胡哲文九龍坡，青木關鍋廠嘴胡之美，伊父在教育部任職，尚有地位。還有上清寺美專校街，中執會訓練股柯行健係我表姊夫，表姊祝月霞（無錫人），還有就是仲振平（即吳振平）、吳克忠等，我想能夠到重慶決無困難的。你說怎樣？

你囑我數點，我當一一依次而行，不致受困。最後附告筑地安好如常，並未遭罹敵機，我與敏月哥同避郊外，一切可勿懸念。願你心暢安逸，不要為我而煩擾。

祝福你

並快樂

潤枰手上

11 月 23 日晚

11、28 收，午後覆。

致王貽蓀函（1944 年 11 月 25 日）

貽哥：

　　昨日發平快信，及月姊也另有信給你，想已先此信快讀了。我將偉青姊姊的信附回給你，也用平快發，諒早投入你手中了。

　　貴陽很平安，昨晚上有了情報而無警報，今天仍是無動靜，我們一切照常快樂安逸，你可勿念，長學甥又胖成圓臉了。

　　同樣的，你們在渝市的情形是怎樣？聽說為戰局的關係，大家很沈悶。從貴陽疏散到重慶的更多，尤其一般有錢人以及銀行家，都向重慶走。以前貴陽是房子荒，現在宿舍住屋都有空出來的了。貴陽疏散盛、賣舊貨盛，一切情形也無其他變化。渝市空襲的可能也很大的，希望我的貽從早避到郊外。貽哥！你念著我，而我更念著你，因我而累了你的精神，但願這累了的精神，從我不斷的信中給你寬釋、給你愉慰。

　　我想能早到重慶，可是我又不敢到重慶，這是我的實話。貽哥，要是我到了重慶，你要我們結婚嗎？貽哥，我就怕早結婚，就怕我們一樣也沒有完成就結婚，過後受到種種不自由的牽制，此後使我們大家的心境上受波折。貽哥，你相信我這樣的想法為見了一般事實的現出而說的嗎？你有怎樣的計劃在盤算嗎？否則我們就等待到能夠適舒的時候再談吧。以你的計劃，也可給我知道一點嗎？

　　並不是我愛享過一點虛榮，對於我們婚前後都有一
個好的打算，在結婚的時候當然不能草草了事。貽哥，
不是你也有許多朋友親戚嗎？要是知道那次結婚很草率
的，他們會毫無影像的將我們這一次的紀念略過了，你
當然不會願意如此做的。我又想早到重慶，可以使我時
常在一起，得到多的機會同商，你說對嗎？

　　今午草草給你這信，恕我就要趕去上班，不能寫。
祝你
樂與健

　　　　　　　　　　　　　　　　　　　　　潤妹上
　　　　　　　　　　　　　　　　　　　　11 月 25 日

11、29 收，30 覆。

致王貽蓀函（1944 年 11 月 26 日）

貽：

　　今天上午就到雨蒼伯處去，他的意思大該同敏生哥
一樣的，他分成兩點：第一要立刻離職走的話，否等到
重慶已找妥事才走；第二還是等郵局的安排。貴陽也不
至於危險，一個單身人不怕走不了。所以他要我安心
著，目光放遠，不要空急。其實我很安，沒有急，就是
想乘機到重慶那是真的。雨蒼伯也說要是請調大家都想
走，做一個主管的准了那一個好。這許多話都很合理，
不過他不知道我們想走人的慾望。

　　你可以放心我們，我們決計會自守安全。貽哥，我
不願使你為我刻在心，為我懸念著貴陽的安全。要是不
多一個我在你心裡，你一走是一個自由神，一個單純的

小天地，多麼逸樂呢。

今天我很乏了，恕我不多寫。祝你

晚安

潤妹上

11 月 26 日晚，星期日

願我們兩地的美夢成為異地同夢。

12、1 收。

致王貽蓀函（1944 年 11 月 27 日）

貽哥：

20 日晚書在警報聲前接到，當時為工作的無閒，我直帶到防空洞裡拆閱。那時我整個的心靈倚維在我至愛的精神裡。貽哥，我自悶著為什麼我一個人在這裡坐著呢？這樣的寂寞，蹲踞在飛塵滿揚的警報聲中。我是想到你，想到我愛的此時也在思念到這裡有一個孤獨奔跑的，正在想到能有相夥為慰為的來到。

貴陽最近沒有車子到重慶，我除掉等時機之外，想去請求調職。要是丟了郵局工作再找旁的，是很可惜，也是再不會找到理想的工作。我所以將讀書的念頭斷了，完全因為郵局的工作基礎，使我不再去讀書也可以了。知識並不是限學校裡的，那是要從廣大的宇宙裡去求來的，在人海中尋穫的。誠如你說，要是早同你通幾封信，或者我早與雨蒼伯請教，我現在仍會在學校裡，也許早到重慶了。那時的我們又是另外的一面，勝過現在嗎？或者得不到現在的我們嗎？情景又是一幕，恐怕

我還想不到那些至上的精神，覺得會可貴的是嗎？寄來的那頁報紙，確是針對著現在男女不平等的主因說的，很確切、很合理。中國的男子沒覺悟到女子的力量，我說中國的女子沒有認清自己的力量，才是一個大結症。知識能有美麗的人格，能有人生的幸福，貽哥，我知道的太少，願我們相互間得到「信仰」及「愛國精神」而奮鬥。情人的愛便是這種奮鬥的力量，讓我們新的生活的開始做到，得美滿的生活，幸福的將來（為子孫的將來）。這一遍我珍藏起來，為我們互勵的南針，切實做到我你相依、相扶、相持、相助的理想實現。我祇希望你努力知識，對於我的情形，我會時常告訴你的，尤其近日來貴陽情況，我在必要時，時常給你信，也會特快直接告你的。貽哥，你不要懸念。

　　敏哥同雨蒼伯一樣的意思，不能離職，真要決心走，也要調請手續辦好到渝市可以報到無問題。貽哥，要是你在總局有你比較親熟的友人，容易說說的，可以同他談談，請求總局來令調渝的命令嗎？這裡要請求，我也想同時進行。關於事勢一緊，郵局也有撤退的工具，那時就吃苦，以及東西也會無法帶的，這是不得已的時候，我想也不至於到一無法想的地步吧。就是我怕你會念我的盛，為愛我而時刻不能放心，叫我怎麼能放心你呢？想到這許多，所以我得早早決心好到你處，到我們一起的時候，可以免去兩兩相顧的彼此皆苦。

　　交通在這幾天中極其困難，什麼車子都扣住，讓軍車運隊伍下去。能借出來用的都派去運隊伍，就是一般有錢的，以及庸人自擾的，也是有錢難施鬼技的難關

中。這倒使人很痛快，有錢也買不到票，同窮人一樣的走不了。否則一些富潤人太神氣了，用錢可以呼喚一切，目前卻不能施用了，多麼傷心可憐的。

我首先告你的戒指因為後來逐日飛漲，黑市竟買到四萬多元，我就無法添補，所以還是沒有鑄成。你會覺得我失信嗎？我想終究我會將這件事做好的，做我兩一個甜美的代表。

要是我到重慶的時候，一定有祇少一個女同學同走的。無論怎樣我會同她一起走的，所以道途中的伴友可以無愁，其他我會依從你說的去做好的，可勿念。長學甥又在出痧子，可苦了敏月哥。

今天警報跑的很累，夜也已深，美麗的月也正笑向著我倆的幸福。但願美滿圓潤的時候即到。貽哥，你也正在這樣想嗎？即祝你

晚好

潤妹，靜夜中

33 年 11 月 27 日

你們同思信先生夫婦談些什麼？會談到一天。

12、2 收。

致王貽蓀函（1944 年 11 月 30 日）

貽哥：

想不到局勢轉變得這樣快，貴陽已經很緊張。月姊同長學甥已決定明天就走到黔西，以後再說。我再等局裡的疏散，敏哥說郵局有辦法疏散撤退的，你不要為我

著急。反正我一個單身人怕什麼，最多將我行李犧牲，
我終有辦法逃出來的。你也會相信我是一個老練的逃難
者，你定心，我們相會的日子恐怕還要在這更緊張的時
候呢。願我們都是在苦厄中生存，難中求生，我祇有你
的愛，我能安心在這種境遇裡。我知道得到一點貴陽的
消息會將你更急，這是我的累你。貽哥，你停心、你放
心，這裡有敏哥、有雨蒼伯，會同樣你的愛護將我好的
安排的。

　　局裡在昨晚開了一整晚的會議，怎樣的辦法還沒有
傳來，終是很急迫地要疏散了。

　　我是準備等局裡疏散令下。我就走到了重慶，我們
再想法，你有如何的決定？我再到那裡，同樣可以報到
的。我已看到由衡陽來這裡報到的，她是已婚的太太，
隨了先生，並沒有請假。到了貴陽看到他們都能報到，
她也報到進局了。我在希望疏散令快下，我可以立即動
身了。

　　你能代我設法介紹信乘車，你可以快寄來。貽哥，
你這樣的為著我，我將如何的牢記著？我得將一切為了
你。貽哥，我要像「碧血黃沙」裡的卡爾門一樣忠實好
不好？祝你

　　安樂
與幸福

潤枰上
11 月30 日

匯來 2,000 元也收到。

11、4 收，5 覆。

致王貽蓀函（1944 年 12 月 1 日）

貽哥：

本來今天是月姊會走的，車子在修理，又得延下幾天。幸而到今天的局勢又得到一個好轉，大家心裡得到一點安心。在於貴陽市面看來都還鎮靜，大家就忙著疏散。在於貴陽的人口是太多，應該疏散一點，否則糧食會愈弄愈緊的。

我現在靜候著你給我佳音，姓葛的是很有的力量，大致不會失望吧。可是在目前局勢，我們再開口恐怕很難說。還有自費請調，預先申明，這樣可無問題的請調。因為現在正節省公款的時候，再有調遣費，多一筆開支會不肯一點。你說也有理由嗎？我等待疏散，隨局分發，是在我目前的打算。要是離局而自走，就是告退，得賠賞一部份款子，在你沒有佳音之先，我靜心等待。我想一個人終好想法，就是月姊帶了長學甥，又得顧看行李，在路上會很苦的。並且長學甥的痧子還沒有好完全，今天又得悉，車子還是開不成功，最好再待三、四天就好了，但願能如此。我局裡發了一萬元疏散費，最好不要逃難，讓我帶在身邊添置一點東西，倒很適合的。

所疏散路線還是桐梓、松坎一帶，到那時我有辦法，車子就直接到重慶了，報到的難易還是內部人事。

這次原諒我不多寫。祝福你，貽哥。

潤妹上

12 月 1 日晚上

　　昨晚月姊整理東西，我們到十二點才睡。我白天去收信，又是整天在忙中。將下班的時候，為畦結帳。已兩次到六點多下班，郵局生意好是畢然的。

12、6 收即覆。

致王貽蓀函（1944年12月2日）

貽哥：

　　今晨特別冷，我們都賴得很遲才起身，走出門見滿屋、滿天地是白的，接近聖誕節的景色已來到，這是多麼使人歡躍的。局勢沒多變化，我們這樣安逸的過過日子，倒蠻舒服的。我是已過到舒適的日子了，比了過去數年，確實我是安逸了。在月姊處我像自己家裡一樣自由，月姊也是待我親無間。我要更自愛，可能不偷賴才對。貽哥，你說對不對？

　　貴陽今天是第一次降雪，冷的空氣是一定的。我們辦公室兩人有一架火盆，倒還不冷。要是看到一般無食無衣的人，真也可憐極了。正在途中疏散的難民，又是怎樣的日子？我們是天堂。

　　要上班了，恕我少寫。祝你

早安

　　　　　　　　　　　　　　　　　潤妹上

　　　　　　　　　　　　　　　　　12 月 2 日晨

12、6 收。

致王貽蓀函（1944 年 12 月 3 日）

貽哥：

今天星期天在董先生處一天。她因為局勢不好，有三小孩的累，心裡很焦急，所以要我陪陪她在這裡一天的玩。我也沒有回月姊處，是否明晨能走掉我還不算知，待我明晨發你這信時附註一句吧。

貴陽很可能的情形有各種的推測，最多的還是說貴陽還是要逃的。現在多種的謠言完全有，有的說局勢好轉，有的說更懷，不一而足的多種說法使人更慌。人是每天疏散出去的很多，有各種方式，三橋檢查很嚴，真不易出去，尤其行李不能帶笨重傢具。所以用馬車出城的有，有的等了很久的車，還是沒有得到。疏散路線川昆線，可是直接到重慶的車子是少極，還有難民不能進重慶的說法。許多惶亂的謠傳太多，祇有各人打定主張而已。

貽哥，我暫時還得等待郵局的疏散撤退辦法。一旦緊急，敏哥會同走的，你可以不急我。最好還是請調成功，自費請調也好，祇要讓我走，到了重慶能報到，你說對嗎？

現在有些機關機構好的話，會有很好的疏散辦法。要是一種不健全機構的機關裡面，小職員工很受影響。主持人將課長、股長的眷屬先秘密的送到重慶去，而剩下員工眷屬就此不聞，這樣在下屬的員工就有不好的現象出來。目前各種畸形的現象不能看，一看就一使人嘔氣，希望能早旦澄清這種汙穢現象。

這兩天氣候特別冷，重慶怎樣？今天不多寫了，

祝你

晚安

> 潤枰手上
>
> 12 月 3 日
>
> 水口寺電廠

　　昨晚已 9 點多，月姊來電話我，不是回月姊處。今晨 8 點 20 分左右，開車到黔西。

　　你 28 日發信收到，近日工作忙的很。

12、12 收，14 覆。

致王貽蓀函（1944 年 12 月 5 日）

貽蓀兄：

　　月姊昨早走了，能夠一天趕到。昨晚房子裡真也靜透，我與敏哥正在煮飯，警報來了。因為正有失火，燒的半紅。為了目標太大，敏哥說要走的。不久就解除，並沒有緊急，這你可放心。

　　今天你 12 月 30 日平信及快信都到。請調的事，現在局裡正抽不出人來，請假去見局長沒空，許多不能決定的事，真給人心焦。現在各機關都在疏散，敏哥明天要到黔西，顯得我更單獨。所以敏哥要我在局裡盡量想法，代我決定所向。貽哥，要是到不得已的時候，我暫時退黔西，你可以放心嗎？到了那裡又是敏月哥的麻煩，又是他們為我多一倍心思。我在可能中，還是等待局裡辦法。

　　郵局的公事往返真也遲鈍極了。現在加緊疏散的眷

屬剛開出兩車，當然今天亦有。待眷屬完後，就是會計、出納一些總服疏散，最後是本地業務股。我們要在緊急疏散時才能走，怎樣的走法很難想像，或者東西會損失。在我的心裡急，也許看了人家走很急，可是到了這步田地，也有什麼辦呢？祇有托之於上帝給我幫助。

祖榮弟來我處，告他步行遵義，不要特到重慶。華濟民來信問你通信處，因我無心寫信，還是請你直接告他吧。他在白沙東海沱大學先修班二部。

敏哥告你通信處：黔西貴州公路局黔西車站材料室徐敏生，要你不失聯絡的常去信。祝你
好

潤妹寄語

12 月5 日午後四時

偉姊信是用平快寄，因為很厚，恐怕有誤了。

12、12 收，14 覆。

致王貽蓀函（1944 年12 月6 日）

貽哥：

明天敏哥走，我將箱子會寄到雨蒼伯處去，我會同睦小姐處住，一切將待命運把佈，到那時再看情形。在這種時勢裡，苦難是必然要受的。你放心，必要時我們幾人，睦、凌、蔡結夥會步行的。東西要去了，我從長沙時辦的被褥，恐怕這次會不保了。

今天請了兩個鐘點假到雨蒼伯處。以他不要遞呈文，時局到如此緊張的時候，只有隨同局方走。請調太

遲，不能在這個時候的，又是正在整理公物的時候沒有
空暇的。後來我又到姓莊的先生處，他告訴我局長還沒
有收到葛處長信，就是呈也會擱起。現在局長忙的不可
開交，並且公文已停止辦了。現在我等待局裡疏散了，
一切總無問題，雨蒼伯也說。匆上，祝
好

潤妹上
十二月六日

12、11 覆。

致王貽蓀函（1944年12月7日）

貽哥：

　　敏哥今天走了，我暫時仍住宿舍，裡面共計三人，
真是清靜。要是不就走的話，我會搬到眭小姐處住，事
情到這步田地祇有忍。

　　一種不能心安的情景，我無法刻制，我要向你說
很多話，可是我沒有心緒。要是在我們渝市相聚的那
天，真不知是我的樂還是意外，我想我能到你處真也
太難了。

　　我將箱子寄放雨蒼伯處，能帶走最好，恐怕會有丟
的可能。這是八年來心血的集成，以後若何情形，我不
敢想象。

　　路線還得到畢節，轉到渝市來，或者到旁的城市使
我們在一起。我怕夜晚的獨單宿在那裡，也怕一旦步行
的時候，我吃苦不在乎，就是要碰到兇險的時候，我真
吃不消。我總在下班時給你匆上，你能原諒我的草率？

不多寫，祝
好

潤妹上

12 月 7 日 6 時

12、11 覆。

致王貽蓀函（1944 年 12 月 8 日）

貽哥：

貴陽城裡人都是走得匆匆的，行李多、地灘多，使人心慌的景像不能自主。貽哥，要是你見到現在我的景況，你會要我離了事再走的，可是車子不能直達重慶，我祗有固守。

今天的消悉還沒有得到，不知如何情形。昨天敏哥沒有走掉，到了九點鐘還來看我的。敏哥這次為了我真也費盡心思，代我打算了許多注意，囑咐了我許多實心話。我內心的感激，讓我們日後的答謝吧。

昨天當我一個人走回宿舍時，一種清冷的情況立刻使我滿身寒襟。幸虧每個房間尚有燈，將恐怖的心情緩服。我寂寞單條的生火做飯，我乏味的吃著。正在苦悶的當兒，我的同學來了，熟悉的音調使我頓時活躍，我多吃了兩碗飯。這一晚還是我不寂寞的度過了，我是過著今不知明的不安的。我見了敏哥走，我想哭，我想發洩我多年來奔逐的情景都訴說出來，可是我要這樣做不是多苦惱自己嗎？終於我不了，我得告訴你，每天有一個機會告訴我愛的貽。貽哥，這樣可以使你知道我每日的情況，以後我準備寫你及敏月哥同時一封信，用覆寫

各一份。明天起，等到我決定乘車出發會給你電報，你可以放心。待再寫，祝

好

潤妹上
12 月 8 日午前 10 點半

12、15 收。
12、16 晨覆。

致王貽蓀函（1944 年 12 月 9 日）

貽哥：

敏哥昨天沒有走掉，還回來吃晚飯，晚上車來，我得獨自睡了。幸巧公路局的女職員 miss 徐來伴我這寂寞的夜晚。因為沒有來電燈，我們就早睡了。等到九點鐘的時候，頑皮的凌綠梅同蔡傑兩人做了粗大的喉音來嚇我，當時我們睡的兩人，問多不放大聲問，我還是聽出了凌的聲音。我不怕了，我也不高興起來開他們，就讓他們再回去。凌怕我獨自睡要怕的，所以不辭深夜還來伴我，我祇有牢記著她這種為友的精神。今天我會將東西放存局裡，我會到師院去睡。怕的念頭我素來就不主張有的，所以我能獨自躭在那宿舍裡。

獨山收復，貴陽的市面又較恢復了，人心也穩定。但願不要走吧，讓已走的仍能回來過年，不是很好的嗎？物價低了許多，豬肉跌到壹百叁拾元一斤，疏菜也平穩，倒底吃的人少了大半。現在的小館子很發達，一般走成光棍的人都祇有貪圖這點小方便，他們就從中不要命的點利。別待續告，祝

安康

潤妹手上

12 月 9 日晨

12、15。

致王貽蓀函（1944 年 12 月 9 日）

貽哥：

　　今天整個的午後我有著諸多的不高興，可是我說不出為何有這樣的心境。中午我回家一個人也沒有滿意，為敏哥是走了，我一個單純的心思也覺得無處可走，燒飯又不高興，還是走到了蔡傑處。等到上班，我一直是悶了頭在工作，也不願多說一句話。我不知道怎麼會有這樣的感覺，大概見敏哥是走了，雨蒼伯也走了，所有的同學也都走了，一種多方面的交感使我沉默、使我不能開懷。雖然我得處之泰然的神情能抵過一切，可是到今天的景象，我不能再壓止了，我是這樣的不高興。

　　到四點半的時候，敏哥回來了。我一種得意的興彩，我忘形的叫了出來，我歡喜見到我的熟人，不要再叫我生疏。貽哥，我就這樣的興奮了這個半天，連吃飯都不想吃了，你說我有趣嗎？

　　明天有同學要到重慶，願意同我一起走，可是我為職業困住了，腳不能讓我自由，不能讓我走向我渴望著的地方去。貽哥，這遙遠的愛音能在什麼時候縮短。

　　請調恐怕不容易，因有兩個女同事也有呈文上給總局，批下來不准，這還是自費的。最好還將從總局先想好法子，否則是無法的。或者渝筑間人事對調，這是可

以有把握的。

在今天午後局勢大好，貴陽市容恢復。本來晚上八點鐘就是少行人，現在又有晚市了。本來物價跌了一點，可是今下午後又在上漲了，這批商人死要錢，真不知國家的念頭。這許多物資寧願囤積如山，一旦局勢緊張，丟了、燒了，都不惜的放棄。平常一分如命，為何不早早平心而售，或者捐送國家，以免國家的困乏，真是瘦了國家，肥了賈民。我見他們很累的在搶搬貨物，弄得人又累極，可是他們還在想法圖他們的肥利，風聲好轉就是他們得利的機會來了，見到真要痛心。

附給偉青姊的信是用平快，是當我得你信後的明天發的，什麼時候我也忘了。要是你仍是沒有收到，大概會遺失了。

敏哥已不再走了，各機關停止疏散，這是吳鼎昌的手諭。貴陽又可以穩定，又可以稱雄他的威烈。這次希望在湯恩伯身上的光明成功，居然得到了這絕好的前奏。半年以來僅存衡陽一戰，此後就都是使人沉悶，這次竟使我們噓一口輕鬆的悶氣。半年以來的一個捷報，使人心重新振奮信任。

貽哥恕我就這裡停吧，天很冷。祝你
晚安

潤妹

12 月 9 日晚 9 時

12、12 收，14 覆。

致王貽蓀函（1944 年 12 月 12 日）

貽哥：

　　貴陽的情況又恢復了，就是市容不能平衡，物價乘機高漲，真是苦了我們。昨天是星期一素食日，市上的雞蛋 30-40 元一個，這種價格使人不能信。

　　現在我同敏哥燒燒吃倒也好，房間將隔壁的一大間打通，做飯廳同我的臥室。這種靜適的日子能過多久？當那幾天貴陽相當恐惶的時候，將我們家裡所存的炭、油、米、鹽拼命的吃，可是到這兩天將要完了，再買倒也很貴了，我們倒又擔心買貴米、貴貨了。先是盡費，現在是盡省，真也有趣。

　　貴陽這次是好了，將我們也已夠慌了。貽哥，你也在為我們擔心嗎？我有了你的精神，我已沒有所謂恐懼，也沒有困難。衹有你的記憶常常使我快樂，你的勇護能使我得到你的成功，所以我要早到你處來。現在請調太難了，怎麼辦？並非是我沒有勇氣到你處來，實在是我職務不能。

　　別的不多寫，祝

樂與健

　　　　　　　　　　　　　　　　　　　潤妹上

　　　　　　　　　　　　　　　　　　　12 月 12 日

　　再等一星期，月姊會回來了。

12、16 收，即覆。

致王貽蓀函（1944 年 12 月 13 日）

貽哥：

　　6 號發快信今午讀了。希望請調成功早到重慶，我心裡會更安的。現在許多同學一見到我，就說該到重慶去。我何尚不想早到重慶呢？無奈職務不能脫，正碰著國事如麻的當兒，我的請調會一定發生阻礙的，居然我將無法走成。

　　現在祇有靜待請調成功，或者有貴陽撤退派到重慶報到，這樣也許能成功，否則均無希望。其實待貴陽撤退來重慶的報到，恐怕重慶也已不能維持安狀了。想現今局勢已有轉捩，對於黔省安危大局大致可以樂觀。當春日來迎，願我倆閒步田野間芳芬春香，貽哥，你這樣的願望嗎？

　　筑市雖然有過一度的恐怖，而空襲尚未遭受。況且我一等有空襲，先跑郊野山洞處，我自己也已怕過不小，所以更加僅慎。

　　市容雖已恢復，就是大店尚未搬回復業。一般小店鋪真是大逞雄業，價格漲了又漲，使人不能相信的價格都會出來的。各機關疏散未回的，辦公人員寥若晨星，簡或有幾人也是聊天的多。可是我們在支局裡反而加倍的要忙，心裡很不安，而表面工作尚得步步致行，否則得吃陪賬。現在我們一個支局裡一天的匯款得 30 萬左右，平常有 10 萬往來已稱忙透，現今業務情形可想見。今月姊尚在黔西，餘待後告，祝你

晚安

潤妹上

12 月13 日

12、18。

12、19。

致王貽蓀函（1944 年12 月14 日）

貽哥：

這幾天來已將慌亂的心略略整理了一下，就是天氣的奇寒好像有意同人作對似的，就是冷的使人不快。

你8 號來信溫慰了你所希望的心，我願更努力的工作著，為了愛的貽。就你所說的當我讀到你這信，敵人已驅出黔境，的確黔境早無敵踪。我們勝利了，祖國的新生將漸呈現到勝利完成。我倆將攜手東歸，歡敘天倫的時候，那時的意境我倆祇有默默的相對含笑，默禱著上帝的偉大，是嗎？我們將祝禱上帝賜福給祖國所有的兒女們，那時更會忘形的歡躍起來，慶祝勝利是我們的。

剛剛敏哥談談，他也在二、三個月之內想法到重慶，你看我留筑的問題更形不必要了，早早想法走脫最好。敏哥說能總局有函件到這裡貴州局長，一方面我也上呈文，這樣雙下一定能收效的，最好在明春間我一定能走動。貽哥，現在祇有希望總局的通容，在這裡自請一定不答應的。何況貴陽已乘疏散而走掉一部分人，能早得佳音為好。

我們的工作非但沒有停頓，反而更增加了業務，一天匯款的收入能達二十多萬到三十萬之間。昨天miss 眭

有病請假，我一個人經管了二十七萬元的匯兌，都是我一個人做的。雖然很有趣，一走出局門倒把我寒風迫的苦。到吃晚飯真是一身輕，工作才是最快樂的。

　　祝福你

及安康

　　　　　　　　　　　　　　　　　　　　潤妹上

　　　　　　　　　　　　　　　　　　12 月14 日晚

12、21 午。

12、21 晚覆。

致王貽蓀函（1944 年12 月15 日）

貽哥：

　　你9 號的信今日收到。正得到我們這裡支局長告訴我們的消悉，說葛處長要在貴陽辦公，並且還得住在二支局的三樓上。本來我曾請求過住在三樓，因為諸多不便，所以沒有去住，這次是給第八軍郵處作辦公室。關於請調的事，葛處長也來貴州，能否直接一點？所以我得先將這消悉告訴你，讓你再商你們書記長好不好？我仍舊上呈文，但願能這次成功。春日的渝市會給我倆改造成一新穎的世界，在我倆的心裡。

　　你為我所努力的一切，我深深的知道你。惟有我摯愛的人所為我做的事，我會更崇敬、更瞭解。願我所努力的也能給愛的貽滿意，我愛祖國，所以也更愛著我所要愛的貽哥。

　　關於貴陽的得失，實在是我們國家的存亡關鍵。苦鬥了這幾年來的心血，以及國家為戰勝一切而苦掙，如

今將這次黔戰一旦失手，不是白白的苦這幾年嗎？所以貴陽是不會失而不能失的，在敏哥也是如此推測。就是怕貴陽到失掉秩序平衡的時候，會有混亂，會使百姓吃虧，所以曾很擔心著我一個人的留下。現在時已安穩，貴陽又復市容，捷報頻傳，確實使人興奮。就是另外的愁苦又來，物價猛漲至三倍以上，真有使人不能致信之感。這平價效力也無從生起，祗苦了公務員，商人又得飽纏錦囊，也實可惡。

　　最後祝你

樂而健

潤妹上

12 月 15 日晚 7:50

12、21 午。

12、22 覆。

致王貽蓀函（1944 年 12 月 18 日）

蓀：

　　冬天到了春天已不遠，我永遠培育在我愛的春天裡。雖說今年貴陽是最奇寒的，可是我已有愛的蓀，不日有溫愛的佳音使我溫暖，使我回復到十月天氣、十日情景，有春天、有光明，更有黎明時的光亮，多偉大、多神聖。親愛的蓀，我們該走掉一段奇險嚴峻的危路，經過一陣恐怖黑暗的途徑，此後會有坦途，會有光明。蓀哥，你看有光亮的旅途在迎讓我們，快攜手邁步前去。蓀哥，我們是長途中的伴侶，能夠到一片綠茵的原野上喝一口清泉，也可以到幽暗崎嶇的荊棘中盡是苦果

充飢，這要看我們擇路時的審察力。貽哥，但願我們是天使，能觀光綠色原野，休息在清泉之旁。

我們要努力，將我們目前所知道的一點來應敷這乖怪陸離的世界，我們會被棄在一旁的，所以我常常擔心，常常為今後怎樣應敷這世界而擔心。可是我們沒法做到西洋人一樣（你寄我的婦女新生「大公報」上），做到新生的開始是在婚後，而我們中國環境卻是相反，毀敗的開始在婚後。貽哥，你所要說的盡在那篇文章裡，可是理想是如此，真能讓我們做到的不過是給我們一場空中樓閣的美夢而已，夢一醒還有什麼。貽！你說我們能得理想的做到嗎？畢竟我初步的請調工作是如此困難重重，當事者不會明白，這許多的在中國的工作環境太死呆、太狹小，能創立一個合理的事業不能順意的，但願我不能離得太遠的。

敏哥沒有走掉，我們兩人燒燒吃當然很精緻的。可是這樣的生活能夠沒有變化，那是我再合理也沒有的。要是鄰居回來，與敏月哥是一房中，到天熱來就很討厭了，這是你所看到的。雨蒼到了重慶，我箱子已託他先帶到重慶，他一定先交給你了。那段呢要是你大衣尚未做，你可以先做，將那皮統子拆了做一個皮套子，合在呢大衣裡。你一定這樣做好了，希望你接信後就做。至於我的衣服還是到重慶後再說，這裡貴陽的東西不敢去問信，貴的使人害怕。我還留了壹萬伍仟元，不能做一件衣，所以我索性不做了，一方面還為旅費留一點。

貴陽來的難民真多，所有收容所是戲院及公共場所都已滿載。過路隊伍也多，所以弄得大小館子忙的客

滿，連攤販小吃也滿馬路盡是。繁華氣象又成高速度的
恢復，相反的餓殍背是連人行道上常常發現飢寒難忍而
斃倒的。我們是天堂應該知足，更加強我們工作精神，
就你說的盡忠於職守、效忠於國家的良心。

可是國家粉飾昇平的弊端，使我們吃盡忠飯的對於
一切無補事，盡聽到一些高調子，倒還出頭。聽說重慶
是昇華相反，在沒落衰敗中，在貴陽不也是如此，盡知
道個人腰包脹，不知道國家原氣衰。國事如蔴誠堪痛
心，我但願住住小縣裡去，要是調請東川區不成功，我
想請到貴州偏僻的小縣裡去了，我也不想再看沒落的都
市了。貽哥，你會覺得我性格變了嗎？其實我愛靜僻一
向就有，愛著純潔無瑕的大自然，不喜歡那種偽臉。因
為純潔的背景是善的，偽臉下卻藏著猙惡的臉面。祇有
你聖潔的愛，我是至誠的接受了，願我們這無暇的至聖
互愛，在我倆的心中活潑鮮艷。

手凍殭了，可是還想寫，我要絮絮訴你聽，成為我
們心境的共鳴。貽哥，我不知不覺中直書了這些，當你
看了厭煩的時候，放一放再來看它，並且從中知道了我
更詳細的性格。

寫不完的話，訴不盡的忠誠，但願吾愛的貽

健樂

潤妹寄語

33 年 12 月 18 日晚 10 時半

護國路二樓

33、12、23 收，晚覆。

致王貽蓀函（1944年12月20日）

貽：

　　今晚飯時，敏哥告我說月姊在明日可以回筑了。你想我是多麼渴望的月姊來了，增加多少的歡鬧，長學甥的頑頗勁又是可以滑稽一頓的。

　　戰局穩定，而近日無甚進展，然對於黔地的安全可保絕對無慮。見了這許多壯健整齊的隊伍過去也是樂觀的，像昨天過去的一批都是用新式武器，像這樣的保衛國土才能使人信服。

　　你14號的來信，貽，祗要我們都能諒解體貼到，將自私的念頭不要用在我倆之間。你能多讀書而少給我信也是一樣的，多給我寫信當不必要的事情來化費，還不如多讀一點書。我所以需要那時候的每日一信，完全是我心裡對你有過意不去的想頭。你本來是一個人、一個無顧慮的人，現在你有了我將你一部分的思想佔有，而因筑地情況謠傳而憂慮。因為不使庸人之撓，我得將每天實情告訴你，要你不要因我而憂慮。為貽的愛，我該如此實行。現在情況已平穩，所以我也不必每日給信，積了一些該說的話，一口氣的說給我愛的貽知道。貽哥，到我們的小天地成功，那是多高興的。嘉陵江畔是抗戰建國的基地，該是有價值，貽，你說是嗎？

　　我給你9號以前曾有偉青姊的信附著，用平快寄的，其中有偉姊給你的、及我給偉姊、及我給偉姊的、及我給你的信，怎麼你都未曾提過當前日給偉姊的信，同9日給偉姊的信是大致相同的。要是你將這兩信都寄了去，不是重覆了嗎？你快告我倒底是怎麼的。

關於炳杞哥的近況，我也不大知道清楚，祇聽說他同協民（玉文的先生）合夥開店很發達，同王潤珍結婚，已有了兒子（官寶）。我處也有相片，其他我也不甚知道。

你看的這四本書我都沒有看過，「西廂記」大該知道這故事，「鬱雷」既是紅樓夢剪裁，這個中意思我大概可以推測一點知道。關於巴金的「憩園」能夠激起青年人的志氣、啟示前途，願我們多多閱讀這一類的書本。關於舊小說，除文字有價值的該讀讀外，要知道他故事性質的書，還是少費時間在這上面。我也知道你看書根本不會泛看的，我就所有自己的弊端乘便告訴了出來，願你不放在心上。為我們的直率坦白而自認，貽哥你說對嗎？

在於我看書更沒有擇要的去看，我雖然不喜歡文藝而愛看文藝小說，幾個名著小說祇要有我都愛看。可惜我沒有一點文藝氣味，所看的也都是溜過一陣，從沒有佳好的美句存留給我。這是我自認太笨，對於國文基礎太壞，當我在學校是除掉看看而外沒敢寫作的，因此不好就一直不好了。大部時間化在看小說及演算數學外，從不能自己寫出一段文字來。一直到現在我國文太差終要想法補救，所以我要有時間閱讀、有環境進修。可是目前我無法得到這樣的機會，願你我共書一室相互評論好不好？貽哥，當我夢想到這種美滿的境遇造成，那時我倆的精神是多麼的逸樂自在。貽，你也有如此的夢想嗎？

敏哥說關於請調的事，還是由你總局設法。現在祇

有人情才能買通，要是以規定來，到頭也調不成。現在葛飛在我們二支局的三樓辦公，今天我看見他，是三十多歲人，稍高瘦，戴一副白銀邊眼鏡，你說是不？要是他在這裡能否有辦法？以我看來，關於這事並非是在貴州區的局長的能力，而是在總局的允否。所以敏哥也說還是從總局想法，因為這裡有兩個女職員呈懇自費請調渝區，可是都從總局退回了。這裡局長照樣代轉至總局。

敏哥也在春暖之後將來重慶，希望我能先走，多少可以代他們重慶有先設法好他們來渝的住宿問題。你也有這樣的打算嗎？並且要是敏月哥先走，我食宿問題又來困難了，當然以先敏月哥走為佳。前次葛飛覆你們書記長的信就是這一點說法，其他的主張就沒有，應該他能覆在總局，相機玉成就好辦一點了。同貴州局長相機玉成，根本就用不到這大的面子了。附告，雨蒼伯在前天從遵義就轉回了，箱子仍帶回。

當你接到這信時，恐怕正是聖誕節的時候。我沒有禮物送你，貽，我僅以至誠的愛，永遠在你心中活潑滋長而強壯，將一切獻給你。親愛的貽，祝福你快樂與幸福，願上帝護祐我倆，讓我倆再吻這甜美的初戀。貽，我不能再寫了，我全身都是火熱，我仍緊倚在你懷裡，陣陣的愛潮在起伏。貽！貽哥！愛的貽！親密的貽哥！我心中常常這樣的呼著，最後將我倆的手緊握吧。祝福你

並聖誕節的快樂與光明

潤妹上

33、12、20，9:30

33、12、25，聖誕節裡覆。

致王貽蓀函（1944 年 12 月 22 日）

貽：

　　我要鑄的戒子，終於為託人多了一個轉折沒有弄成功，所以我一直就沒有敢再提。我既答應的事，我得一定做到，否則我心裡會老不高興的。貽哥，我遲早會將這個允諾做到的。澄中這樣的名字應該由我們來常用，可是我還是呼貽哥來得熟悉，以後我會用的。

　　月姐和長學甥確是我同敏哥每天盼著能回來，可是自黔西開回的車子已有三輛到了筑市，還有二輛的希望裡能夠達到。因為月姊並沒有信自己到的三輛帶來，其他各家的眷屬都有信請來車帶回的，所以還有希望能回的推測。可是這幾天月姊在途中也夠苦了，幸好天氣已轉暖不少。

　　我沒有在生活上苛求的，做一個溫飽的自由人已足夠。我真是這樣的想法呀，我能忍一切生活上的不平，也能忍受環境上的惡劣，我能忍過那種一度的惡化，我再要的需求是一個自由人。貽！想你已先我而說出來了，願上帝的愛助將我倆的幸福也能普照人間。

　　關於請調怎樣的情形，我始終沒有知道得清楚，所以我也未敢怎樣的下手。轉呈必定要一層層上的，這裡局長肯轉，就是總局的不准。這郵局的死呆也死到極點了，真也沒法想，牠會死板得一點鬆動也沒有的。

現在我每每看到樓上軍郵局人，總想對於我請調有希望在裡面，看見葛飛的樣子走過，對於我好像有一個特別的希望。在那一天可以成功呢？我是這樣的望著。

雨蒼伯從遵義折回了，這次他受了不少路途中的苦難。他到後第二天就來我局裡看我，老人家愛護我倆的心是無以■嘉的，我在後天星期去看他，當然我會代你致意的。箱子仍舊帶回了，我的大衣也將去做，皮衣也是留著到有機會的時候，再等情形了。

在貴陽可以看到軼樂的狂歡，另外則溝涸餓殍，這樣兩面的演映愈使人觸目驚悸，一種不正常的社會風氣最能消沉士氣。現在的貴陽就已完全忘了前數天的慌亂，照樣不要命的發財，吸收游資愈顯通貨膨漲，這許多商人真是肥了還要肥，他們的良心不知能有回來的一天。

貽哥，美麗的光輝向我們襲來，我倆將怎樣的衝破這光明前的歷程，接受這至聖的幸福。也許當這信到你手時，元旦日將來，新春的開端是我們又一世界的新近，最好當這國家勝利完成，也就是我倆的勝利達到。貽哥，你說怎樣？前天晚上我迷罔中給你一些遙遠的愛音，你正能在聖節時興賞，它讓你迴縈著幸福的心情，也給我同樣的愛音。愛的貽，我終也無法收住我的筆，但願這寧寂的夜，有我愛的貽也在這樣的情緒下，躺上床，細細的回味著我倆的美夢。貽！我是已熱烈的吻著你，你是笑盈盈的抱擁著我，我永遠沉落在你溫暖的愛懷裡。我見你的眸子凝視著我，恨不得整個的吞下這愛的甜果，將屬於你的愛努力維護吧。

　　所以同學們都說我是有安慰的人，是多麼的心樂呀，真的。貽哥，我自傲，我已將我所要說的能夠盡量說給我能夠說的人知道。貽哥，你將我的感情揭開，我常常自笑，我有著能愛的人，也是我能愛的人，時常相互祝福。愛的！你既已揭出了我的感情，該怎樣的安排呀！

　　我不能不時常常寫信，將我心底的奏弦演給我愛的心也起共振，讓兩地的情網緊緊的連縮在一束，永遠是有著美麗的彩帶飄著。貽哥！我欣幸！我自豪！也狂歡！從這一字一句中發出來，流露我摯愛的情思。貽哥，你看到這裡的情緒會起怎樣的作用嗎？恐怕要勝過我們七海雄風時的不是嗎？愛的！不寫了，祝福你並健樂

潤妹上

12 月 22 日，9 點半

　　附請你找一個職事，不論在貴陽或重慶都好，不論薪級怎樣，祇要有飯吃。是我同學的弟弟，剛今暑畢業，會考得前茅，就困於經濟，任教幾因解散。今又得找一個職事，你能設法嗎？盡力。

33、12、27 午，即覆。

致王貽蓀函（1944 年 12 月 23 日）

貽哥：

　　你 16 號及附有芸芳姊的信今午收到。這兩地的傳遞愛音，交織著密茂的情絲，你看我多欣喜的。局裡盡

看見我的信多，所多的都是我愛的貽賜與。當我幾乎能每天閱讀你給我新穎的資料，使我興奮，使我幸福。你給我這多的慰藉已夠恭維了，所以你也用不著如含章兄的這樣恭維法。但願將我所愛的將一切獻給他，而他也能為我幫助一切，所以任何條件下，祇有愛要將犧牲一切的付給所愛的身上去，要成全一件事必得先有犧牲。貽哥！你說對嗎？你也是有這樣的打算嗎？你也能這樣的做到嗎？告訴我。

家鄉的老人真使我們這些做遠離的兒女們渴念，你同我是同樣的家庭，老父同極大的年齡。貽哥，我在夢想能夠那一天淪陷區光復了，我們兩人將兩人的老父都接在我們一處住，家裡整頓得很有條理，並且兩位老人得到一點晚年安逸的生活享受。貽哥，我有如此的夢想，大概你也不會沒有，你說是嗎？

戰局又是不能穩定了，但願早得勝利，拯救我們淪陷區的同胞。他們所受毒化，不知殺害了多少青年。當你給信家裡，也代我問好他們。芸芳姊的文理很通順，可惜沒能在後方來求學，真也可惜，管理家務是夠苦。明日是星期，今晚我特別睡的遲，做好一點針線事。敏哥睡著了，我是多麼幽靜的在筱筱的寫著寫著。最後祝福你

晚安

潤妹吻上

12 月23 日夜10 時

33、12、28 午。

致王貽蓀函（1944 年 12 月 24 日）

貽：

　　得你19號發信，你既然沒空，你就可以等一天給我信的，為何你要從忙中非給我寫不可的？要是躭誤了公事，我可不負責呀！這我知道完全為全部的，祇有愛才能使然。同樣的在我許多同學間，在現今她們真也不容易得到我一個字的，可是你處呢，由愛使我每天想寫一點給你，恨不得一寫好立即送到你手裡才稱心。這兩地的想思，何日能縮攏？貽！我實在不願離你有這樣遠。貽哥！每見你來一信，我就要急一急，要是我現在不是這位子，我會丟了就走的。現在我卻困住了，祇有乾焦急。

　　今天到了雨蒼伯處去，我將父親的皮衣給他了，讓他合時的時候穿了。那幾天正寒，我沒有告訴他開箱拿出穿的，這也是我想不到的地方。大衣準備由敏哥帶去收，今年一定會得做好的，你勿念。

　　你的相片在前次寄你五張裡，就一併寄你了。你為了急早退我就忘了看一看裡面，還有印好你的相片一起寄在裡面的，以後我也沒有上勁再寄你。今天我反出箱子取出了，這次一併寄你。還有我倆的底版我也寄你處存放，要是需要再加印的，你就酌量行事吧。現在貴陽的情形還是不安狀態中，所以我不敢拿去洗。

　　今天也順便到了郵局裡工作多年的人那裡去探詢。最近因為局勢穩定，又需要人了，所以將十多個呈請調職的也就不准，所以在最近中還是無望呈請的。這樣子下去，我們按步就班而來的人真也無法進展。我真不

知道怎麼我會這樣多疑慮，也有這樣的膽小，真無法自解。實在我們是奉公職守的人，真不願用勢利面子這一套的東西來作假面具，我知道你也是這樣的性格。

　　岑寂的天地間，這光亮的燈光鼓舞我不斷的寫著寫著。貽哥，將每日這樣的心境告訴你，唯一的信託者，貽，你是也能每日的接受著，使我們每日的工作裡參雜著這活力，會工作得更有勁、更有精神。貽，用溫愛來攝護我們的事業，願各人的事業上都因此而燃亮。愛的貽！我要高叫，這聲音能達到祇有我能愛的人耳中聽到。貽哥，你不是聽到了嗎？那悠美的音樂，節節的演揍，漸漸使我倆不約而同的拍向走近。音樂愈濃密，我倆是把吻得愈緊倚，甜密的，倔倚祇有我倆的感覺中生長。貽哥，我明知道我不能如此的熱情，這樣對於我倆不會有益處的，可是我已轉變到愛鮮紅的顏色，祇有艷紅我是看得舒服的，以前天藍色已置放在另外的一個世界裡了。

　　要收住了，祝你

健樂

潤妹吻上

12 月24 日晚10 時

33、12、30 午收，即覆。

致王貽蓀函（1944 年12 月27 日）

貽哥：

　　因為沒見你來信，所以我也無從談起。可是我也知道吊絲崖那裡路壞了，恐怕有中斷的可能，但我望了信

差終能送給我一封我念著的音信。你為工作忙，但願如此，要是途中阻隔停頓了，那是多不合理呀！將我倆這樣遙遙的關山重隔，將僅有的通音也給中阻，那是多麼不平的。貽哥，你說是那一個原因，最好一樣也沒有，祇是僅有我一個人的想想而已。

你說世界上有一種最可憐的人，就是死心塌地的愛上一個不愛他的人，這種人你也會覺得那是世上最不幸的人嗎？你想吧，當倆倆相愛得最熱烈的時候，該是最幸福的了，可是這樣能像雙方都以死心塌地去愛的永恆，不要是為一時感情的驅駛而相愛不久。貽哥，但願我倆都是死心塌地的在愛著，願上帝的明鑑讓我倆愛如磐石。貽，我是太痴心，也太忠誠，以致我不能一日是離開了你的精神而生活的，否則我會不高興的。真如每到下午不見有信時，心中有萬端的不樂。相信你也是同樣的溫暖你多年孤寂的苦心，這是我從你覆我端午節時的信中所自稱的。現在你該溫暖了，冬日將過春天就會來到，溫暖了的心境該是多麼逸樂的。願永遠！永遠！

潤妹上

12 月 27 日，晚 9

34、1、2。

致王貽蓀函（1944 年 12 月 27 日）

貽哥：

黃祖榮今天又來了，告訴我就背不動的東西都賣了，現在弄成一個光身。敏哥說了他幾句，並且要他少進城，我也要他不要將錢亂化。因蔡、凌找我出去，未

及同他多說，還是我告訴了你，再轉告他家裡人將他有一個安置的辦法，或者約束他改好，否則要無可救藥的。貽哥，你也不願給一個青年就這樣的迷糊下去，你們知道他清楚一點，能給他挽回的辦法嗎？亦願意少給我寫一封信，就給他很激烈的一點話說說。將被褥賣掉最不該的，你就這樣給他一次勸告吧。能救與否我們不聞，終也盡我們一份，已算認得後的一點情了。

滿像許多話想說，但是我收住了。一說出來又是寫不完的，所以我在這次不多寫了。

新年將來到，在貴陽的氣象盡是無政府狀態中的社會，秩序無法維持，物價自由飛漲，可是我們的薪金還是那一點點，我真不高興。一天忙到黑，肚子也吃不飽，這樣的辦公就算有意思嗎？這是口含了黃連稱道口香糖，那是偽假的。祇有目前政府當局及商人拿出一點良心來，也就不會使公務員及人民苦痛到這樣的。

潤妹手上

12月27日，晚9:30

34、1、2。

致王貽蓀函（1944年12月28日）

貽哥：

大家在繁忙之中得了最高的安慰，該是幸福愉樂。貽！溫暖的愛力會鼓勵一個人當時的情景。像我今天，先是滿肚皮的不高興，也給你一封昨晚發的平信。我有一個希望似的，當希望沒來到時終有沉悶的情緒。果然你21號發信中午收到了，接著下午又得你23日平快，

這是我的心境該是開拓了無限的喜悅，我工作又起勁了。貽哥！你覺到我多痴心呀！不！當我昧愛著一個目的時，我會勇往的去愛它。我已向大眾說，我已深深的愛了貽，從我的生命中再也不能須臾離開的伙伴，因常能給我溫暖的愛力！互相從恬靜的心境內，永遠保存著寬宏、和平、博愛、真誠的精神。貽哥！我心愛的貽！潤妹是不時的在伴著你，你常常感覺到暖和嗎？春日花開在你心裡，同樣我也被啟發著春景圖揭開在眼簾中。我總以為緊緊的偎著你胸際，平息的數著你心搏的重韻，在我倆的天地之間，坦白、忠誠、互助，並沒有偏袒、沒有自私，祇有共同的幸福為第一。愛的！你我共屬於一。

　　敏哥在二個之內的計劃到重慶，你以前問的房子要是還沒有賣掉，我們還是去探聽消息。看若能再少一點錢買下來，並能否合用、房子新舊如何、值得買否？都是你的判斷了。如果還可以成功的話，敏哥還想買，你可立即覆信來這裡，再決定寄錢給你買。你覺得怎樣？反正敏月哥一定會來重慶的，房子也是需要住的，你可速告。

　　葛處長在我們三樓上辦公，與我們之間毫無連繫，就是陳局長也是不相識的。如若要由我的面譜，除非你們書記長的信由我轉送，可以乘機一見。你說怎樣？這也是敏哥說的。並且他們軍郵局又快要調走的，不過暫時駐的，要是碰巧的話能一謁葛處長，就向貴州局長疏通准於請調，那是太順利了。恐怕這次調成功還是自費的，否則更說不出口了。我倒也不願有意損了這

一點公款。

　　你工作忙的時候，可以不給我寫信，就不要擱了公事而為我寫信，就是我得到了這樣的信也是不會安心的。貽哥！我們要先公後私，你亦是同意的，是嗎？

　　我也不給多寫，白白的化費了你許多時間來看它。祗有我倆的愛才是構通了我倆的精神，別的都是沒用的，貽哥你說對不對？最後祝你

樂，並晚安！

潤妹吻上

12 月28 日，晚9 時

34、1、3 午，即覆。

致王貽蓀函（1944 年12 月30 日）

貽：

　　你24 日平快信今午後收到，正是我們在最沉悶的空氣中，也不願多說一句話。終於你的精神振奮了我，我是愉悅中讀你的來音。貽！我倆的愛源多遠大無際呀，我願沉溺在這樣的愛海中，祗有我貽的愛才是至聖的，你將超脫一切的愛我，並為我愛。貽！春之神將帶臨勝利到人間！

　　克誠的至友沙先生及姚小姐能得你們一句璧聯，真是大好機會，一個在託你，一個在找，這樣是巧合。但願天下青年男女要以一個目標立定，不要再存委縮試探在不進中，否則日後苦悶端生，都是在當初沒有立穩的弊端。我可以見了多少不幸的青年男女，為這許多不如意、不得意中苦悶、消沉、頹唐，以致弄到怪僻的個

性。在雙方都能赤誠的摯愛著，不要為一時的得意就有
了更換的試探性情，那是自遭，也是給人痛苦的。貽
哥，我在祝禱著沙、姚兩位是永遠美滿，也能像我倆一
樣。以後這位沙先生到新橋的足影會日來益密，起初也
許將你要抬出來做過橋的，此後你會見了他們日益密
近，你也可乘此而脫責，是嗎？

　關於請調，在這個時期中說太難了，將現調到東川
區的立即派往甘肅一帶。敏哥說的欲速則不達，還是看
看情勢再說吧。貽哥，你為了我請調的事，不知費了多
少的心思。一切都為了我，你是多了一件事出來了。
貽，我將我至高的愛獻給你，將我的一切永遠是屬於你
的，否則我想不出再有其他的答謝來得合式了。

　你的工作當然也相機安妥，所投的環境要好、穩
固，才是我們合宜的工作地方。什麼名利、地位、財勢
我們都不有希冀的，我們也不需要這許多，也是厭惡這
許多的。我們努力剛開始，奮鬥當更加緊。愛的貽！一
切事物都是從變到通裡面成功的，我們是一個努力奮鬥
的勤快人。

　貴陽有一個時候米價到三萬，完全為軍隊過的多，
拉伕子同駝馬不能進城。還有匪亂幾弄得城裡米菜都
缺，成為30元一單位，豆干子有漲到四十元一塊，雞
蛋35也有過40。這種市面是使我們苦悶了，就因為這
樣我們薪水沒有領到，苦悶在這種的生活裡。幾天來同
敏哥在苦苦的生活中過著，菜疏也有吃過醬蘿蔔，同花
生米下飯。今晚飯菜買了200元的叉燒，算讓自己樂一
樂的。

　　月姊已有人去接眷屬回貴陽了，大概在五、六號左右可到達。雨蒼伯從遵義折回了，當我發那封19號信，下午雨蒼伯就來看過我了。星期日我在他那裡將皮衣也給他穿了，本來我想賣掉，又想到爸爸的物品我不該賣的，給雨蒼伯是最合適的了，並且也是他們的老交友。明日星期是值班沒暇去，元旦是星期一，我會去看他，也會代你說一聲的。

　　能夠從速先調貴陽儲匯局，那裡有食宿。調總局要直徑些，這不是為隔區調了，你覺得怎樣？終至以那一方面便利就先向那一方面進行就好了，你說對不？

　　不多寫了，祝愛的貽

健樂

潤妹上

12 月30 晚

34、1、4午，5覆。

致王貽蓀函（1945 年 1 月 2 日）

貽：

　　請調的遞呈文，我倒很難找到一個適當的機會遞呈。現在我祇有想著那一天才是我請調成功的時候，我的多思、我的過敏，將該丟開的心思、該忘的我終放在心上。將我這晚上睡不穩的醒在那裡，味道真苦，我睡著的的時間同醒的將成各半。所以在昨天（元旦）同同學去洗澡，我受一受熱竟暈倒了。頓時我什麼也不知道，閉著眼躺在窗口吹一點涼風，慢慢醒了，那時我同白紙一樣的皮膚，自己看了也怕。要是那時你在我身旁，我將緊倚著你訴說我這一刻來病倒的苦況。現在我又好了，還是一樣的紅光滿面，就是頭還是有點昏。這不過是受了一點熱，沒有什麼的，你不要放在心上。我幾年來從未病過，在學校也沒請過病假，當然我身體是健壯的，□□□□□□□□事。洗澡受熱暈倒是常有的事，所我這次也不算什麼的。

　　你聖誕寫信，我今天第一個就收到你信。我交換著幸福，你給我這暖溫的愛音，我將緊握著你。愛的！你給我快樂，使我今日又是興奮中工作，我也見到你那時（聖誕節）在社會服務處興奮的神情，和藹的招待來賓，讓他們盡情的參觀。幸福！幸福！永遠是我倆的幸福！貽！親愛的，興奮使人充泛一切活力，為人群服務。

　　這兩天與同學在一起，我也多費了一點精神。這位小姐是有相當出眾，交際上很能拿手。

　　最後我要說，一個人能做、能說的時期，是在

25-35 之間，事業也有在這時興旺的。能夠愈進愈上的
這種情勢是青年最得志的時候，當一個青年一股熱忱，
盡向上的一種榮譽心鼓舞他，成了他不加思束的慣例，
往往引起一些人事上的不穩定，甚至招妒。有這樣的情
景往往發生在少年太得志的青年身上，就是在25-35 之
間的年齡，一旦受到精神打擊，那挫折比什麼多危險、
比什麼多可怕。所以我們要有穩固、鎮定、沉著、多
思、分析，幾個常有的做到來保護的，目前年輕得志的
趨勢一定可以得到更好的榮耀。我要希望貽哥不要一時
的熱忱，而不顧全到其他方面，□□□□覺得你負責太
早，尤其在你的工作場合下，得志太早會難應付社會人
事的。我雖然為你興奮，居然有當選的資格，可是我也
覺得你太年輕，做這種事。貽，你不覺得我這樣的觀太
遲鈍嗎？我要愛你，也要先有一個提醒你的注意，你要
滿意我這樣觀法，愛的貽！

　　我很倦，不多寫了。祇有我愛的愛，才是我頌高的
祝福者。貽！愛貽！我甜密的！貽！貽哥，我將永遠在
你懷裡的貽，溫暖的，祝你緊倚著甜美的吻，貽哥。
晚安

潤妹吻上
34 年元月2 日10 時

34、1、7 即覆。

致王貽蓀函（1945 年1 月2 日）

貽：

　　今天發你信是昨晚毫不思束中寫給你的，我一時的

流順將我洗澡後的暈倒也告訴了你，引起你為我的多擔心，這是我不應該的。洗澡受熱而暈厥是普通現象，在於我這一點小毛病就告訴你，不是使你為我多心事了嗎？貽，我現在仍是很好，我吃飯是最能吃得多的，所以身體就因此而不會弱了。這兩天天氣也轉暖了許多，使人不會賴隋了。每天我們還是要早起，就是敏哥想不遲到，偏偏就連著遲到，都是我起遲了一點。昨天我記得很好要早起，今天我還是由同學叫醒了我，因為昨晚睡的太遲，精神已疲極。明晨終不至□□□，敏哥遲到了。

當我們在一起以後，我可以告訴你，我同敏生哥在這十二月終的幾天有趣的生活。祇有當事者才感到其味是啼笑皆非，你不必問敏哥的，我以後告你。

在我感到生活在這幾天中使我有無窮的感嘆，我想立即走，做這種事有什麼意思？吃飯也不夠的，薪津就是穩固，也是夠給人不自由的了。所以我想立刻飛跑，立刻就能離開我不如意的地方。貽哥，要是我丟了事，就到重慶來，你高興，你會說我勇敢，還是要說我不沉著？可能的話，如若重慶很易就給我一個位子做事，我會辭了這種俟餓的窮職務到重慶了。

我前次問你能暫時先調儲匯局的事實也能免強實行嗎？這裡我再去徐雨蒼伯處再商量（這是敏哥這樣說），並請他代修改呈文，決定怎樣的遞呈。我想，現在王局長是怎樣的態度，我們當然不管。在理論上說，貴州區人員缺乏向總局能調派人來，現在又有將呈文送去請批准再調出貴州區。事實上很難說，可是又可說是

為人事問題，所以王局長有□極的手段，告訴員工請調也沒用，所以我還想去探問一點，能夠早調成使我精神上可以安。就是沒有這個念頭，以前倒也罷了，現在終想得這樣一個希望。

今天還是不多寫，我還是有點肚痛。貽，我們握一一個親密的手吧！祝福

我倆

潤妹上

元月 3 日晚

34、1、8，即覆。

致王貽蓀函（1945 年 1 月 5 日）

貽：

你27 日及30 日信是昨天與今午收到的。貽哥，我是已整個的熱吻中抱擁著你，貽，祇有你熱烈的吻著我的那天（十四日夜南明河濱），從此我就感覺到人生的真正優美，才是這次的熱吻。貽，此後我常常感到有你在吻我，每當見你一次來音，我就是給你吻的一次。每當我取出我倆的儷影，我真想抱起吻著，再感受那優美的夢境。貽，我樂、我欣幸，因為我探得了人生的真樂、真美的感應。貽，我要再吻你，再投你那使我迷罔的夢境裡。

當我們狂歡時攜手奔赴原野，那新綠的草原有著牛羊來往同去，享受那甘露的清泉，那旭日襯現著我倆的前途，白鳥歌唱委婉玲巧的音樂，給我倆甜密中的興賞，為我們佈滿百花□妍的花卉，是我倆的寫真。貽，

願意有這樣的樂園嗎？

貽！我愛理想，也為理想所苦，我確實是沉悶在苦悶中。貽，我想丟了事情就到重慶來，我要在你身旁，我要關心著你的生活，同樣你能關心著我的一切，我倆相互的關懷讓縮短距離，否則我實在苦悶。我一個人就在貴陽有什麼意思？我很苦，因為我不能常常看到你，祇有讓我這樣的想你。貽！你不是也是如此的想著我嗎？也不是一樣的希望著我能早到你那裡也好的？

我同學回來了，不便怎麼寫，再談別事吧。

當我一個人的時候真是百感皆來，每當敏月哥睡後我才寫你信，否則我會沒話講的，所以現在我也是寫不出什麼了。

月姊將回，約在明日或後日。

調請的事最好能到儲匯局去最好，這倒也是我所希望的，愈是貴陽儲局要調到重慶倒好。

所要講的再待明日吧，時已很晏，明晨又要爬不起的。敏哥又得他先來生爐子，我倒很過意不去。

夜晚的幽靜，我是喜愛的。

愛的貽，祝你

晚安

　　　　　　　　　　　　　　　　潤妹上

　　　　　　　　　　　　　　　34 年元月5 日

要代徵的十萬戶「中周刊」我也可以送幾個同學的，我先開名在後：

國上海醫學院顧煥明

安順國立貴州大學工學院許從鑾

國立交大胡仲尹轉胡哲文

貴陽大西門外液委會加油站蔡傑

因為還有許多同學遷移後地址不詳，下次再告你吧。

元月十三日囑寄。

34、1、10 午，11 覆。

致王貽蓀函（1945 年 1 月 9 日）

貽：

　　元旦的頌詞我從歡騰的空氣裡接讀了，這時正月姊同長學甥回貴陽。貽，你說我是該多麼興奮的。這次月姊是受盡了路途的苦頭，也是從辛苦中自黔西帶來許多肉同米等，這是最辛苦的事情。長學甥更懂事、更頑皮，聰敏極了，比前胖又長高，你看到他會更喜愛他的。

　　誰破壞了今日世界之和平與幸福，誰就是侵害了舉世青年男女的愛之自由與幸福。我們要除害這公敵，所以我們得更努力的自奮鬥中得到自由。

　　貽，我又是隔了一次給你寫信。昨天是星期，同學一起還有眭三人坐了美籍友軍的小指揮車，到龍里吃過中飯才回來，吹了一天風。回到家月姊剛回貴陽，這一晚忙著整理，所以未及給你寫信了。早上我七點鐘就得上班，又□去賣郵票了。今天雖然又是破襪，很遲，可是我得給愛的貽談談，談說我倆的幸福理想。

　　我要同你在一起玩，覺得我是真正的痛快玩了，也盡情的樂。如今任有怎樣的快樂境地，我從沒有得到真

的樂。貽，我不能離開你，真如我現在嚐試到沒有你在
一起的歡樂一樣。

為了那天（前天發信）有同學回來了，我沒給你說
完全的。你的那篇稿子，我已將它訂入你所有的來音
中，所以我給拆得不整齊了在端邊。今天得補說的，你
的底片同我倆的都還在雨蒼伯處得取回，我仍至中國攝
社去加印。

昨天我實在不能支持了，所以我沒有給你寫結束我
就睡了，今晨郵處生意還算少，我還得乘空給你寫完。

我想說無數的話，可是我怕時間不給我充分，就這
樣停吧，下次給你多談。祝你
安康

潤妹上

元月 9 日晨

家裡有信來，也給你附上一閱。

34、1、13 收、覆。

致王貽蓀函（1945 年 1 月 10 日）

貽：

3 號發的二信都在昨午收到，偉姊給我的信收到，
她說有二封快信給月姊的，還有相片，可是一直都沒有
收到過。她是寄到護國路的，還是寄到公路局，或貴陽
醫院？當你去信時也提問一問。

請調的事再向雨蒼伯處去商定辦法後，再決定採取
怎樣的步驟。我會再告訴你的，反正你的工作還沒有

定，我還是慢慢再去調好。在月姊那裡祇有我的方便，要是一個人出去住或者住進宿舍，都沒有在月姊處舒服的。就是怕到天熱的時候，這個房裡太擠了，不是熱得會更覺得人滿之患的。月姊同敏哥對我太好了，我不知怎麼說才好，祇有盡量使我們生活得都很安逸的，這是我在這裡住下應有的願望。

　　以上是今中午寫的，昨晚我實在不能支持了，本來該今天有給你信的，祇有延一天了。你能諒我嗎？貽，你能將等得心焦的情由，移到這可以原諒的情形上去嗎？愛的！我惟有忠誠的愛你，使我愛的得到更溫暖、更甜美的心境外，我得使你更勇敢的一個。

　　這次我洗來的相片附寄你一張，你存放吧，這偉青姊的信還是由你轉去。

　　愛的貽，我得你信後，我多延一天會心裡怪不安的，這樣的愛、敢有的愛，該我貽是在愉樂中得讀這信，這心境會同我現今寫著的一樣，愛的！我要愛我所愛的貽。貽，我們吻著心愛的狂熱吧。祝福你並
樂

潤妹吻上

元月10日晚

34、1、16收，17覆。

致王貽蓀函（1945年1月11日）

貽：

　　昨晚信寫好了，睡倒床上，覺得還有兩件事得告訴你的。關於同學弟弟的履歷，由我寫了稿，你代抄一份

吧。再要到他處取來時，又得延擱時間了。還有要請你
買一段西北呢料，顏色又是藏青色，像你買給我的一
樣。現在價目怎樣？你先告我，可以將錢匯給你。能夠
託人就帶來最好，或者有熟人由你們交通特約車直接帶
到車站，交車站裡有一個液委會加油站蔡傑收轉也可
以。最好能越快越好，這裡等著要。能夠就有便人來貴
陽就先買了，錢暫由你填了，下次我在這裡匯給你。

我見蔡傑買的一件襯衣很好，我就託他能代買一
件。那知他就很鄭重的請凌帶給我一件，說是要送給
你的。我會再想辦法寄給你，這樣一份盛情你可以受
下的。

現在姊姊回來了，又有一個同學在這裡，弄得熱鬧
非凡。這個小姐每天看外國人來找她，也到我們房裡坐
坐，我就做了一個主人招待。長學甥一種恐奇的眼光
看著外國人，他用眼睛轉著看並不用頭轉過看，真是
■■。

別的不多寫，將要人多來了。祝你
早好

潤妹上
元月11 日晨9 點

34、1、16，17 覆。

致王貽蓀函（1945 年 1 月 11 日）

蓀：

今午收到你五號來信。回家時已知道月姊到中央
醫院去做了特別護士，一千元一天，就是做一天算一

天，不是長久的。女佣也有了，是一個極忠厚的，由蔡傑介紹來。

　　這幾天貴陽又冷得要命，幸虧最近炭是由同學從龍里帶來了一點，否則在城裡真是太貴了。有了一個女工也可以省力一點。

　　調請的事我倒又想暫緩下來了，你的行址也不能定，又是俞飛鵬一定出來收交通長，所以關於我還是慢慢再說。

　　敏哥又要請你找好一個事，乘這時調動的時候能夠安插□重慶，又可以大家在一起，你說怎樣？要代敏哥留意好的。

　　今天我少寫了，你會覺得我最近兩次都寫得太少嗎？實在沒有我最安靜的環境給我細細的述說，我祇有草率的寫一點了。最後祝你

安康

　　　　　　　　　　　　　　　　　　　潤妹上

　　　　　　　　　　　　　　　　　元月11 日晚

34、1、16，17 覆。

致王貽蓀函（1945 年1 月12 日）

貽：

　　現在已經七點半鐘了，月姊在很遠的中央醫院上班還沒有回來。這樣勤苦的公務員，為了生活、為了良心，竟然是在這種重壓的生活下苦挨，我見月姊這樣的苦，我太舒適、太安逸了。貴陽的奇寒是如此長，今天還是苦風寒雨中，月姊太苦了，昨天回來已經吹得通紅

的臉孔，今天又不知怎樣的在寒風冷雨中掙扎回來呢？她早上七點到晚上七點，都是路上少行人的時光。這樣我覺得月姊太苦了，月姊也太好了，我看她並沒有覺得什麼是苦的，她還是樂融融的帶著長學甥吃晚飯（這是昨晚上的一幕）。我正在寫著，祝禱她能早些平安返家。

貽！我兩是被所有友人都祝禱著的，當我嘆著貴陽氣候的惡劣，而眭及同學立即稱著。重慶有太陽，重慶有你溫暖的太陽（正寫到這裡，月姊回來了），應該早到重慶去，這是我心裡早就刻劃著的思想。

貽！願追隨的太陽永遠溫暖在她心裡，愛的！我夢著我倆的理想境地，那光明的樂園給我倆安排著幸福的環境，我倆是滿意的生活著，像是在綠色的原野上奔越著。

愛的，你勇敢在事業上，你溫愛你的愛，而你愛的將一切獻給你。貽！你受著熱烈的一吻，貽！愛的！唯一的親愛貽！愛你的在祝禱著！貽！你
樂！

　　　　　　　　　　　　　　　愛你的吻上潤

　　　　　　　　　　　　　　　元月12 日晚9:30

我要使你知道我是怎樣的在時刻念著你，兩地夢悠悠，這是我倆的寫景，多麼切合的。我雖在任何環境裡，終覺得我沒有盡情的樂到，我在想著你，我在意向你在一起的樂是真樂。所以我越是同一些人的聚樂，更使我多想到你一回。貽，我有你在身邊的樂才是真樂，所以我常常會瞪住不響的，亦有時會半天沉默在不可思

束的的想像中。於是我就發呆了，我就沒精打采的依附在工作上。貽哥！等到我倆在一起的時候，是否真正等到快樂的？記得在你十月中筑地共遊的幾天，我是得到了人生的真樂、人生的美及溫暖，甚至甜密的意向都給享受到，那是也有過我倆無意識的熱戀，有過我倆戲弄的意境，現在的回味祗有覺得那時的我是太呆版，並沒有任情、並沒有放縱，否則恐怕相互的神秘會感覺得更多的！貽！你說是不？

上一張紙我想可以完了，可是我一點也不願去睡，我還要寫了這一張紙。貽！你這樣的愛著我，我當然也會一樣的愛你，因為有你已給過我這種忠誠的情愛，使我燃起了這無可收拾的熱情。我是狂樂的愛你，願我倆一對唯一的愛侶，騁馳在綠色原野上。愛你的，祝福你健樂

潤妹上

元月12日

附件——史卓吾履歷

史卓吾

江蘇溧陽

年齡

學歷：國立第三中學高中畢業。

經歷：曾任貴陽新生小學教員。

1、17 收。

18 覆。

致王貽蓀函（1945 年 1 月 13 日）

承蔡傑送你的襯衣，現在已經在我處，怎樣帶給你呢？
請你代買的呢，顏色藏青的多少價錢也先告我，最好你
能就買到而能帶來。這是我答應蔡傑的事，想一定要能
代他辦妥的，就是送你襯衫也是說一聲他就做到了。願
我也能實約，你能助我做到嗎？貽，我想你會的。

潤枰附上
元月十三日晨

致王貽蓀函（1945 年 1 月 13 日）

愛貽：

得你八號發信，心靈的歡笑祇有我倆相互閱讀各個
來音時共有的滋味了。我愛的貽！我倆相互為倚維的
使命，我們誰也不能少了誰，將共同的愛力創造成功
的事業。

因有了你的愛將激發了我狂熱的情趣，唯一的愛你
外我得助你，我得全部的溫愛使你精神愉悅。摯愛的！
我自從我幼時懂得人事感情以來，我覺得我並沒有受到
過真切的母愛。我也曾夢想過，如果我母親將我坐上
她膝頭戲弄的撫愛，我將見出母親心愛的流露，可是我
沒有過。直到我如今長大了，也在同情的同學間想探束
一點我能愛的地方，可是她們的時間太短了。如今你來
了，你投入了我這樣不平靜的心境裡，竟歸宿得這樣順
遂，我還得自你處能得到我更多的撫愛。貽，我是這樣
的狂愛著你，我真想立即投入你的溫愛裡，永遠也不要
分離得這樣遙遠。我夢著你同我在一塊兒，你為我英雄

的做了一件維護我的事，那時你緊抱著我，哄騙著不要
驚恐。貽，我唯有想念著你是我唯一的安慰愉樂。

　　要上班去了，祗得讓我停筆。祝愛的

幸福

潤吻上

元月十三日午時

　　請你買的呢料，不要忘記。

1、17 收。

18 覆。

致王貽蓀函（1945 年 1 月 13 日）

貽：——親愛的愛：

　　今天中午也給了你一信，當我有空的時候我就想給
你信，像有許多話要說，可是都用我感情奔放的言語，
你會看得無味的。貽，你會這樣嗎？要是你會這樣想
的，我就給你少寫。在這裡沒有得你答覆之先，我還是
照舊，我高興怎麼寫就怎麼，好不好？

　　我的太陽，我渴望著永遠在你的溫暖下能早實現。
不！我並不是希望著我們結婚後的共同生活，我卻渴望
著我倆未婚前的一節，這是最使人生得到真樂的。精神
的樂與慰才是真切的，所以我願我倆一直在相距很近的
地方，相互關顧、相互看望，亦有我們工作後的散步郊
野，優美的畫景常常在我心頭起伏。貽！你所要的期望
也能給我如此的贊同，我就更高興了。

　　父親告訴我說鑑哥有了兒子，他們大請彌月酒。而

彌月的那天是九月廿九日，這不是在八月廿九日生的
嗎？又追算我倆訂婚那天，正是陽曆十月15 日，而陰
曆是八月廿九日。這位侄子為我倆紀念的最大禮物，家
裡知道了如此巧合，不知要怎樣的高興呢？貽！你也會
更高興嗎？這上帝的安排太忠誠了，願我們是永遠循因
著這忠誠。願意的話，你代這位侄兒取一個名告訴家
裡，你高興不？漢興。

　　忠誠的愛呈獻在我倆前面，願我倆虔誠的領受著！

　　祝福著

健與樂

　　　　　　　　　　　　　　　愛你的潤吻你

　　　　　　　　　　　　　　　元月13 日晚9 點

1、18 晚覆。

致王貽蓀函（1945 年 1 月 15 日）

貽：

　　元月8 日給我信到今天才收到。你顧念我的太乏，
我是要聽你話的，可是我不在夜深人靜的時候，我那裡
能發出心底的音絃來。沒有感情的奔放，那能支持我這
疲後的手在寫著，我會先顧身體的，而且我是比任何人
都健，在學校時。

　　敏哥要到重慶，時間尚早。他告訴說是不拘地位名
義，祗要食宿解決是最問題。第一要有宿舍，他就願意
做。或者像你們科裡額子需五人，現有三人而尚留有二
人空額，這樣保留在裡面，等待時機一到重慶他就能任
事。這個穩妥的事他就會來重慶，終之他也不在汲汲欲

來，就是生活第一祗需解決，生活第一。

　　請調的事我也不急了，反正以沒有希望中來求取就是了。我準備明天去一見葛飛，這是我禮貌上應有的，我也不會先提請調的事，不過看一看他就是了。你說對不？

　　愛你的心永遠是時刻在心中想著的，我也可以不給你多寫信，將我一時一刻的情形少給你知道，使你也可少擔一些心事，少為我而多煩。貽，我多留了時間，一個人不勤快會懶惰，精神反而鬆弘，所以我得常常是勤快的、常常有精神的。我得時刻給我愛的寫信，寫出我心絃中的一切給愛的賞樂。今天我將想說的收住了，不多寫下，聽你的話。就祝你

健樂

愛你的潤上

元月15日9:30

1、20。

22覆。

致王貽蓀函（1945年1月17日）

貽：

　　10號信今午收到。月姊回後沒幾天就找到了工作，就是我看她太苦了，白天七——七的工作，晚上回來還要料理一切、帶小孩。我同情她，代她噓出辛苦的呼吟來，這是好妻子，是模範的母親。她從黔西往返所受難民生活的苦惱，真是她最大的容忍。

　　理想與願望是相互的，得與失是給與我們想像者的

苦悶。從正常與合理的產生中會獲得一好的結果。我會以我兩共同的幸福而摒棄侵襲的苦悶。貽，我會努力我個人的，願你更會穩妥而上進，安於工作。你怎麼要不安呢？但願你要努力你的，我能調就好，不能調我也決不會怎樣的喪氣。在月姊處住，我是舒服又各方面方便，我有工作後的歸宿地，所以你盡量安心你應向的工作方向，我的事情絕對不需攪拌在一起，知道嗎？貽！但願你還是像沒有我一樣的，工作在自由中。

克誠兄得佳子，應該得去道賀的，待我下次去信道喜吧。「中週」你代我分贈更好，既你願意，就是我倆共同的意思了。祝你
安好並樂

潤妹上

元月17日午

1、21。

22 覆。

致王貽蓀函（1945 年 1 月 17 日）

貽：

中午覆了你信，覺得我還有話得說給你知道的。

理想與實現就是我們快樂與幸福相配合的程度，所實現的大都能與理想吻合時，我們的快樂與幸福，也必然會同時得到較近的收穫。正常、合理，這是我們處事所求的結果，我並不會以一時的血氣行事的。貽，你可放心，我是在同學之間最能容忍而寬度的，在董先生最知我為事為人各方面情形的，我也不必多說，你以後也

可以略略知道的。

　　沙、姚兩位怎樣的情形我不聞，我祇有祝禱著她倆的進行順速而幸福。關於蔡、胡的事實，我也不敢以那時的情景以及目前的蔡而下決斷。我覺得一些青年受過初次折磨打擊痛苦，此後大家都有了一個考慮的印象存在，因此以敢愛而不敢愛的苦惱常常相互糾擾，弄得青年苦惱百出，種種畸形的情緒都有，所以最寶貴初戀的功成就是這青年一身幸福的開始，否則青年的苦惱會不堪設想。現在蔡就是沉溺在苦痛中，人瘦的不少，怎樣的緣由我可此後慢慢談給你知道。祝

快樂

　　　　　　　　　　　　　　　潤妹上

　　　　　　　　　　　　　元月17日10時

1、22覆。

致王貽蓀函（1945年1月20日）

貽：

　　十四號發信收到。昨日下午有陳祝平兄來郵局問月姊，在先我是不認得他是誰，及至我到徐雨蒼伯處，同他一起到月姊處我才知道。人像很老了，已報名要去投軍，我們都勸他不必就先去，可是他說已在大定航會請長假出來了，恐怕還會去的。

　　底片昨天也從雨蒼伯處取來了，現在一併寄上。多印一點普通的也好，不知印的好否？要是不大高明，還是寄回到這裡中國攝影社去印，貴一點也就讓他去貴好了，你說怎樣？幾張瑣紙片是要訂「中週刊」的，在下

星期我補到了生活指數費，能寄一點錢給你。還有託你
要買的藏青呢料，能否買好就帶來。你在那時貴陽緊急
時寄來的貳仟元我早收到，我也曾告過你的好似。

　　在「中週刊」上登了你同壽昌的「珍貴的友情一
覽」，我全看過了，你們都能為黨努力，我不甘落後，
所以我由你一百戶之中也要負擔一點，所以我也要代贈
幾位友人。就是紙張太壞，使讀者不能悅目的閱覽，最
好能將紙版改良一點，寧願節省另外不必要的開支。

　　敏哥暫時是還不來重慶，他有這樣的打算同計劃想
來，時間還得三、四月間。那時你能留意好他工作地點
也好，還有你們部裡改組後的情形，對於你工作會更適
確的，願你工作愉樂。

　　對於交際的這位事，我太少經驗了。像眭小姐的老
練，我那位同學的活潑善交際的能手，在我都是望塵莫
及的。可是我那位同學的交際，她盡是利用她的可愛的
情態獲得她探束異性間的好奇，我是感覺她太危險了，
還是我們的老實持重的待□得到友人，恐怕還是我們的
人情間長久些。

　　不多寫，祝愛的
康樂

潤上
元月20日晨

1、26 午後，17 覆。

致王貽蓀函（1945 年 1 月 22 日）

貽哥：

　　今天剛剛我發給二個月的泛借薪津，一起匯給你。這匯票領在新橋儲匯局，不是郵局取，這是為便宜匯費的關係，要是郵局匯得一千二百元匯費，儲匯局是二百二十元。

　　這次錢共貳萬元暫時存你處，能夠買到呢料，依這裡附給你的這張條子帶到貴陽來，價錢多少再匯給你。本來我是知道你現在正為工作的調任而不安，我不該再請你做這更煩的事的，可是為了這請帶的人就將來貴陽，所以我就揍了我的錢先匯你，能夠乘這個好便人帶來。不多寫，祝

好

　　　　　　　　　　　　　　　　　潤妹匆上

　　　　　　　　　　　　　　　　　元月二十二日

1、26 午即覆。

致王貽蓀函（1945 年 1 月 22 日）

貽：

　　今日給你匯的貳萬元先代購呢料，此外存放你處，待蔡傑還我呢料價後再補此數。這錢是我們當公務員血汗得來的酬報，要是我放在自己身邊一定無為的胡用掉了，放在你處待需要的物品買些。我又為你改組調職，一旦需款時之急用。我倆是合作為前題，能夠做到我兩可為的事，我就做到好了。

　　呢料買好後就照眭小姐告的，川鹽大樓中國航空公

司有人來帶來，是她的同學，她自己也有東西請帶來的。因她母及兄、妹都到了重慶，她的夏季衣物都得帶回貴陽的，那來的那個她同學馮念慈，在我們局裡也來過幾回，面見過。

你的工作盡以人事方便為主，否則做得不痛快的事，還是改合適的方面去為要。

敏哥事總在二、三個月後，他此地工作未能立離，他不願故怎樣負責的事。今天他身體有點不舒服，大概是感冒。

不多寫，祝

好

　　　　　　　　　　潤妹手上

　　　　　　　　　　元月22日晚

1、27 收。

致王貽蓀函（1945 年 1 月 23 日）

蓀：

你最近為改組後調職的可慮，我還請你多做一件意外的事，這是我不該的，要是能同你的呢料合購時亦可以。蔡傑身上還有一件舊的，他是想做中山裝的長度。能早帶到就做一套中山裝，你購買時亦可問一問中山裝所需的長度，人是同你差不多高。

當我可能時再給你匯一點錢好不好？你牙齒要補得早去補過，後還是要貴的，你說怎樣？22日寄你貳萬元是新橋儲匯局領取。

我請調的事，在我這方面始終沒有去見過葛處長，

你想當葛處長每日看到我坐在局裡，無頭無腦的特如其來，這樣我很不願去見他。那天我打算好了去的，結果給我多思考慮中停住了。所以貽！我還是沒有去見他，愛的反而為我見過許多人、託過許多人，可是我還是一個沒去見。貽，你覺得我這樣太重思慮了嗎？

　　克誠、俊彬兩位的道喜及問候俊彬健康，你代我帶一句吧。

　　時間很晏，祝

晚安

潤妹手上

元月23日晚

1、28 收。

1、29 覆。

致王貽蓀函（1945 年 1 月 25 日）

貽：

　　你告訴我的消息後，同敏哥商量，要請雨蒼伯代我做呈文。所以我在今晚我去雨蒼伯處，以後會慢慢告你進行的情況。

　　敏哥的事能到戰時運局也好，大概在會計、核計部份的工作為好。他的履歷是看了工作的對象，再寫怎樣的履歷。要是寫大了，反而做了不及資格的工作，反而不好，你這可以知道他性格的。還有敏哥要託你在中四路，一定在中四路一帶租三、四間房子，最好你由各方面託託人，在中四路找到房子，這是敏哥託你的。

　　還有史卓吾的找事，他也想最近到重慶來，能夠從

中成事，他也可以少受生活的打擊了。他為了經濟所以
無法讀書了，在現今很有智力高超的學生，為了經濟他
再也無法續學，祇有望門牆而長嘆了。他能擔任的大概
是抄寫等文字等都可以勝任，住在他收入萬元餘一點的
五口之家的哥哥處，生活太窘了。當他來重慶時恐會來
找你的，你也是會為有為的青年救助的，希望你能救助
他，他姊姊已到晃縣去，因貴陽生活太貴了。

月姊希望我能過舊歷年後再調到重慶去，相機行事
到那時再說，反正時間已很近。

你代取的名字意思倒是好，可是太普通一點，反正
我仍告訴家裡，看他們意思怎樣。

要是我能先走成，敏哥他也可以定心了。他也說要
是我不先走，當他們一走，要為我的住又得麻煩一頓。
而且我先到了重慶，可以接他們了。

我也做夢到我曾坐了吉普軍車直接送到新橋，那時
的歡情真是我倆希望著的。不多寫，愛你的，祝福你
健樂

　　　　　　　　　　　　　　　　　　潤妹上
　　　　　　　　　　　　　　　　　　元月25日晨

1、29 午後收。

致王貽蓀函（1945 年 1 月 26 日）

貽哥：

昨天到過姓莊的先生家裡，據說請調在這一季裡面
太難了，而他也急待調去，因為家眷全都在重慶。據昨
日與他談吐中成功的希望很小，要上的呈文最好是由葛

飛私信裡轉去，要我用例行公事上去，恐怕看都不會看
到。幫辦那裡就止了，能否成功要看例外了。

你附了這句英文，我想這lought 一字系是bought，
確是buy 的過去式。Pleasure is bought at the price of
pain，快樂是由苦厄中得來，這buy 與price 是呼應
的，有買的意就有價值。我又想了個lought 之誤，再
是fought 的字，那是fight 的過去式，也可以作快樂由
苦厄中奮鬥出來，才是真正之樂。這是我將這誤字作
兩個解。

祝平兄已來過兩次，已入營，將走時還會來。你信
待來時另分給他。

餘不多寫，祝

好

潤枰手上
元月26日上午

2、1覆。

致王貽蓀函（1945 年 1 月 26 日）

貽哥：

剛去同敏月哥看過電影回來，影片還好是「鐵面
人」，描述1938年法王路易十四的暴虐，及王弟新君
的正直可欽的愛民之君，這是我們很快樂的。

同月姊去做的大衣都完成了，樣子還好，兩件的工
價需八仟元，這已算便宜一點的！不知你的大衣是否能
去辦了？關於買呢料（蔡傑）的，能有機會買到就給買
好，要是貨並不好，價又不低，那就暫緩。

　　去見葛處長，總覺得是給我一件難事一樣。那天我也曾告過你說要去看了，終究我沒有去，明天想一定要去一次了。我也問過葛處是江蘇人，所以不怕了，以前我意為他是廣東人。貽！你已代我努力得大部份的成功，而我最後一籌還不繼成，這是我不合理的，所以我一定去見了再說。

　　最後願我摯愛的健樂，工作已經安妥了嗎？貽！愛的！我們以敢愛的愛，相互慶幸。貽！我受你至上的熱吻。祝

健

潤妹上

元月26日晚

2、1覆。

致王貽蓀函（1945 年 1 月 27 日）

貽：

　　祝平兄已入營，你的信待他來時交他，他們用車子送到綦江，沿途倍受光榮的歡呼。

　　昨晚電影看完後，我們都很快樂。待我寫完你信後睡倒床上，一種悅愉的心境追逐著我。這一晚是多麼甜潤的過去了，夢幻了許多有趣的事，愛的永遠在心頭開放著幸福之花。回憶是太有趣了，早上醒著，盡情的想將腦力所能想像到的事物想，我是多麼高興呀！可是目前的你不是還離我仍很遠嗎？不，我們的精神從沒相離過，貽，你說是不？

　　月姊暫時不工作，敏哥要他休息幾天後再找工作。

做了十多天的特別護士當然很苦了，所以敏哥說要過舊年後再讓她出去做事。偉青姊寄來的信至今還沒收到，不知是何道理。長學甥比前更懂事了，也知道看電影。不是那次我們在貴陽看京戲，他一點也不定心，這次真好，一點也不吵，能夠講話了，真好玩。

　　現正在決定我怎樣去葛處長處，真難去，所以心裡很不平。不多寫，祝愛的

健樂

潤妹上

元月27日晨

2、1覆。

致王貽蓀函（1945 年 1 月 28 日）

貽：——愛的

　　22 日發信昨日收到，敏哥的在今天才收到。祝平兄也來玩過，將你的信也交給他了，他大概在明後天就可以到綦江，他也說以後可以有機會到重慶來看你。

　　最先還得告訴你的，我是在星期六（昨天）上午的時候，我就寫了一張杜潤枰晉謁的條子，由他們軍郵局工役送上去。在十一點多叫我上去了，葛處長謙和的態度，我們談了許多話，也問了我們業務上的情形，他也告訴我他們軍郵局的工作苦，在十二點我就回下來了。他問起你部裡改組後的去向，也告我說你同沈書記長的交情深厚。他要我上呈文後再告一聲，他可以向王局長疏通。這次是我在不可能中的希望，如果能成，這是我倆太受厚恩了。由雨蒼伯代我做呈文，那一天遞

再告你。

　　恆久的忍耐，這是我倆幸福條件中所必備的。貽，我愛你，我整個生命的愛著。因為我從沒有蒙受過這真誠至上的友情，你是知道我自幼就有繼母的這種隔一層的母愛，是會使人盡向真實的友情中試探的。現在我得到了愛的真情，貽！我應該縱情的愛著你，惟一的愛，是我心靈上鮮潔的產物。貽！我這幾天常同凌琦鈺、蔡傑在玩，可是一種不著實際的友情，使我落在不能盡樂的境地。所以此後我不願常同他們去玩，盡希望著我能早到你的愛懷裡，撫慰著遭受過的創痛。因為我太忠了，對凌、胡，以及張書華等我是太一股傻勁了，將我所有的都給她們，而她們不會瞭解我、不會深知我。我在學校的時候，真將我忠實的友情給與我同玩的幾位同學，胡及張。最後她們曾有一些事情上不諒解人的，這是她們對不起我的。此後我該多麼自私的來愛你，惟有你的瞭解我，永遠我的伴侶，我就任情的愛你了。貽！你是我美麗的太陽，你看我是夢憶著甜美的世界，祈求這意想來到，將接受你的愛吻。

　　貽！我愛的，永遠是相互追隨的愛，願虔誠的雙雙脆倒在聖主前祈禱幸福。愛的，祝你
晚安

愛侶潤妹手上
元月28日晚

2、2收，3日覆。

致王貽蓀函（1945 年 1 月 30 日）

貽哥：

　　23 日來信也正你收到我寄你的底片及貳萬元，是嗎？現在的信件來去太遲了，沒有以前的快。今天當我收到你信，是由一位同事代收的。她扣起來，否要請她客才能給我，結果祇有答應了。（當你取錢時核對據未到，可先憑保兌付，否則等待時間會很久。）

　　當你這附有沈書記長給葛處長信時，正我準備遞呈。既如此寫法，我就請葛處長轉了，此後情形當再告。

　　你說到渝市後的工作地點，那又要看渝區人事室裡的按排，人事的請准要看努力而決定。聽說渝區人很擠，能得渝區核准調派，又得應用一度人事了，所應注意的就是總局人事室的通過。都郵街、太平門有支局及上清寺█，此外所提到的恐怕沒有。

　　要是我請調成功，你又在城裡工作，給我倆如此的安排該多麼慶幸的，旅費我可以設法，何況我們待遇究竟還不差，你不必操心這一點事，該我自己承受了。愛的！永遠的忠誠祝福著你，你有滿山春花在心中，祝你

健與樂

潤妹上

元月 30 日晚

2、4 收，晚覆。

2、7 再覆。

致王貽蓀函（1945 年 2 月 1 日）

貽哥：

你二十三日快信同葛處信收到，本來我要隔天就去見他，後來因我章子去領薪水，所以等到今天我還沒有去遞呈文。至於你要得我調請進行的作，再決定你是否答應沈書記長來貴陽，這是不能因等我的情形而後決定你的。你祇有在總部比較有進展，況且陳部長又是你舊長官，你也說在軍政部是有前途的。你到了貴陽來，離總處又如此遠。愈其你當了一個小主官職任，很大得到的收穫並不會好的。所以我是希望你一心的到軍政部去，就是敏哥也是如此贊成的。我一時候不能離開貴陽，我想以最大的努力，總有成功的時候，到必要時也會丟了事情走的。我也知道現在我在月姊處的打擾，不但我一天到晚的在她處，就是我的同學來去的太多了，要我怎麼向她們表意呢？說我已經在這裡是蒙格外的相待，各方面我是過意不去，而她們都是欠懂事，使我內心上隱藏了無限的思束。不是我對同學的無義，而我也要對月姊起，人就無情，可是外在目前我不能再給她們方便了。所以由我這樣一想，我希望能早離開貴陽，否則來去的同學會更多的。

你說「我祝福你愛你的人」，是的，你得祝我愛的人，是你自己，這祝福自己也祝福你，這是我心中永遠祝福的人，不但有你自己的祝福，更有我永遠為你的祝福。貽！我得你至上的愛，也得到了友人至誠的待我，因為我曾能給我一夥善心出去，這張支票我

是獲得了幸福。

　　我什麼時候能到重慶，當然隨時可先告你，要是有你的來候，這是給我解決進重慶前的困難，可是給與你是一件極苦的事。要是一定來的，最多在你下班後到儲奇門那裡候（就是要過江後第一個城門，是不？），不必太遲的在那裡候，更不必過江去什麼南岸去。愛的，你不必過江的，知道嗎？我也會首先告你我是坐什麼車來的，其實我能否請准真是大問題在。

　　錢我可以設法，我們薪津裡面也得的不少，你不必為我擔心。又免得匯來匯去的費事，我倒還想請同學再帶一部分錢給你呢。要看我這次領的薪水怎樣，當購呢料不合適時，將錢你用好了，物價祗有漲，早買一天早好，真的。

　　關於這一雙新來的祝塘人，我知道他們是從柳州逃來的，在長沙曾見過慶燕，最好你能設法讓思信先生少招留他們為好，你也不必多給他們來往。我所知道的，他們很少與同鄉來往的。這許多觀點祗有從旁觀察，不能言說的，希望你多看少說，同他們之間，我也不希望你將我的實情去告訴他們，這是得我面告你後方知道的，相信我。

　　你補牙現在能全好了嗎？念你的這樣想，你既然近日經濟不足，當你取到那新橋郵匯局款，你可以先用的。一方面也是我見到你前次信中所說的，我才決定將錢全部匯你，也可讓你得一個不時之需。恕我草率，今天我們業務有壹百多萬，匯票開了壹百貳拾多張，相當乏人。我給你草率中書來，一定語無論次

的，原諒我。祝你

健

潤妹的祝福

二月一日晚十時

2、8 午收。

2、11 日覆，12 日寄。

致王貽蓀函（1945 年 2 月 2 日）

蓀：

28 日晨寄平快今天上午收到，你 29 日平快信在下午收到。最近的信件已經算快了，但此信到時你能到了重慶。

呢料既已買妥，有機會你就帶來，可是睢小姐同學已經來了貴陽，去問也一定問不到，這是使你空走了一躺，這是我不早告你的原因。要是你的同事來貴陽，可請他帶來，送到郵局裡來亦好，或者他告我地址後，由我去領取，你說好不？呢料盡能早帶來，亦許可作了我的旅費。

對於你工作的決定，盡以你所希望的部份去，當然以軍政部為最適合。為了目前的人事變動，你要是有問題的話，你也要以穩妥行事，總以老同事等在一起為好。我想你能很好的安排好自己，愛的！但願你的成功。

我今天又從葛處長那裡見了來，沈書記長的的信也面呈了。他是竭力負責成功的，他說這裡的轉呈，王局長一定可以答應轉到總局的。就是總局有二種批法，一

是核准，一是待缺准請。當然核准這是沒有旁的問題了，要是待缺准請，他就可以再寫信給總局裡人疏通，盡先遞用。所以這次要是成功，葛處長是太幫忙了，我怎樣的感謝他呢？貽，你說？將呈文也請他看過一遍，他說做的很好，問我是自己做的嗎？我說是你做的，他更贊揚了。我回下樓後就將呈文給陳局長轉遞，什麼時候得悉，我隨時告你。這呈文到了總局，恐怕在人事室還得有一個疏通。待報到進去就容易了，要選那一個支局要困難些。大概是在總局（太平門郵局），要是支局剛剛缺人，就隨便的調派去。要是總管理處有人說一聲，就可以調派到所請求的支局去。那是我到二支局來，也是因為本地代理股長所特許，代我派到二支局，我還給我擠去了一個人，將他派到旁的地方去了。這許多還是我到重慶後的問題，我到了重慶，食宿又是費事的，要是能得到總局裡的宿舍，或派到儲匯局裡也有宿舍的，此外都是無法可想的了。終至能到了重慶，此後的問題也不是簡單的，最好我的同學處都很離得近。

敏哥要中四路的房子，並不是他自己要，是他們局長想要，並且有帶敏哥同走的風聲，所以敏哥也想能代他做到一件方便的事。所以能夠在中四路找到三、四間合適的房子，只要有了價錢，可以慢談，貴也不管，只要有房子。請你再向熟人轉托，成功最好。敏哥的事，他說並非要怎樣的高級，盡能生活就好了，並且這裡一時不能離去，他再讓人事之間穩局後一定離貴陽。這許多意思，他還希望我能先走，他到重慶可以暫住他弟弟處，可以不急的。

蔡傑所有的衣物盡都被竊，呢料很需要，可能時在我臨走時，將送你的襯衣仍還給他，你說好不？

要是請調成功，我的旅費可決無問題的，你不必為慮，車子也是很可靠的，你放心。愛的！我會盡量的自己打算，你要安心工作。何況敏月哥在此，還有雨蒼伯在此，一切都可以理想的做到。

過年將來了，月姊也在家，敏哥不要她再出去做事，到過年後再去找工作。所以在今年的舊年是會我最高興的年，離開家以來，從沒有過這歡樂的空氣過，所以我是整天的在笑，祇有我無限的樂才覺得我這生活的味道。貽，每天接讀你的愛音，使我沉溺在愛潮裡，至上的是我心中惟一的愛，所以什麼也感不到興趣。我更不願多見我同學，我祇有向著愛的微笑。當這滴瀝細聲的靜夜，訴說你我低音，這是多甜美的夢境啊！最後願我們在美夢中，祝福你
晚安

潤妹的愛吻

2 月 2 日晚 10 時

2、12 晚 8 時收，卅三年大除夕。

致王貽蓀函（1945 年 2 月 4 日）

貽：

你的信暫得先去處轉是否有問題？因為你到人事處還沒定。現在我試寄這一次，就是遲一點時候到你手是不是？或者我再有寄到克誠處好不？待明天再見你來信時怎樣的告我，我再怎樣給你寄信，好不好？

今天在蔡傑處，我們許多同學相聚了。我們還是像在學校裡一樣的天真，吵、打、鬧都是我們這幾個人，喚起了學校時的精神。我們還打雪扙，我們是狂放的玩了一頓，所以我們是快樂極了。她們也因此見我如此的樂，都推放到你身上來了。貽！真的，你已是為我生命的樂園，我更膽大的向社會試探，向社會擺弄，這社會的交接我放大膽的深入。愛的已給我生命的活力，我溫暖的太陽普照這滿座春山上的花朵，這花欣欣的向這太陽微笑，接受這偉大的愛力。貽！愛的！永遠是我生命的愛。回到家裡等待夜靜的時光絮絮訴述，這時平靜的心境，惟有愛的充泛我整個生命。

你說我有平衡的理智，我覺得你是從沒有專制的念頭。當世俗的觀念可以很專制的，迫著我快離開貴陽向到你處，而不管到我的工作問題。然而你卻超脫了世俗的觀念，任我得到滿意的請調，還是不失我原來的工作。貽！我因你為我請調的事費盡努力的心，我默默的領受外，惟有祈望著到你處，讓我親切的關注你一切，讓你得到生活上的幸與樂。貽！我再沒有其他的希望了，因為我能力盡有這些，你說怎樣？

現在你既已將料子購，就要是一時不及帶來的話，可以請你代他在重慶製成一套再帶來好嗎？現在將尺碼寄給你，他人與你也差了多少，可以合一合你的如何，再酌量的修正一下。因為這次請人量的不甚精確，怕樣子弄壞。當然見機行事，能將料子帶來，讓他自己去做最好。一時不能帶，就先代他做好不好？因為蔡傑的真純是我們不能失去的一位友人，相互之間一點小幫助能

做到最好。

敏哥局裡的新局長將要接任，這裡一些老職員恐怕有動搖的可能，所以敏哥還是說能希望我先走掉，並且這裡宿舍的房子是否仍租下去大家住也是問題在，所以他這幾天很有點重心事。昨晚就稍稍說給月姊聽，我也從旁聽到了一點。這樣的情形當然對我也是恐慌的，但願請調早准才是我的希望。

當我在寫這信之時，我還不能知道你工作的方向究竟要插在那一部分呢？最大的希望你能到軍政部去，我在這裡祝禱你的成功。愛的，祝你

健

潤妹的愛吻

2 月 4 日 10 時

今晨起身時，遍地銀白世界，今晚尚未融。

2、12 日午後五時收。

致王貽蓀函（1945 年 2 月 7 日）

蓀：

臨別新橋給我一信，及到中組部的一信，就是 2 號的及 3 號的都在一天收到。在那幾日你的心緒也夠煩了，現今你已可以安定了，得到了一個機關，一切你又將重新開闢你工作途徑，我祝你勝利。

調請的事給批下了，在本地股長批注的一句太不好了，所以一直由幫辦批的當然是同樣的本地股長批的（所請自費調渝非因公務所需，擬未便照准）。這一來

希望全無，這郵局的事真也呆板，沒有人能可以推動他的，這樣批下來的，明天我還會去同葛處長商量。

現今我真想摒除這些不著邊際的友情，要是有過一時的同處，一旦為各人不能容的感情爆發，將過去燬滅，這是我再不願有這樣的相像。貽，祇有你愛的精神使我忘去其他一切，使我決心少同她們的交往，因為我要愛的真實。至友、至友的所以要有犧牲，可是無價值的犧牲，我又何必呢？所以我還是我，封固的感情給我敢愛的愛。

年將到，敏哥常在打算怎樣的過法。我在今年是得到了一個熱鬧年，可是你呢？你正在動盪期間，剛剛安停，同思信家又會離得遠了，你今年到那裡去熱鬧呢？但願你過得更樂。在5日我曾給你一快信，由徐燦如先生轉給你，恐怕很遲收到了。近日奇寒難忍，不多寫。
祝
好

潤妹上

2 月7 日晚

2、12 日午後三時收。
12 日晚十時覆。

致王貽蓀函（1945 年2 月8 日）

貽：

現在你是進了城內工作，正在希望我的能來到。可是我已被不准下來了，這也許是本地股長有意撐官架，這也難怪，於他沒有預先給他面子，不是太失權威了？

你也不必因此去告訴沈書記長，能夠從我再看過葛處長後，再有的辦法後再告好了。本來今天我該去的，為了眭請假我代她，剩了我一人掌管儲匯，所以沒有抽空前去。

年將到了，當這信到時，恐怕正是年到的新春之中。在今年你又是一個人的吧？否則思信家一定會接你去的。現在思信家倒底是如何趨向的，我從沒問你，這是我該問候的。

今年這幾天冷得不得了，星期六晚的大雪，今天星期二還是沒見開凍。放在外面的水一刻兒就凍了，你想冷的程度了。

我請調的事不成功，再等一個時候再說吧，我也無從急起來了，怎麼打算呢？祇有等到機會來到再說。

我有許多話想說，我無從說起。貽！我祝禱著我倆的光明，愛的！不多寫，祝你

健好

潤妹上
2 月 8 日晚

2、14 日收，16 覆。

致王貽蓀函（1945 年 2 月 10 日）

貽：

今天滿世界是瓊瑤，早上滿是潔白，看不見泥土，路上走的人真像雪人。這是貴陽數十年來所沒見過的大雪，足有江南臘雪的風光，今年的年底可以同家鄉的情景比擬了。

　　當我下班回到家的時候，有一個多年不見的故人找到這裡。她要求我答應她做賓相，這件事使我為難了。我還沒有做到社會上的風采，一切尚是學生樣，所以服裝的事倒使我難住了。她看到我倆的相片，還要請你呢，就是你太遠了，趕不上。貽！要是你在貴陽的話，她一定來請你的，日子就在後天舊年夜。

　　這一個年我過的最快樂，有敏月哥我一切都適服了，一樣也不必由我的擔心，我太得益了。這次我給了長學甥兩仟元押歲錢，因為我太喜愛他了，現在愈加聰敏。

　　姊姊不做事，又沒有佣人，一切事都有她做。每天回家的飯是姊煮好了，許多事她做得好好的，我簡直就不必要我去做了。所以每到下班後回去吃飯，我慚愧，我怎麼會這樣幸福的？貽，我真無法再使我用怎樣感激的心表示出來，我惟有做我該答謝的信心。

　　我請調的事，由於本地股長沒有知道詳情的關係。我在前天去看過葛處長了，他比前要親熱得多，很頑皮的同他說了幾句，我得到最高興的情態回出來了。他答應我再有機會同本地股長說一聲，說好了再要我送呈文。這次葛處長是極力的幫助了，要是成到，該怎樣的謝他？待你工作安定有空時，你也給他寫一封激謝的信。因為他也很關心你，常問你工作情形。你可以直接寄去，是貴陽二支郵局三樓第八軍郵視察總段葛總視察就好了，他家眷也住重慶。

　　在這裡的人都說我要到重慶後，不久就得結婚的。其實這在我們一點也無準備的事，那如此快。我總想由

我們回到家鄉,讓老人們代我們去熱鬧吧。回到家的結婚要比在外自己籌備的好的多,你說怎樣?就是今晚敏哥在講玩的,說希望抗戰早勝利,回到家喝一杯熱鬧喜酒。我是最喜歡聽到這樣的話了,貽!這樣永遠的相愛最甜美。

這幾天是少得你信,因為你剛到新差,工作情形要生一點,空閒不能談了,所以少給我信了。我也怕多打擾你,也稍等多了一天給你信。愛的!願摯愛的快樂,將愛的在心中更光明、更美麗。祝你
健樂的祝福

愛你的潤上
2 月 10 日晚 10 時

2、16 收,16 覆。

致王貽蓀函（1945 年 2 月 11 日）

貽:

你 5 號快信寄到,正與敏月哥城裡轉了幾個鐘頭,想買一點東西,結果一事無成。或者我再將款子寄給吾愛處存儲,好不?今天我還是值班一天的,時間很緊縮的做了。敏月哥在郵局也坐了一回。

這次過年不但我在敏月哥處度了一個最快樂的年,還受了敏月哥各人一件禮物。貽哥!他倆如此的愛護我,平日我給他們的清擾已經太過分了,現在還給我禮物,這樁諾大的情愛,我不知怎樣的來答謝呢?有時亦常有我同學的來往,或者宿在這裡很久留吃飯,種種我是受了,再沒有這樣大的愛護了。貽哥,我除了該實情

的訴說給你知道外，要看我倆怎樣的答謝了。敏哥送的皮包同月姊一樣的，月姊送的衣料。這次我只有給長學甥兩仟元押歲錢，你覺得會太少嗎？

明天就是大除夕，本來在外的人也無所謂年，可是這次在敏月哥處我得到了最快樂的一次過年。明天我六點鐘的喜筵，還得早早回家與敏月哥共樂呢。你呢？你是怎樣的想呢？你是會想到敏月哥所說的話一樣嗎？他們說明年的過年，將我們都在一塊兒了，愛的，我們會更快樂的，是嗎？

願長吻在我倆的愛戀中，祝你

健樂

　　　　　　　　　　　　　　　潤上

　　　　　　　　　　　2 月11 日晚10 時

2、16 日收，16 覆。

致王貽蓀函（1945 年 2 月 12 日）

蓀：

今晚舊曆大除夕，一般人的心裡還是脫除不了。這次敏哥也因有我亦在，所以做了很多菜，請眭小姐吃晚飯。敏哥菜做多了，飯吃得很少，我做儐相回來已經九、十點鐘，終究還是回來吃了飯。因為在吃喜酒反而不能吃，又去每桌上的敬酒，把我頭也吃暈。這次我算第一次的嚐試這味兒，像演戲一樣鬧了一大頓，更將我這快樂年增添了意外的色彩。

本來是該守歲的，我同敏月哥剝好了蓮子，他們鼓勵我應該給你寫一封除夕日的愛音，我更乘此而給你寫

了今天的年終報告。愛的！這孕育的愛，將漸至新春的
向榮，是嗎？

　　你今天的情形，在這時我不知道你是在怎樣的情
形。你有人請你去吃了年晚飯嗎？或者你一個人寫了幾
次愛音給我，現今你是睡了，作美夢的幻想。愛的，永
遠是我精神的偉大者，我自從愛你後，我有膽量。像這
次去當儐相，我也不怕生人了，祇有你愛的潛力支使我
有現今的深入社會。貽！我不能稍離你的精神的，願我
倆今晚甜夢中期會。愛的！甜吻我倆的愛，祝你
新春欣慰

　　　　　　　　　　　　　　　　　　潤的愛吻

　　　　　　　　　　　　　　　2 月12 日晚2 時

月█附筆賀年禧。

　　　　　　　　　　　　　　　　　　　初一

2、19 收、覆。
電匯款一萬5 千到。

致王貽蓀函（1945 年2 月14 日）

貽：

　　你7 日的信是我今年首次上班的得到，你告訴了我
你已安於工作了。沈書記長的愛助，祇要我見到葛處長
的幫助，我就知道書記長是如何的愛戴你。昨天是初一
日，我也到葛處長那裡拜過年，是我到局裡順便去的，
當然他很客氣的接待我。

　　在工作的繁重中最喜有愛的賜與，因為他有著偉大
的力量，使我忍受一切，使我鼓助著成功我應做的事。

愛的，永遠是我心中的寶石，是我生命中唯一的寶石。貽哥！親愛的，我總沉溺在你給與我的愛流中，使我消魂似的蕩漾其中。貽，我幸福！愛的賜與將是我倆的幸福磐石，每當我這夜深人靜的時候，我要絮絮而訴，讓我倆同奏著愛的交流喜歡。貽！你也是同樣的輕快中書著你所要向愛著的人說的話嗎？愛的。

最近敏哥等都是每天說笑著我，每到夜晚就要快讓我坐下的位子，好給寫信。我們談笑的空氣很濃，尤其是我在今年的過年節，我是太受優厚了。在大除夕我忙著去做儐相，家裡過年飯我就少幫忙了，把敏月哥忙的不得了。因為我在，所以他們要過一個鬧熱年，為我也請來了眭小姐。這格外的蒙受，我深感在心中，怎樣的答謝慢慢用事實做出來了。愛的！你說對嗎？

請調的事，葛處長答應我再向本地股長說一聲再呈文，他會一定給我們達到理想的。

我想再將我存下的錢寄給你，我同敏月哥想買一件衣料，結果一無所成，東西沒有又太貴。我還是將錢寄給你再找機會買吧，好不好？為了省匯費，會請眭小姐由中國銀行匯來，恐怕你要多走路去領取了。我已買好一個很不大好的錶，敏哥贊成給你用，現在我們在把牠對準用，因為我也早買好了一個在用。反正現在只要有一樣東西用，要說好還談不上，你可以不再買錶了。

能夠早讓我倆相處在一塊兒，我是多麼的掛念著你。你生活的情形，我要常常關顧到你，這才使我放心的，否則我想你太利害了。因為我時常在想著你，恨不得時刻給你寫信，由信傳遞我倆精神，我倆相愛的甜

美。愛的！我永遠是光明給我的愛。貽！願你工作輕
快，愛你的常在吻著你呢，為我倆甜美而長吻。祝福
你的
健樂

> 潤的愛吻，甜夢中再見
> 2 月 14 日夜 10 時

2、20 收，即覆。

致王貽蓀函（1945 年 2 月 16 日）

貽：

今天從午時的信差來，一直到下午四時的信差來，
想得到愛的來音。可是信差他漠不相關的毫不光顧到我
們的抬近旁，我所望的愛音在今天暫時不見來了。到今
晚，我仍得給愛的寫一點我所要告你的。

錢已托中國銀行的人由電匯來了，而且不要匯費。
你得通知後，就在上清寺中國銀行領取好了，或者在未
得通知之前，你大約在應到的日子後，也可以去一問
的。款額是壹萬伍仟，暫時存放你處。有適當的衣料代
我買一件，顏色最好是紅的，這紅色你要取大方為原
則，有適合的紅呢料也好。我這樣的煩你，你會厭惡
嗎？愛的，這樣的事，你可以待機而購，不一定立即去
做的。當你有空的時候，狂街而取料，你說好嗎？

貽哥，我還要告訴你一件事，現在公路局新換了局
長，重新整頓在宿舍裡有不是直系的親屬，不能住在裡
面。我因此而問過幾次敏月哥我住有無妨礙，而敏月哥
口頭是說無妨的，可是眼見我無處安身，怎能說出有妨

呢？我也從旁看出敏哥的為難處。貽，你說我將怎樣適處，敏哥一定又要為我多費一番心思，這叫我怎能過意得去？最好我得想一個辦法才好，現在我又得為難了。

我也知道近日你為工作而繁忙，剛剛新到一個機關，確實難摸到頭腦。我想愛的平日處事對人都能忠誠相待，這次你從這裡得到的收穫一定很有價值的。愛的！願你如意的工作著，奮鬥忍耐，這是我們的惕語。

天也將放晴了，地上乾後，我會再到雨蒼伯處去，也代你拜個年。老人家恐怕還很喜歡這些舊禮的。

昨晚我又做了一個夢，我見你是從重慶來了，接任貴州軍隊特黨部。當我倆相見時，你熱烈的握住我手，我覺到你給我的溫暖，當我寫這信時，還感覺到這熱的未退。愛的比前稍胖些，貽，你真的豐潤了嗎？我正要看看你豐采的精實。愛的，祇要心裡舒暢，精神自然會振奮的，身體也會好的。愛的，惟有你的愛使我感受到人間是高超的、是美滿的，所以同學們覺到我是變了，變得祇有一個思想了，對於她們當時的談話也會沒聽到。這我可承認，當我對了一個我所敢愛的愛發放了感情，我會熱狂的愛著，我會永遠的這樣狂想。貽，我既已愛了，我得大方的，我得公開的向世界宣佈我已經愛了貽！愛的，我得由自私的愛你的權利，她們不能再來干於我了。願上帝的珍愛賜福於我倆，最後祝你

樂與健

潤妹上

2 月 16 日晚 10 時

2、22 即覆。

致王貽蓀函（1945 年 2 月 19 日）

貽：

　　今天剛得到家裡十二月卅日發信，在今天就收到了，告訴了許多物價，也提到我倆的事，老人家一無反意的贊成了。貽！我倆該多麼高興的，將信附給你一閱。還告訴了克誠的弟弟意誠也剛生了一個孩子，他們兩兄弟差不多同時得麟兒。

　　貽！關於你工作的問題，暫時的委屈不算什麼的，只要將工作做給人看，使他們佩服你，到那時才是我們的勝利。要是一開始就負責很重，名義又大，就是你工作了好也是你分內之責，人家就不容佩服的信心了。貽！你能忍耐、能認清事業在遠大處，不是目前一點點能限制得了的，這樣的觀念是青年人應有的涵養。況且將你有幹事的待遇，助幹的名義也許為部裡名額的關係，我們不會去計較這一點小名義的。貽！愛的，你一定不會因這個而傷神的。可是當我見到你這一句「我到渝區工作的目的達到了」，這是因我將來渝，使我倆在一塊兒的預期。可是我請調的事又得暫時擱置了，而你又是如此的希望著，這使我忿恨，使我真的感到不高興了，因為我不願使你再有這樣的失望了。而葛處長能再在那裡一天將我叫去要再呈呈文的時機呢？現在我也將這呈文給你看一看批註下來的情形，這抄寫是有蔡傑代我抄的。

　　敏月哥像親妹妹一樣的待我，亦常常很稱我的心意，也有使我得到格外的快樂。像這次過年因為我在這裡，他們做了很多菜、買了酒，暢快的吃著年飯、看電

影，盡把我們弄得很樂意。我將更慎於做人做事，如你所告我的，像我的同學有的很懂事、很誠樸，有的卻不知好惡。所以這位同學已在這裡住的一月來，我無法拒絕她，因有她苦惱的境遇，我又不忍捨開她，最後還是早出晚歸的宿一宿，她吃飯有她自己親兄長處合夥。因為這件事，我心裡常常對敏月哥的抱歉，他們確實從沒有表示過不滿來，而我早就自己知道，心裡時常起著歉意。

我在 2 月 17 號由中國銀行電匯給你壹萬伍仟元，匯款人名字是趙豫平，這是完全省了匯費，又快，當你收到時會不明白這是何人匯給你的。這次款子也存放你處，當有適當的東西，你可以填補先買。當呢料收到後交給蔡傑，還有壹萬元拿到，我再撈成壹萬元匯你處。這次郵局薪津很多，零數我已很夠用，敏哥處也有給他們的，你可勿念。

關於錢慶燕的一切，我也不大熟悉。一方面我從他姊錢淑恆處略知一二，最好你能少與交往為妥，一旦分捨不掉的時候受麻煩。愛的！我這樣的直捷的說給你知道，會感覺這是多餘的話嗎？願我這是再不會有的第二次了。

昨天星期，與敏月哥、長學甥早上到了冠生園的吃早點，算我做了一個會東。十一時出來到雨蒼伯處拜年，雨蒼伯同玩到二點鐘，請看「月宮寶盒」電影，給長學甥押歲錢。這一天之中，我們玩得都很高興。

你我的兩地想像，有時使我這重感情的人太苦想了。愛的！我惟有同你在一塊兒，我是得到真正的歡

樂，像你在此的幾天我們的共樂，我才真的感受到人間
的真樂。貽！雖然有幾次與同學們相聚的樂，這是空虛
的，並沒有給我有真實的充滿。惟有你，惟有我至愛的
貽，才是我充實的、真實的愛、真實的樂。愛的！貽
哥！我願呈獻給至誠的愛！精神裡充泛著愛的美音，時
常叫著你。愛的貽哥，祝福你

　　並

晚安

　　　　　　　　　　　　　　　　　　　　潤妹上

　　　　　　　　　　　　　　　　　2 月19 日晚10 時

24 收，晚覆。

致王貽蓀函（1945 年2 月20 日）

貽哥：

　　13 日及14 日舊年除夕的及元旦的信，都在今天一
天中收到。貽！當我這一封封的讀下去，我的快慰，祗
我倆之間的同感了。是，我們將永遠甜美在夢中！今天
我又得心境寬暢的在這裡給你寫信，我由愛的拂潤，我
精神自然的增起百倍，至愛的快慰才是真的，美麗的夢
境是由相親中得來的。

　　你過年也很快樂，有同鄉親友的共樂，我因此而為
你祝福。因為我在月敏哥處太受優待，使我仍像家鄉一
樣的相樂，使我忘去了多年來的孤獨年節，使我夢幻起
來日美滿幸福的情趣。貽！你也在想能回家後美滿的結
婚嗎？這裡敏哥是最贊成的，他喜歡新舊之中的樂趣，
希望著我倆回家後的熱鬧才有意呢。回到家裡，可以放

下一半擔子，讓我們盡情的休息一下。貽！你也在這多年中夠累了。

我復寄你的壹萬伍仟元，你先買料子做一件你的大衣好了，希望你就做起來好不好？當蔡傑再將一萬元還我的話，我再可以寄給你的，你一定先買料子，我的衣服可以不等得急。

那天大除夕我去吃喜酒，敏哥一個人做了很多菜，等我回來一起吃酒。結果我在九時多回家，又送睦小姐回家後，我再同敏哥吃了一點飯，因我去當儐相反而沒吃飽飯，留著肚子回家吃。我們玩了一回就剝蓮子，我一邊等煮蓮子，一邊就給你寫信。那信是元旦日晨發的，大概你早得到了。你看我在這裡是多麼受優厚的，我們也提著你今年是怎樣的過去，敏哥說著以後的過年我將會更快樂的。貽哥！以後會回到家裡去了嗎？也許我們都共在一塊了，是不？

元旦日的晚上你出去逛了年景，我是在家同敏月哥渴酒以後，我在9時左右給你寫信。這不是當你想念到我有陪伴著你一樣的意想，我竟給你有快樂的心境，給你寫著所要給你的愛音。

貽哥！當他們問我為什麼我一定要調到重慶去？我無意中答了一個因為我想得利害。不，貽哥！因為祇有你才逗到了我真正的快樂，我惟有想到你才是我甜美的夢境來到。愛的！真如我緊倚著你的時候，所感受的溫暖一直使我交流全體。親愛的！吻著這永愛，祝你
健樂

　　　　　　　　　潤妹的祝福

2 月 20 日晚9 時

25 日收，27 日晚覆。

致王貽蓀函（1945 年2 月21 日）

貽：

你16 號信很快的就在今天收到了，像今天的工作可說很忙，開了七、八十萬的匯票，手不停的在寫著，一個手有麻木得抬不起來似的。當我很高興的得到你信，可是我祗能暫時擱著，沒有立刻就看。一直到賬交清，我方才定心的。

我一切的疲勞都從甜美的心神中消逝了，心弦的恬靜該是愛的佔有了一切。我領受了真切的友愛，相互自由的愛著是我們精神中最寶貴的，等待到回到家鄉，那時我們會更美滿與愉快的。

請調我完全依照你所告我的計劃去做，我不會操之過急的，雖然我想能早早近你。為了能切實的照顧到你生活上的情形，愛的如此遙遠，該是夠使我想的了。貽！我是想挨近你，常常顧及到你所需的照顧，所以我也想能請調早成功。如今要延擱，也祗有讓牠去，等待著時機了。

今天我手膀還是很酸，要早休息。不多寫了，祝福你的

健樂

潤妹上

2 月21 日晚10 時

長學押歲錢，再等二天發薪後給他，勿念。

26 日收，27 日晚覆。

致王貽蓀函（1945 年 2 月 26 日）

貽：

　　我為了等待著你的來信，我就延擱了多天沒能信給你。當上星期五那天，我想得你信後給寫吧，結果電燈沒能亮，很早就入睡。又到星期六，那天還是沒見你來信，我又到眭小姐家玩，一直縮在她處，我在她那裡學會了做粑子。昨天星期，我值班，敏月哥帶了長學甥到局裡來等我，一同向街上去逛，為代長學甥將押歲錢買一個戒子。看到一雙樣很好的，而又小巧，我添了乙仟玖百元，將舊的一個換成了兩個，現在我都在手上。我想還是達成我的素願，作為我倆訂婚戒好不好？我託劉穀蓀大夫的弟弟，也是叫貽蓀到重慶來時帶給你，他也是徐雨蒼伯的學生，縣中時。這一天我們很倦，而我還是沒見你的來信，所以我這次相隔了如此多的日子再給你信。貽！原諒我，將我整個的一切都是你的時候，來補償我這次的疏忽吧！

　　楊、李兩位如此高速度的成就，一定會更美滿的。結過婚後進護校為好，一方面可以安心讀書，一方面將來的變跡可以消退。貽！你可以多多幫忙完成的。

　　你必要的一件大衣現在做成了，我為你快樂。因為當你出客的時候，你交往的時候，又多怎能沒有一件大衣呢？所以當我知道你大衣還未做起，我得提醒你早早做好。關於我的衣服，反正我不大用到的，現在你既已做，就是應該早早完成的，就是我倆互換的禮物吧。

　　今天得到你19號與20號兩信，我心神的歡樂是我這兩天來的積悶中最至上的安慰與快樂。貽！至愛的！我倆祝禱上帝永遠賜福我倆！貽！願今晚我倆的美夢如同。

　　明天又請中國銀行的人匯你壹萬伍仟存放著，因為我手裡有錢就要糊亂的給同學。因為這許多也是多餘的，所以我再匯給你，也許以後我能有餘，每月可能匯給你處，好不好？今天的決定祇能匯你壹萬元，因敏哥先用伍仟。

　　愛的貽！我想著你，我想立即就在你身旁，讓我陪著你，時時使你光明的歡笑。昨晚以及今晚，這皎皎的月色使我憑欄凝視這筑城人倚樓。此景此情，我愛的貽！也將千里所共一嬋娟，有同樣的思潮、同樣的意想嗎？貽！永遠像這明月一樣的皎潔，我希望你！我們都為了職務，可是呆板的郵局我無法衝破牠，什麼時候是我實現的晨光？我將永遠在這夢幻中。貽！我不能這樣遙遠的想著你，我該俟著你的溫暖來扶植自己。愛的！這夥寶石、這鮮美的寶石，是要由我倆共同觀賞的，是嗎？這美月、今夜的美月！貽哥！共長一夢中。

　　不多寫，電燈很乏力，我也不多就擱，入睡這愛的甜夢中。祝福你，愛的。

潤上
2月26日晚10時半

3、7收覆。

致王貽蓀函（1945年2月27日）

貽：

剛剛有凌同蔡兩位來看我，傳給他倆知道說我病了。其實我三、四天來的痢疾，人還是很好，就中午吃了稀飯，精神一切都好，而他們不放心，這晚還來看我。這時已有十時半，他們現在已各自回去了，這友情是至上的快慰。

我想到這裡住，天氣漸熱太不方便了，想不到一住就有這久，連到了熱天也無辦法搬到一個適當的地方去，就在貴陽我單獨的找好房子搬出去。在敏月哥一定不願我出去，一定會有誤解的。現在她們不不希望我離開呢，因為我們多麼快樂、熱鬧。最好的辦法還是離開貴陽的時候搬出他家，這是可以大家心裡放心得過。貽！你說怎樣，我急於離開這貴陽，並且早離開這二支局。因為支局長是多麼勢利欺弱的，我不願看這種的假面孔，所以能有調動是最希望的。

本來我很倦，該休息了，我心裡是怎樣的情緒，無法自理，我還是給你這裡寫一點。貽，我無限思潮，我無法自解的心境，我祇有這一時感情的苦惱。不多寫，祝你
安健

潤妹寄語
2月27日晚深夜

3、8收覆。

致王貽蓀函（1945 年 3 月 2 日）

貽：

你25 日的來信很快就收到了，也同時有著陳毅夫科長的通知。他住在護國路，當我下班後就同蔡、凌吃過晚飯後，三人同到護國路一帶找，結果很容易的找到了。陳科長兩夫婦很熱誠的招待了我們，同凌講起同鄉來，又談了許多沿途來的驚險情形。大概因天太寒冷，路上積雪冰凍，他們吃盡苦難了。呢料也取到很好，這價錢算是極便宜的。

的確，現在戰時的結婚全是演一套滑稽戲，並且還有許多為兒女而結婚的，沒有經過結婚手續的兒女是無法律保幛的。其實在戰時已有管不了這些的情形早有了，可是他們倒還不忘記一套滑稽把戲呢。

當工作的時候，我憑著我一般的信心，我祗有工作不在人。就是人事之間有著怎樣多的間隙，我盡量將精神放在工作上，做我份內之事，像你就有著如此的觀念是吧？你的工作一定是繁重的，可是你照樣的仍是給我不斷的愛音。你我互愛著精神的鼓勵，希望你早早得到稱心的工作去。

你給我人間至寶的愉樂，愛的！我時常從幻想裡笑醒過來，因為你給我的愛慰，我祗有想像中再發揚一點你給我的撫愛中的美。貽哥！思念愈深切，這愛的啟發會更美滿。親愛的！惟有這深思是我整個的思想。貽！愛的！

我亦很快樂的想著你，可是我亦無限的思潮，不能使我自解自寬。貽哥！我離你太遠，想講的話太多，可

是我也無從說起。我這幾天之中，我有無數端緒在繞著我，我無法自解，祗有投入你溫愛的擁抱裡，讓我拋開一切，作我甜美的夢境中自解吧。貽！我惟有你一時的愛拂，才是我至高的慰藉，否則我太愛想像了，愈想會自己愈煩惱的。貽！我惟有愛你，是我至上的精神愉慰。貽！愛的！讓我從睡夢中喚醒來！

　　深夜！人靜！燈明！這是我整個夢境的安放處。愛的！我們相互的熱愛著，從這遙遠的夢境中相互的思戀，用這文字的惟一代表，願它作到全權的任務。貽！整個呈獻給我愛的貽！吻著這至愛的永遠！祝福你，愛的

潤上

3 月2 日晚十時

3、9 收覆。

致王貽蓀函（1945 年3 月4 日）

貽：

　　今天同敏月哥及長學甥到了花溪，當然很倦，可是我得先告訴你，我們遊興的一節，並且將這梅色春意帶給你，這生趣的意味。貽，願你今天同我們一樣的樂意盈盈。在花溪吃一餐中飯，一盆紅魚二仟八佰元，共吃掉肆仟多元，我們精神的暢快已算最得意的。

　　我最近幾天是給你很少的信，我有很多話想說，可是我沒有好的心緒，我該怎樣的說出來呢？貽！我以整個的愛付給你之外，我不再希望有另外的煩撓你。在我所想的希望祗求我自己來解決。貽哥！我會到陳科長毅

夫那裡，可以詳悉到你的情況的，否則這個想念的心無
法自慰的。當我同任何人出去玩的時候，終是想著你，
估計著你同往的趣意會是怎樣高的程度了。

現在花溪還沒有開花，許多含苞欲吐的姿態，更使
人意想神往。你同敏哥玩的時候，你愛興賞那橋下的流
水嗎？我們在那裡靜靜的坐了一回，我愛水，真如我愛
著我愛的一樣，他能夠流到不知去向的流去，也能積流
湃澎。他偉大、也高貴，更有著真純的蓄力，所以我愛
著流水。

貽哥，今天恕我很累，不多給你寫，讓我吻著至誠
的愛給你。

祝福你

晚安！

愛你的潤妹上

3 月 4 日晚

致王貽蓀函（1945 年 3 月 6 日）

貽：

你 28 日發信收到。從最沈悶的工作上以及我苦鬱
的精神裡得到愛的潤澤，我整天來的疲乏都給愛的溫慰
覺爽。貽！這光采永遠交輝著。昨天我沒給你覆信，也
是最近給你少信，貽，你會念著嗎？你會每天盼望著你
所希讀的一點音信嗎？這心底的音弦交織著我倆愛的
愛。此後我每天抄一首 Shelley 著、徐遲譯的「明天」，
這封面的一段先給你一閱：

你在那裡？可愛的明天。你的小的、強的、弱的、

富的、殘的，我們永遠。在苦難中把你的微笑尋找，在你那裡──啊，化了一天了──我們找到我們丟掉的──今天。

你到了軍政部，是你高興去的地方，成功了，我當然會同你一樣的高興。貽！我還要祝頌著你工作的偉大，理想竟然一步步成就。親愛的！你能勝任，也能負責，具備著忍力的精神，所以理想逐漸到達。貽！該是多高興的。

帶給你的什物，要是眭小姐在這星期裡回到重慶來，會由她帶給你。一切的詳情她知道最清楚，她會帶給你所喜愛知道的話。要是問到重慶廠出品的三星牙膏買多少錢一瓶，貴陽是四佰元，價比這低，你買一點請她帶給我，錢會同她的薪水一起匯到重慶來的。

這次敏月哥同長學甥照的一張相片很好，添印後會要他們送一張給你的。要是你去添印還沒有，你可以再將我倆的底片寄返貴陽，我去中國攝影社加印同放大五彩的隨你，當然貴陽的價相當貴的。

在前天的晚上，我同凌、蔡三人去看電影，那時還未開映，我們在門口站等。我就碰見了雨蒼伯，同他講著話，竟沒留心到小竊在扒他的口袋，竟損失了兩萬餘元。當時雨蒼伯很不高興，當然我的不是很大，我心裡抱歉，無法怎樣寬解。貽！你說我怎樣給他彌補，我現在更不敢前去。

不多寫，祝
安康

潤枰手上

3 月6 日

3、12 日收。

致王貽蓀函（1945 年3 月7 日）

貽：

你希望著多給你精神安慰，其實我近日來給你的信是太少了，貽，你會不高興嗎？可是我每日的思念時時祝禱著你的健樂。親愛的！我們相互佔有了所有的精神，一切以我們的快樂為主。你近日稍忙，可以少給我信，就是寫你也用簡短的語氣發一封平信就得。因為發快信，你們要化的時間多，都要擠著發快信，這是我們局裡普遍見到的工作情形。當然在我們自己發太容易了，所以我每每乘便之中就發了快信，你可以不必，以免費時。

待你工作定後，再給我詳盡的談談。貽！我整個投入了你愛的潮流中，我得時常有你愛的溫暖，這才使我更快樂。我每天有著一個自私的希望，能希望著有每天面見你一次的愛音。事實上這是太多的化費，所以愛的，願你不要任性著我偏見的渴望，也許有一個落空的失望，而待來一日的獲得會更高興、更充實的。愛的，潤妹的祝禱是虔誠的，最後願你很快的安置好工作所在。

祝你

健樂

潤枰

3 月7 日晚

附件——雪萊〈雲雀頌〉

雲雀頌

向你歡呼，幸福的靈魂！

你從來不是飛禽，

你在天堂上，或在天堂靠近的

那兒傾倒你的全心。

那一段又一段，華麗的、不假思索的藝術啊。

飛得更高，飛得更高深，

你從大地上起飛，

好像是一朵火焰的雲。

你在深藍裡展翼，

一邊唱就一邊飛行，一邊飛行又一邊行吟。

正在沉落下去的太陽，

一道道光像黃金，

上面的雲彩都因光明，

你也在浮，也在奔；

像一個沒有軀殼的快樂，有個比賽剛舉行。

蒼空的紫色甚至於在

你的飛行中溶化！

像天空裡有明星

一顆，可是在這大白天裡，
你是看不見的，祗能聽到你尖銳的鳴聲。

像這個銀色的宇宙裡
一支支箭樣敏捷，
在那白色的黎明裡，
那明燈漸漸隱起。
直到我們看不到它，可是我們知道它還在。

這整個地球和大氣
有你歌唱就宏亮，
而當夜色這樣岑寂，
從一朵寂寞的雲裡，
月光如雨——這天空裡光明就氾濫了。

你是什麼，我們不知道
什麼跟你最相似？
從垂虹的雲裡也不會撣下

這末晶亮的珠珠，
因為你一出現，就是一串樂句，如雨。

你像一個隱居的詩人，
在思想的領域裡，
人家不要聽的聖詩他偏要唱，
等到世界被他激起了

同情，就不管結局可不可怕，有沒有希望！

你像一個高貴的少女，
住在一個宮殿的高塔上，
一個秘密時間裡，安慰她自己
沉重的愛的靈魂，她唱了
甜蜜像愛情的歌，歌聲充滿了她的閨房！

你像一個光亮的螢火，
在一個有露珠的山谷，
把沒有人注意的，
空靈的光散佈，
散佈在掩蔽了牠的光的花花草草中間！

你像一朵玫瑰棲宿在
自己的綠葉中間，
給溫暖的風所摧殘
就發出這樣的香味來，
使偷花的盜賊也暈倒在太多的甜蜜裡。

那此妙齡的雨珠
落在丁冬的草上，
雨水呼喚醒來的花，
從未沒有這樣子
快樂，明亮新鮮，可是你的音樂更超過它。
你的靈魂還是飛禽，

教給我們什麼思想
是你的：怎的我從未曾
聽過愛的頌讚，唱過
使我這樣悸動，使神聖的懽樂氾濫的酒。

結婚的歌頌，
或勝利的合唱
跟你比，都顯得空洞，
誇張，完全比不上，
你的歌曲中間，我們覺得還隱藏著什麼。

你那快樂的歌唱的
泉眼裡有什麼目的？
你唱的什麼田野、波浪、山峰？
什麼平原、什麼天空？
什麼愛，愛你的同類？不知道自己的苦痛？

你有了這樣明快的
快樂就不可能再有憂鬱，
那煩惱的黑影
就再不能夠走近你，
你愛著：能永遠不知道愛在悲哀中才滿意。

醒著或者睡著吧，
你一定能把死看得
更真實，更深刻，

比我們人類夢見的更甚。

要不然，這條水晶的河流似的歌調怎可能？

我們顧前又顧後，
為並不然的事擔憂，
我們頂真誠的大笑
卻含著一些苦材料，
我們最甜蜜的歌譜的是悲傷的念頭。

然而，如果我們也能看輕，
也能憎恨、驕傲、恐懼，如果我們也能一生下地
從來不流一滴眼淚，
我們就無法知道怎樣地接近你的歡喜。

比一切書本子裡，我得到的珠寶，
比一切用尺量得出來的，那些歡樂的聲音更好！
你這看輕這塵世的，願詩人有你的點竅。

教給我你腦袋裡所藏
那一定有的歡樂的一半，
這樣的和諧的執狂，
也從我嘴上流出來。
那時全世下將聽著我，像我現在聽著你唱。

3、12 日收並覆。

致王貽蓀函（1945 年 3 月 11 日）

貽：

你五號同時發兩快函，我都在同時先後收到，勿念。身體已復如常，愛的，我本不該告你，可是當我最乏力的時候，我盡想著你，想著愛的慰樂。貽！我剛看完電影回來，「麗駿圖」裡面有夢相逢的一個插曲，現在這房子的對面有盟軍之友社的音樂，正像這個夢相逢的奏曲，那美麗的夜景，兩人傾懷著情絃一歌一答，甜美的夢景使我深入。愛的！正是我倆擁抱熱吻中的愛潮在演奏，貽，我沉溺在你傾懷撫愛裡，我深深的喚你，在這靜夜的熱潮裡傾訴著我所懷戀的貽。

你工作得到決定後，再決定我的調請。你不必一面要顧你的工作，又懸念著我的請調，這是我不能要你多費心神，來為我的事多增加你的牽累。貽！望你早早如意的安好工作。

問我在來渝後的準備，以敏月哥家庭織組的情形告你。貽哥現在要能夠得到簡屢的籌備成功，恐怕一筆費用不在小數。要是理想的給我們回家圖成，可以使我們少吃力，我所以想能早在重慶，為的要使我倆能夠有時常共樂的機會。現在我這份感情祇有愛想，你不也是一樣的在想著嗎？今晚已很遲，不多寫，祝你

晚安

潤上

3 月 11 日

3、16。

致王貽蓀函（1945 年 3 月 12 日）

貽哥：

你 7 日發信，剛剛今天國父逝世二十週年紀念日收到。本來有放假慶祝，後來就打消了，所以今天我還是在這裡上班。貽，我現在一切都很好，身體早恢復原，你勿念。我比以前更快樂了，我像毫無顧忌一樣的自己快樂，所以人家說我比前更豐滿了。的確，我比前的精神已大不相同了，因為有你精神的扶助我的縱情，這樣就使了我快樂，你愛撫充實了我的英雄。

為了你的愛護，要我調不動後即辭職到你處。可是郵局的事做了不足為奇，可是丟了卻乎可惜，我想還是我不辭為原則。要為了我的早實現來渝而辭職，這樣要人笑話我的，這好像我太不能耐力了。所以盡可能要調，或者等待著抗戰勝利後經調回家鄉比較要容易些。可是我在這裡實在不該再延擱下去了，房子小，天氣漸熱，容納這多人在一個小小的房子裡實在免強，並且在敏月哥處煩撓了這久，我自己也再也說不出口了。由於敏月哥越是看待得我好，我心裡會更慚愧的，他們為我當心一切，因為有許多我還是在惘然不知中，而敏月哥是關懷到了。我一切家務事可以不由我操一點心，我太安適了，由於我安適的貪圖，我還是不想離開。敏月哥這次要在我生日那天為我吃麵的打算，並且在日曆上早就註好免得忘記。貽哥！你看我在這裡的樂趣，會再能找到第二處嗎？

蔡傑的呢料不但取到，並且衣服做好穿上身，這次都是由我給他一手辦妥，連做也是由我給他做成的。這

次局裡領到了子女教育費，我再匯給你用好不好？你的
薪水當然要你的費用用，不必先代我買衣料，不是在
我 2 月 27 日給匯壹萬元，由中國銀行匯，怎麼你從未
提到過？

今晚我會同眭到京戲劇社同兩個美友軍看中國京
戲，他們好奇我國的國古劇。當然由眭翻譯，我還是很
膽小的，不能講出英語來。要是我能從中學到，那是最
好，否則你要阻止我嗎？要是你告訴我說不能與他們玩
的，貽，我一定不去。你快告訴我是不是不該與他們玩
的？因為我現在矛盾，不能自決。

別的不多寫，祝

近好

潤枰上

3 月12 日

3、16 收並覆。

致王貽蓀函（1945 年3 月13 日）

貽：

將告訴你敏月哥的房間要搬到樓下去住，當然為了
房間大，這要搬的原因不會沒有為了我的因素，房間
大，住在一起可以不擔心太擠了。其實敏哥是喜歡樓上
小房間的涼快，這次為了我的多一個人，貽，我倆有敏
月哥的庇護，將永遠的幸福。

昨天看了京戲，美軍對於好奇我們的國劇也算熱
心，今天還要去看，也請了敏哥同去，可是一般市民的
奇視也太盛。乘這將下班給你簡短的幾句，明天再給你

詳談，祝

好

潤枰上

3 月 13 日午後

3、17 收並覆。

致王貽蓀函（1945 年 3 月 15 日）

貽：

　　你9 號賜音收到，知道你現正忙碌，在工作中也是最傷神的時候，因為當一個月的尚待決定的過程中會使人難處置的。貽，敏哥說的你反正還年青，位子的高下沒有多大計較的。你盡向如人意的環境去，不要因地位而使工作得不如意。貽，以前途第一，人事要簡單的環境，能夠有勇敢有為的精神，可以什麼困難都打破。還有當一個命運轉變的過程裡，會有不合適的生活產生，在這過程中是必定堅持著容忍。貽！在我去年的現在時光是我最不幸的一個時期。

　　本來昨晚我不再出去，給詳盡的談許多事，結果董先生來叫我去，又到她處住了一晚，今晨才回來。今天就給你簡短的寫一點，想今晚再談關於美軍對於中國人的影像。我最近來晚的太利害了，我也很想靜下來，可是有了熟悉的人，終不會使我安靜的。

　　現在長學甥好玩得不得了，有了媽媽親自帶領的小孩要活潑可愛些。他也能認得相片，會叫你了。要是當你親自聽到他這樣叫你的一聲，你一定會更喜歡他的。別的不多寫，祝

安康

潤枰上

3 月15 日晨

3、19 日收並覆。

致王貽蓀函（1945 年3 月16 日）

貽：

　　我太愛玩了，講好一星期中不再出去，可是這幾天還是照常的在玩。昨天同敏月哥出去看電影，今天又是凌、蔡三人看電影，弄得很遲回家。以後我可能的還是少出去為好，這太乏人了。

　　你11 號的愛音是給我一切的活力。貽！當我一見到你的來音，就使我活躍起來，將不高興的念頭立即驅走。貽！梅是春訊使者，為我倆新春初起作一切鞏固的基石，作我倆奮鬥的指針。你將吻她嗎？我祇有耽望著你苑爾的面容，凝注著濃重的情愛。你相片常常使我望個呆，貽！我要吻著愛的，將這倆熱烈的情愛擁抱在胸懷，讓我緊倚著愛的，平息的喘著。這厭極的世界超脫在聖潔的愛懷裡，親愛的！我不能離著你，獻給你這愛的長吻，愛的！

　　貽！我可以告訴一些你所沒有知道的事情，那是我拉雜的閱書中得來的。這許多我會分斷事物，可是我不能下決斷，我希求你給我決斷的精，我可以給你推論分斷的工作材料。關於學歷能自知低弱，一定有了更努力補救的觀念才產生的。貽！你自己有這樣的感覺嗎？要做到社會服務的工作，必定有自然科學做基礎，這可以

使工作有根據、有發展、有反省。待我到你處，直接告訴一些關於發生的一切疑問，談給你論斷，好不好？

關於請調，由呈文遞呈的話，恐怕一輩子都不會准。祇有總局指名派令，這樣還要看郵區的局長放不放走呢，否則是枉空的。我的呈文還沒有想好怎樣的呈，可是我心裡盡在希望著葛飛總視察能助一力。

你說我到新橋同你工作嗎？我想到郵局待遇在我已經算優越，要丟掉太可惜了。像這個月除薪津能得叁萬餘元外，我在昨天還借到了子女教育費貳萬叁仟元。本來又想匯給你，我將牠先捹用了旁的，所剩不過柒、捌千元，其中有給敏月哥壹萬元。要丟去我這終身職務，確乎太可惜，你說怎樣？我想在月底一併能寄匯給你叁萬元，好不好？

能夠向上的精神就是幸福的堡壘，你說到了中校才準備結婚，這是勵進的一途，但願更高望的得到，回家熱鬧，你說怎樣？

今天雨蒼伯順便來我處，因為聽了同鄉說我為了他扒去錢後，我不好意思去他處，他特意來看一看我的。我真慚愧，沒有先去看他的，一方面我自己太貪玩了，以致許多應去的地方都延擱下來了。他也抄你的通訊處去，你在抽空中也給他一函問候，老人家是寂寞的。

我還要告訴你關於美友軍對於中國這一次來的影像。他們告訴我們說：他們從沒看見中國這樣的一個古怪國家，最顯著的要算貧富太不均了。做長官的部下五百名的兵佐，做冊子是二千人的名單。除了五佰名的薪給外，所有盡皆入長官口袋，這是他們親見的。他們

又說，不是他們不願幫助中國，實在中國自己不爭氣。
從美國運到的新軍，沿途給中國司機拆換，到美軍自己
手裡想使用都是破損不堪。貽！這也是戰時運輸當局得
一個注意嚴斥的一件事。還有送來的許多摩托卡，結果
將汽油賣掉，換植物油，弄得車子污不可用。許多缺點
反給美軍一個很壞的影像，可是他們優點是不會知道
的。還有見到我們年輕校官，他問是多少錢買來的？我
同學答他們說這是僅有在古時過去的年代裡有，現在中
國的官佐都要有資歷同工作來遷升的。一切我們知道了
一些美國人心裡對中國心裡的觀念。他們也盡知道一些
中國人的舊壞性格，他們不知怎樣得到的，還有商人的
騙人，購錢也知道。我告訴了這些，想你大概也樂意知
道的。

　　今天雖然時已過十一點，可是我奔放的寫下，一點
不覺。這是寫的太長，願愛的忍心讀著。最後給倦後的
一吻。愛的！相對著甜美的微笑。

潤上

3 月16 日深夜

3、20 收並覆。

致王貽蓀函（1945 年3月18 日）

貽哥：

　　將你前後給我的愛音，我又一一的翻著，可是時光
已經很遲，現在我祇有給你簡短的談談。

　　昨天我在臨睡前，我助望著你，你那注視的眸子使
我感到無限情趣。貽！我將沉醉在我倆美夢中，我深深

的嚐試到你給與精神的偉大。你我的甜吻常使我起伏的
思潮，這情愛、這相互的美果各自吞著。貽！至愛的！
祇有你真誠的愛，使我永遠不能忘掉的情愛。我心裡飛
了，飛入我愛的貽給與我幸福的快樂中。貽！讓我倆擁
抱在甜夢中！吻著幸福！

　　時間太遲了，我祇有無限的思潮，在想念中。貽！
何日能使我得到希望，我想像得太苦了。貽！我要你的
英勇，愛的！祝福你
健

潤妹上

3 月18 日晚

3、23 收、覆。

致王貽蓀函（1945 年3 月19 日）

貽：

　　今天一個上午就得到你三天寫的信。當我幸運的讀
完你十二號給我的信，我是自傲，我是被安琪兒似的幸
運兒。可是接著你十四號寫的信，貽！我墮入不可自抑
的無限思潮中，找尋不到自責還是人類心地的責備。讓
我首先答覆你所給與我的反應，貽！我也曾為你這樣幾
句話，我吃下的中飯使我時時絞痛。愛的！我也知道的
正如你樣的愛著，所以我真誠率直的，將我每日情況將
有趣的告你一二，也將人類一般心裡所諱避的，而我卻
是真誠純潔的思想與態度。當任何人見到了我，也不會
有所非議的提出來。當我首次與眭小姐同去與盟軍玩，
並不是我們一玩就有朋友，或者fall in love 的事情做出

來。何況大家都有寸分，大家都已不是最熱情的青春時，各人都有著人事的磨練，不至於一時糊塗不堪，我所以要訓你，你也贊成嗎？既然你告訴我，你是堅決的不贊成，為了保證我是怎樣的愛你，我此後絕不會再去玩的。何況這幾位盟友軍裡面全都知道我已經訂婚的人，他們也關心的問著結婚的時間。貽！我希望你不再有這句話「能自己明白向『誰』講信用就可了」，這給我的刺痛將是使我怎樣來忍受。愛的！你也因為有我同樣的坦白真誠，所以會如此寫法，可是我希望我們永遠也不能遺留有這樣的影像下來，這是給我們幸福要加上幕罩的。關於你同意我能同蔡傑等來往，其實你大可不必有的想法，大量用不到用到這裡來。當你晤到胡哲文就可以明白我是一個怎樣的女孩子，就是同蔡傑一起玩，其中必定有凌綠梅在一起。就因為如此，蔡、凌之間倒有一點不同的情感產生（這絕不能給哲文知道，為了仍挽回蔡、胡的修好）。並且最近哲文很敷衍的給蔡幾句的信，所以凌要堅決到重慶去，離開貴陽，蔡也因凌為了如此才離開此地，他有堅決想去昆明。在這樣的場合之下，你說是丟了他們不理，讓他們長久的裂痕下去嗎？希望我們有諒解這各人的自傲心，為了真實的可貴，我已經給傷痛不少。貽！讓我倆沒有自傲，祗有互解。

貽！我準備今晚的長夜我要給你談，可是我要寶貴我倆的幸福，我祗有恨毒人類一般的想法，他們是多麼自私，思想是多麼殘酷，用這些來自己駕到自身上去的鋼鎖。貽！我有這樣的想法。

請調我會再一試的，恐怕希望很小。在我得到這次准的消悉，我會立即告你，再在總局設法要調派的命令來比較成功的把握大。最好還是總局指名調派來得容易，這裡有一個女同事已經得到指名調派來令調至昆明，這是他們總局裡想的辦法。

我們準備結婚的意見在我已經知道了，你所主張的幾點我極其合意，最好的是不築債台是婚前的絕對要求，完成婚前的準備是絕對的條件。在於傢具以我看起來要置辦了大傢具，一旦我們回鄉，丟了太可惜，借又不易，所以是最難。房子求乾燥、光線好、清潔，最好能有三間，至少也得兩間，要是你有家眷宿舍裡住最好，這樣可以省了許多。房裡求簡而大方，祇要日常合用的就可以了。至於我衣服說起來太可憐了，想自己做事後復好好自己添置一點的，可是做事到今天已有七、八個月，身上衣舊寒酸。現在最合用的還是夾的及單的，到棉的再慢慢提到，貴陽東西太貴，我急乎要想收的衣我無法置辦。想在重慶先買一件夾的袍子，有事時穿，並不是為了我想結婚做的，其實我還是希望著回家結婚的。貽！你會說我這是不合理的嗎？要是在外面的話，一定不會給我們稱心的，你說怎樣？

現在我局裡的薪津並不算低，要是辭了太可惜，並且我們一次一次的借支，當離局時必得要還的，這大的數目很不容易還。要是請准調用，雖能到重慶，還不知派到那一部份去工作呢。所以這夢也許會給人勇氣衝破這障礙的，貽！我得努力以償還我倆的願望。

今天別的寫得太多，不給你寫別的。我覺得你這次

十二號前端的情急永遠縈繞在我的心堪,愛的!吻你一晚安的祝福

　　　　　　　　　　　　　　　　潤妹上
　　　　　　　　　　　　　　　3 月 19 日晚深夜

3、23 收並覆,附寄120〔編註:指杜潤枰1945 年 3 月 7 日致王貽蓀函,原件亡佚〕。

致王貽蓀函(1945 年 3 月 20 日)

貽:

　　我真的生氣了,一直到今天,同盟軍一起玩那是我的不好。在表面一般人看來是不好,可是至於自己呢?當然有著自己的把握,那有這樣糊塗就容易做出怪惡的態度來,我們還是保持我們獨有的度態來。何況貴陽是我們工作環境裡,每天來的顧客不是少,一旦有所非議,我們自己也會受不了的。貽!你放心,在與他們玩的之中,偶而亦有例外的。最後我為給愛的希望,我不會再同他們玩的,當你看到我的提及,你也會縐眉的,這是我知道。貽!保證我的忠實愛你,你一定不會再去玩的。

　　你提到蔡傑等的來往,這使我刺痛。貽!你也不放心我每日有敏月哥在一塊兒的信任嗎?我們同蔡、凌三人的玩在一起,這是由於三人各有的心境才使我們在一塊兒玩了一個時候。每當我公餘之暇所得到的娛樂時間,要是有你在一塊兒,我們的玩該是多美而樂的。可是我雖有同他們(凌、蔡)在一起,為他們兩人性格都

剛強，也常常弄得我不樂而歸。貽！我也常說，我一個快樂的心境都給他們撬得不歡而返。貽！我並不是一般女孩子所愛的虛榮。有幾次我用樂意的心境給你寫信，流露了我摯愛的熱情，都是同他們玩了回來。我假設著你有我的同步，就給你奔放的情愛，增添了愛你的可貴。在平時你能陪著我玩，自然沒有空餘同我的同學們玩了。貽！我有我的分寸，我不是一個無自拘的心念的人。在日常，我最會自縛自，何況大家頭腦清清楚楚，分得很明白的界限在。要為我倆永遠幸福的穩固，我可以犧牲我的自由，可是就世界太殘酷，責罪人類太嚴肅了。

在於我使我給感情放出後，我希望著這兩個愛之間距離愈近，會熱情愛護著、培育著，盡量不能願意無意識的因了誤會而產生裂痕，這裂痕一留著永遠也不會消滅的，除非到失掉我記憶為止。我會盡量避免痕跡的產生，所以我會客觀的諒人。貽！我不會再生氣的，貽！我也不會恨，祗有悔，我更不會使你再傷情。愛的！我倆是永遠的情愛，不是暫時的，我倆有話得明白提出議商，不要放在心裡不安。貽！過去的事我也誠懇的述說了，以後我得不再談了，為了忠誠的愛您，我接受了您的希望。

現在我得向你笑，這說出我已經完全快樂了。愛的！我會感謝你愛我的精神，可是你也為我目前情況的打算，我必定要用自慎的態度處境，是每天必有的小心在做人。我要格外的謹慎，為得到敏月哥的歡心。

愛的！祝你

好

潤枰上

3 月20 日晚

3、27 收、覆。

致王貽蓀函（1945 年3 月21 日）

貽：

今天我細細的看看我們相片，我希望就放大一張好不好？在重慶放大一張要便宜得多，要將我們印得長一點，我衣上的花可以印出來。這次眭小姐不要這張你寄來的，因為沒有花。前次我曾向你要寄回底片的，為了你尚未印，既然印的還好，你就在重慶放大吧。再添印六張普通的，好送我的同學。

我也照了一張二寸的穿著大衣，看底片笑的太古怪恐怕會不好，待取到後就寄你，看我穿的新大衣。

不多寫，匆上，祝

好

潤枰上

3 月21 日晨

3、28 收覆。

致王貽蓀函（1945 年3 月23 日）

貽哥：

這三天來都是沒見你來信的，我想著郵車的脫班吧！可是人家亦有接到重慶來信的，貽！我但願是因為你調職的忙不安，所以沒給我來信，還是你仍因我的貪

玩而難受嗎？貽！我終也想不出原因，你知道我是怎樣的望著你，為了知道你工作的去向，我也知道你為的是到軍政部還是到新橋，這都是給你焦思的，當然亦可不必為我的通知而分心。可是，愛的！你要知道我是多麼想你，為你決定去向而擔心。也許今晚我在這裡這樣的給你寫，你的愛音可在明午得到我手，那時我該多麼興奮，多愉快的精神慰樂。

　　昨天有賈先生來訪，晚上七點鐘，月姊陪了我到他寓處造訪，並將錶一只、小金戒一只，以及襯衣、襪子都請賈先生帶給你。賈先生大概在下星期一（26號）起程，不久就可以到愛的手裡，你得到了會高興嗎？襯衣是蔡傑一定送你的，襪子是凌綠梅送給我穿，打開一看原來是你好穿的，所以我乘便一起待給你了。

　　願愛的來音在明天讀到，祝你
晚安

潤妹上

3 月 23 日晚

3、28 收得，30 覆。

致王貽蓀函（1945 年 3 月 25 日）

貽：

今天由快慰的心境裡得到你17 號同發的兩信，現在可以不談那些惱人的事，我已經不再去坐那種吉普車了，你可放心。還有敏月哥在這裡的商議，在於我自己當然有我自決的權衡，可與否我也認得很清楚。為了忠誠的愛著你，將我需「悔」的事也全盤告訴你。此後我的證實就是不再去，我也知道了他們所要的友，為了造成他們一齣「羅曼斯」而已。在社會上不得已的應酬一定會有的，我也被迫得沒法，稍稍也有一點出面。否則在以前我一點也不願見一個陌生人，而竟能談上幾句，要站在社會圈子裡就不得不有交往，可是一班人的觀點是太刻薄了。

賈先生已經遇到，將東西已託帶給你（錶、戒子、襯衣、襪子），大概是二十六號起程，將我一個不願見陌生人前面大膽的讀了一回。碰巧有陳毅夫夫婦兩位亦在，我很不願見生人，尤其是需要有一個好的周旋談說。我更怕見你的同學或者同事，這都是給我一件為難的事，何況他們都想看看我怎樣的人。

一個人當感情失卻平衡的時候，往往有好奇、有矛盾，能夠從這裡面要得到自決，天下就沒有這全美的人。像這種失卻平衡的人，祇有一時並沒有永遠，當這種人能覺醒得早，也許還有一點美德可取，反之祇有犧牲。可是貽哥！世界上的人，人人都愛好奇的，除非這是全由理智造的人了。你想一個全憑理智思想征服的，那來的樂趣了。這好奇中還能有自判的理智，也可以說

悔的念頭早佔領了優勢。貽哥！希望你再知道我這對你如何的赤心，恐怕為時還短。

你也在希望著我早到重慶，我要請調成功否則辭職的話，我損失太大。現在唯有希望能調准，我會問過葛處長後再上簽呈的。到重慶終是好像給我一件特感的念頭，或者聽到有人去重慶，也給我一個提醒似的。貽！我希望同你一起玩，這裡雖然常有機會同出去玩的伙伴，可是我終覺得不著邊際的感情使我惘然，常常意設到有你愛的在一起，該是更提高幾許興緻呢。愛的！我想你未必沒有同我一樣的意設吧！

今天取回我相片，不同睉去照。她在旁一引，我就笑成這個怪樣子。你見了也會笑我一股傻笑嗎？也穿了你所贈我的新大衣，我那天頭髮太不整齊，用了睉的帽子，真是怪樣子。

有祝塘人要回去，他是怎樣走的，沿途不是有危險嗎？給他帶相片就不怕檢查嗎？由檢查而遺失嗎？現在敏月哥的相片給你，要是沒有危險並且可靠，你就請他帶回這張相片，不然的話就不必請帶回去。敏月哥說送你的相片待加印好後再寄你，不忙著好不好？

我生日該告訴你了，陰曆二月廿七日，正今年陽曆四月九日。那天我要好好請請敏月哥，為酬謝他們一片愛護之心，你說好不？

貽哥！還有你呢，你的生日是那一天？我可以置備一件心愛的紀念品給愛的祝賀好不？你就告訴我，貽！

能早使我倆在一起是早使我倆精神解放的前提，貽！讓我們暢快的再有一次傾訴吧！我不願在這裡紙上

給你寫出來告你，這要讓我們細談的，否則反倒弄得好意而成了意外的想法，成到誤會的端點。所以，貽！我不會再說一些我所任性的話了，有時我是太任性，想到說，說而不先考慮，將忠誠的心打得粉碎。我也有過幾天苦悶，因為我餒氣，貽！我倆完全以永遠幸福的基石穩固，我們再也不要將那天你十四號所寫的信放在我們記憶之箱裡，將拼除在永遠不再想起的遠方去。愛的！我們大家都會自知的，我適度衡量的念頭，我很有的習慣，你可勿必掛念。

　　最後祝你

健樂

　　　　　　　　　　　　　　愛你的潤吻上
　　　　　　　　　　　　　　　3 月25 日晚

3、28 收，並30 覆。

致王貽蓀函（1945 年3 月26 日）

貽：

　　你21 日發信收到，溫愛熱情的流注到我倆深深憶念當日甜美的經過，沉醉在我倆幸福的愛潮之中。愛的！當我緊偎在你身邊的情緒裡，我唯有幸福的光輝在發射，充溢著愛的真實，相吻著這熱情，這甜美的鮮菓是我倆共享的！親愛的，你說對不？

　　愛是自私的，有這自私的心，才是由愛誕生出來的。因了愛而發生不快和誤會，其實再仔細一想，有了退一步的諒解，這可以得到美滿的幸福。愛的！你現在也諒解了我嗎？而我見你有不快、有誤會，恐怕我心裡

的不平靜會怎樣的不能寧靜哩！親愛的！你現在心裡還在欠平靜嗎？我要你笑！要你發出愛的光輝的笑！貽！我陪你一個甜蜜的熱吻！因為我倆路隔遙遠，一旦心裡各存著不樂意的念頭，深刻的申展下去，會給我倆佈進薄幕的，你說怎樣？當我見你說「近日較忙，心也欠平靜」，這不平靜由於我給你嗎？我先承錯，此後但願我倆早在一起，早在相互關顧得到的距離裡，否則苦了我現在。

　　年青人既然能夠發生了相愛，也早該給他們送在一起的，使得兩地唏噓，該多不公平的一件事。我也討厭中國人做事的不爽直，不敢有一點點變通的辦法想想。中國人將人的一生太不重視他最寶貴的一節，該是多使人失望、多使人喪氣的。將我倆準備的預計，依你的主張很對，一旦捉襟見肘，那是不好的。愛的！終想我也能同你在一起的時候要準備起來，不是可以有商量一點。關於我郵局的工作絕不能放棄的，雖然終身的職業也可以使我不受任何人事上權壓的苦惱是最好的。我現在向局裡預支了許多薪水，如泛借兩月、子女教育費、借薪一月、疏散費，計算起來為數不小，這許多錢也是大定一律得借的。何況郵局待遇已不錯，很可以富裕我一個人的生活。我很知道你，你是希望我辭去郵局，可以達到你希望我教書的職業。教員是自由職業，也是清高的，尤其是培育青年的好機會。可是我的性格很不相宜，因為我很怕羞，並且沒學過教育。貽！你是否因我得不到你所希望的目的而使你失望呢？其實貽哥，郵局也是大眾化、平民化的，你覺得如何？

　　今天給你寄出了我的相片及敏月哥、長學三人合影，要帶回家去的請馮先生帶，他是否可靠？是否可以沿途無危險？要是度量得不能，你還是不叫帶去的好。敏月哥送你的還在添印，下次會寄你。

　　最後祝你

樂

　　　　　　　　　　　潤的愛吻

　　　　　　　　　　　3 月 26 日晚

3、30 收並覆。

致王貽蓀函（1945 年 3 月 27 日）

蓀：

　　你告我要匯一點錢給桐偉哥去，你說要五月的時候，我想還是立刻匯去的好。要是明天我得薪水後，我一定得給匯去，你不必費心了。並且我也覆一信去，這寄去的錢是說你要我匯去的，作什麼用你提一提吧，我不好怎樣說明的。

　　能夠立刻請調成功的話，我會怎樣的快樂呢？渴望著我倆的聚樂，我倆的愛，該告訴說要在一塊兒了。這幾天，葛處長沒有見到，恐怕暫時不在，不知那一天回到這裡。這裡的進行我又無法探束了，希望你在重慶盡量得到設法成功，以償還我倆終日懸懸的希望。

　　請你便中向克誠說一聲要我去訪黃熙民的事，在例假日我一定往訪，得悉後再告他了，請不急。

　　現在長學會叫我，而且叫的很親熱。這孩子真好玩，同他在一起，可以忘記了人間一切的罪惡，人間一

切的苦惱，忘記了自己已籠在這多變的世界裡。貽哥，世界的一切不會盡如人意的，也有一些要因厭倦而想遺忘的。我同睦小姐常常談著人生是一貫的在苦著，愛的！因我不能再有想下去了，否則我會更苦。祝福你的健樂

潤妹上
3 月27 日晚

致王貽蓀函（1945 年3 月30 日）

貽哥：

當我沒有得到你信以前，我還有點遲遲未敢寫。前天到下班回家的時候，送快信的信差都沒來。直到昨天放假正我沒值班，可是我同敏哥抱了長學（因長學身體稱不適）到河濱公園玩，逗引他快樂。月姊代上班到中央醫院一天，待回來時特意走到郵局，正好平信信差來，可是給我失望。貽！我帶著沉重的心情回家，我們都已乏力極了，長學還是不高興，因他沒見媽。到今天上午，陳局長就交給我你23 日所發的信，還是前天就送到的。我多麼欣慰的讀你所給與我的慰藉，現在我不再同睦她們出去了。貽！你相信我嗎？為了我得給你真實的相愛，我不留原委的都告訴了你。由於我為了愛的真實就在這遙遠的途程中，使你也想了許多的念頭。貽哥！我會牢記著「防患未然和戒慎恐懼」，可是你將蔡傑的防患，未免太忽略真理，我不能答覆，你需要的就是給你現在目前安慰的朋友？玩玩的朋友？我在貴陽除掉凌綠梅可以共玩，我到那裡去走走？蔡傑不過是因我

是凌唯一的同學在。友誼是一個人的精神，可是友誼有
著企圖的色彩就是罪惡，就是不久長的使者。現在有許
多男女一碰面就是最高速度的結合，結果還是反常，這
是不能在風霜中露宿的弱者。大家存著友誼的偉大，不
過是大家不留一個險惡的影像在各人腦中。不過一個相
識而已，一種淡漠，保持這友誼稍稍希望有一點善意而
已，你怎麼就給我下這樣的批註。貽！但願我們切實的
有諒解，當然我人到你每天見到的面前，你可以放心
了，你可以也不想再要我代你介紹一個可愛的慰藉者。
我如今那來的安慰，唯有苦了自己的頭腦，呆呆的顧著
這唯一的影隨。前晚望著皎月，聽著悠遠的樂聲（那盟
軍之友社的），可是祇有美樂在遙遠，這皎月何時能走
近你。這愛的誠篤反給你另外的安排去，我不能再往下
想，祇有用淚來證實了。

　　請調要由我上呈文是難打通的，除非這次昆明去的
同事由指名調派的成功，讓我怎樣的模倣了，否則我將
作怎樣的犧牲而獲得我到渝的成功。

　　有準備是最好的，我也知道這硬著說由我們回鄉後
的結婚也的確是空話，問題是否我能得到到渝的成功。

　　希民的近況我已經在探束中，因為河坎街找不到，
我先寄信去請到郵局來，怎樣的談問好了。

　　你要加股，可以等我月初再匯你二萬元好不好？

　　別的不多寫，祝

近好

　　　　　　　　　　　　　　　　　　　　潤枰上

　　　　　　　　　　　　　　　　　　　　3 月30 日

4、4 收覆。

致王貽蓀函（1945 年3 月31 日）

貽：

你27 及28 來信都很快的收到。最近是有給我較多的信，感受到你給我至上的慰藉。今天在下班後的一刻得到了兩個使我最高興的消悉，第一個敏哥告訴我要搬房子的消悉，因為這原住的房子房東來要回，在明天就要滿期搬出，將所有家屬都一起住到公路局宿舍裡。在車站過去很多路，兩家合住一個房間，你看多麼不方便的，而且我得走30-40 分鐘的路。現在解決了，可以在大西門口的地方另外一間給敏哥住，可以清靜，可以省我少走一部分路，當然沒有護國路近了，這也可說給我一個很高興的消悉。還有是你，你告訴說毛恭祥是貴陽儲匯局局長，這是最好的機會了，能夠由他力量讓我先到筑儲局再轉至渝總局，這可以容易得多。貽！我正希望著這可以的機會立刻就來到，那是多麼使人慶頌的。

現在長學甥已經能叫人了，他見到你相片，就會叫你舅舅，真有趣。他還一拿到我的皮包，也是舅舅的叫著要給我。孩子的可愛真會使愛他的人不厭倦，你要是也見他，一定會喜歡他得很。

今天我知道了凌是走了，在貴陽的同學已經一個也沒有，僅有在花溪貴大一個女同學。今天她來了，我特別珍貴，我請她吃了中飯，這位同學也是我三、四年來最至愛的。凌走也是到重慶，有來看你的可能，希望你詳盡的同她談談。她是一個可怪的女孩子，也是任有

男性的剛直，也有她緘默得打不出一句她的話來的人。貴陽更不能使我樂意的境地了，蔡傑會立刻變得沉默，所有的僅僅置以強言歡笑而已。同學的友情再也無法獲得，祇有追想著當日的快樂，將來會如何都不可知。

　　我希望著自由，卻處處給我限止，給我毫無真實的自由得到，所以愈在想到自由會愈失望。在這裡面我也不再想了，否則反增我的苦惱而已。不多寫，因有別事。祝

晚安

潤枰上

3 月31 日晚上

4、4 收覆。

致王貽蓀函（1945年4月2日）

蓀：

　　昨天本來會搬家的，因公路局車子派不出，延至下星期了。而且在這個星期以內，晚上電燈也沒有。當將搬遷的房子一定會零亂不堪的。

　　也在昨天去找了黃熙民的地址，我同敏哥去的，那地址恐怕有錯。有便時請你去問一問克誠，是不是河坎街64號。這河坎街在貴陽還沒有，祇有小河街。

　　我們的薪水這三月份太少了，又想在這月初的米貼，那知還得待到這個月中方有，到我的生日又是空空，一切計劃都失去，連敏哥的希望也是設法得到了。算了，何必想得太興奮呢。

　　現在我們支局裡也經辦了黃金折合法幣存款，又添了工作而不添人，忙是必然。每天在四點半我得送款到儲匯局，像今天的匯款就有到五十多萬。像去年九、十月，我們有了十萬元已經忙得透不過氣來，現在的情形也就如是的應付了，所以一個人是要駕著做的。

　　凌綠梅在張家花園71號，婦女輔導院，湯侔蘭轉。我也要她來看你，因你不知她何日到渝。

　　餘待後續，祝

健

　　　　　　　　　　　　　　　　潤枰上

　　　　　　　　　　　　　　　　4月2日午後5時

4、5收覆。

致王貽蓀函（1945 年 4 月 5 日）

貽：

你 29 號及 30 號的來信在一天中收到了，感謝這愛的賜與。你事情太忙，從深夜中給我們詳談，祗有加強我更深的愛，是更偉大。

昨天同敏月哥商談，關於房子的事計劃很好，可惜沒有錢。敏哥擔任五萬元，慢慢想法可以，要是立刻要是困難了。還有敏月哥是否就到重慶來，這裡是否立刻脫離都成問題。要是房子講成功，我可以去想法五萬元。目前這錢的問題可以各人擔任解決，若是開店，資本又怎麼籌劃呢？這許多問題你是苦絞了你的腦筋了。為了生活、為了住食，這許多的事件真也叫人夠得苦了。

星期一曾到陳毅夫處，他告我賈先生剛在那天上午方走，也在貴陽訂過婚，可是我沒有知道，還有你的錶是否修好可用，我都沒有知道，他也沒再到我這裡來一次。現在大概你可以得到了，你要對一對準，剛剛才修好，從錶店取出，沒有對。

正在上班的時候，不能多寫。祝

健

潤枰上

4 月 5 日

4、10 收。

致王貽蓀函（1945年4月5日）

貽哥：

在吃中飯時又詳細的再問敏月哥，他們的主張是錢難解決，在貴陽的不知什麼時候才能動身。又據敏月哥說戰事又不穩，這計劃與原則是太好了，現在他還是在考慮中。貽哥！這是為我們幸福而計劃著合乎理想的成功，讓我們愛神戰勝一切，貽！讓我們得到勝利吧。

昨晚看了「蝴蝶夢」電影，這是光明與黑魔鬥爭的文藝作品，結果是真理的光明是勝利了。其實我一點也學不到文藝的氣味，而興價我是愛文藝方面的。現在我又看一部「黛絲姑娘」，是寫社會上惡劇者的陷害一位貞潔的姑娘，從此一生的悲劇給惡徒造成，將她一生的幸福給這惡徒剝奪，以後我可以給你一閱。

恕我少寫，祝福你，並

健樂

潤妹上

4月5日午後

4、10 收。

致王貽蓀函（1945年4月8日）

貽蓀：

4月4日發信今天上午就收到。當我見你如此遲的睡，心裡是怎樣的想著。你是我生命裡的寶石，我該如何的愛護著、奉飾好這夥美麗的寶石？這過去我是沒有做到希望的慰勉給你，僅給你一點愛的安慰，並且也從這愛的偏及沒使你增加慰藉，反有使你煩惱過一度，我

更堅信你是對於我愛的深刻，有愛必有妒，反之該是痛
苦的暗藏。可是貽！你得更知道我是一個早就一切看明
白了的女孩子。貽！我也將一個人的事業以及名利，我
都不喜歡有所給我煩撓，所以過去對於你那種空洞的無
限希望、黃金夢，我都早給消極的感念掩蓋住，所以從
未有過一次向你慰勉。將世界上一切的感情會集起來，
不過是人生中一點逢場作喜而已，那來的希望、甜蜜、
幸福，這都是給一時年青人的興奮劑。在我素來的本性
上，你看我是該多麼冷漠的感情，對於任何的人我都不
能給我引起我這已冷靜的心境，那個都得不到我一點溫
暖。所以直到我得到了你的愛，你溫良了我的心境，使
這奔狂的熱情都分放在你的愛裡。我可以從此安放給你
的感情外，已經不能再有可值得的第二人。貽！你可以
從我所想到的怪僻思想裡知道我一切，從這縱情的愛、
這沒有偏急的真誠中，我倆互期著熱切的愛裡，你可以
完全洞悉我這忠誠。貽！我倆有同樣的信任。

　　貽！我狂，我也有過冷淡的想法，我感覺你給了我
至高的溫情，可是我也可悲到人生過程的慘史，其實我
那一樣都有透澈的認識。貽哥，我可以想到人生歷程的
艱難。

　　以上是昨晚在護國路寫的，這裡是今日我們已搬至
大西門外的住處來了。這裡房間很大，一切都舒適，也
有一個極明亮的電燈，有玻璃廠向東。尤其敏哥上班最
近，我就要多走一點路。月姊因有長學，仍是不能去上
班，還是在家裡。她做飯我們吃，這恩情祇有來日的謝
還。貽！你說好不？

　　想起了未來，這意想的境界可以使人陶醉，你也常這樣想到嗎？我常時有看了我倆的合影，以及你給我所有的慰音，我該是多麼的夢想。可是你要如此的遲睡，給你精神會大受損失的。還有整天繁重而忙的工作，怎能吃得住？你不要再這樣好不好？固然這是你的興奮、你的意境所致，這兩地情思何日可相逢，悠然神往的情趣給我倆慰藉的甜美了。

　　愛你的祇有全部的精力在愛的慰藉上，當我沒有將覆你的信寄出，我總覺得刻刻不安，整個的念頭都在愛的寄託上。親愛的！使這超越的需求讓你全部達到。愛的！你怎樣的需要，我一定會怎樣的適應。貽哥！我如今能適應任何優劣的環境，也能應付任何性僻的人性，祇要我能做到，我終得使你得到人間的溫情。可是我祇怕我還不夠奉侍你似的，因為你如此的忠愛著！因為你的事業心很重，我怎樣的獻你呢？我終覺我還太不夠。貽哥！我們提出來建造一個理想的階程，讓我倆邁步向鵠的。

　　當這悠然的夜色，充泛著愛的深情。親愛的！明天也是我生日的來到，這次是給敏月哥在我從前日記上見到了，一定要吃麵，所以明天我們有麵吃。你呢？我怎樣送給你一碗溫熱的湯麵呢？這唯有這恬靜的深夜讓我細訴著這如絲的情緒給愛的。貽！為我這時的快樂也給你更樂的甜吻，祝福你

晚安

潤上

34 年 4 月 8 日晚十時

昆明款早已寄去，你可去函時告係你可也。

4、12。

致王貽蓀函（1945 年 4 月 10 日）

蓀：

　　昨天我竟興奮了一天，可是我並沒有得到真實的可樂。蓀哥！你可以知道的，因為我不會捨了母親這一天為我所受的痛苦而忘掉，我該默禱，為我可尊的母親天靈光明。

　　敏月哥也為了這忙一天，採買全由敏哥去的。麵同晚飯都是吃的時鮮，如蠶豆、萵筍。要是你也在的話，一定會夾一個醬燒蛋送到你碗上，蓀！你想這美味嗎？

　　找黃熙民還是無法找到，今天再問過雨蒼伯後再告吧。

　　你已加股，款子是否夠呢？因為蔡傑處錢還沒有還來，我沒有給你匯上。那昆明款我怕到那時倒一時提不出，當我有所以我就先匯去了。你去信時就說你匯的好吧，並隨便問一問收到沒有。

　　昨天我們過的很適暢，我見到一個窮苦的婦人沒衣穿，我就將我那件駝絨袍送走了，你說這合理嗎？還有月姊的罩袍也送去一件，真是巧事。

　　不多寫，祝你

健好

　　　　　　　　　　　　　　　　潤枰上

4 月 10 日

4、14。

致王貽蓀函（1945 年 4 月 11 日）

貽：

你 5 號發信，正遲了一天收到。我快樂，因你的至誠我更快樂，因敏月哥對我的愛護，我更興奮。在我生日那天，我是夠興奮的，所以他們也說明年的這天恐怕會更一點。貽！這是說不定的，你說如何？

當我見到這摯愛的表現，正如我見到你這懇切的祝福神態，這互期的愛、這互期的願望永遠是我倆的特權，這是我感謝你這次給了我煥發的樂意。

剛剛又收到偉青姊姊的信，她將原匯票退回給我，意思是堅說不必多此一舉，現在我已將此款領回。既然如此，到五月中的時候，你說還要寄錢去嗎？告訴我。

當我沒有提筆給你寫時，真有無數言語要訴給你知道，可是當我一寫就無話可寫得出的。你也許會奇怪我最近給你很少的信，這是我自認。可是貽哥！我每當想說就說不出，這不知怎樣的。今天給你又是簡短的，今晚若有燈，我會給你詳談的。祝你

健樂

潤枰手上

4 月 11 日午後

4、14 覆。

致王貽蓀函（1945 年 4 月 12 日）

貽哥：

　　這信到時該正適你的生日是不是？你告訴我的是陰曆五日，今天正三月初一。我為你的祝福，今天仍給你草草的一信。

　　昨天得偉青姊姊的覆信，她將乙萬元退回給我了。她堅持著不要我們的，要我們準備購衣上用。這完全是做大姊的關心話，現在既已退回，我也已取到，本來我想立即去買一件衣料，因為敏哥暫應急用先搭用了，想我衣服是可以稍待的。

　　僅以忠誠祝福愛的，為你生日慶幸，也為我倆幸福祝禱。貽！這真誠是可貴的，我將怎樣的維護著你所給與的真誠？

　　可是我近日正沈悶，當我想到我那位同學去了安順不到二星期就有訂婚的發展，很快就要結婚。這一對相愛者能在一起的相處，這是多麼幸福的。我終以能有相愛必得共處，這是該多美的。別的不多寫，祝你

健樂

潤枰匆上

4 月 12 日

4、16 收。

4、17 覆。

致王貽蓀函（1945 年 4 月 12 日）

貽：

　　意外的今晚來了燈，像旁的地方仍是沒有。當我整

理你所給我的愛慰，一一再讀一遍，我興奮，我不願就睡。我得給你談談，將心底的期願我該說出來。

我理想著我倆共同生活後的樂趣，當我很勤快的將家裡整理清白後，你我生活在這樣整潔樸實的環境裡，是多麼的欣愉的。要是我也能做到很體貼你，使你感受到家庭的溫暖，你一定會安心到你的事業上，得到我們共同奮鬥的成功。蓀！我意想著一切，更意想著一切可笑的事，所以我會更急於離開這貴陽的。

可是我又想到，要是我真的能到你處，也準備著我們的結婚。不過這結婚的一切，我什麼也沒有，連目前的衣服都要準備的。這樣的成功，我看一定艱難萬分，在今年後我想到這一點，我是如何的納悶，這物價之下太艱巨了。

能夠使一對青年男女按排在一起是天下最幸運的，在我們倆人就不能得到，我是恨這不公平。

恕我太倦，祝福你的

健樂

　　　　　　　　　　　　　　　潤妹上

　　　　　　　　　　　　　　　4 月12 日晚

致王貽蓀函（1945 年4 月13 日）

蓀：

愛的頌詞今天我最欣慰的讀著，你給與我心靈的愉感，我真如緊投在你懷裡，給我溫暖的感受，為我倆熱切擁抱的神往。蓀！我愛著的明星，當我凝視你的時候，我多幸福的愛，你將永遠是我心裡的太陽。我愛著

這偉大無際的光亮，我也愛著溫暖無比的情愛。

帶你的東西都交給你了嗎？賈先生又說了些什麼？還有那錶能用嗎？我修好後未及自己對用，我總擔心著不能用，你快告訴我能用嗎？

我如今正切盼著能立即到了你的前面，讓我倆任情的愛著，當我倆驚奇的互吻時，那是我們得到一切的解放了，沒有受路途的阻隔。貽！這緊隨的精神，那時能使我倆自由、縱情？貽！唯有唉破了喉嚨，我還是不能立即使你聽到，這太不公。

春更為我倆顯色，多溫柔的季節，人們都是懷戀這春的美味，也希望著這春的長留。我們永遠在佈滿在春的園地裡，春也會因我們而賜與的。貽！你說是嗎？春色滿野含笑在我倆的春天裡，永遠愉快，永遠感到神往。親愛的！為我倆的祝福。

我愛在這夜晚給你寫信，這使人陶醉的夜晚，我會湧出無數言語，也造成狂熱的情愛。我將所有寫出來，這太累贅了，我時常停頓著，使我考慮後的熱情是有組織的奔放了。所以，貽！我不能再有這樣的抑制了，可是這怎麼能全說出來呢？貽，我祗有減短言語，唯有期望這光明早到。

現在貴陽美軍來的更多了，尤其晚上九點以後的大十字，三五成群的美軍對中國女子行路時的無理，有的見了單身行路的就抱去，像這樣的局面太使人害怕。有的找到女友的就時常帶到咖啡館去坐，談說交換著兩國的語言。像這樣倒還是官長，知識程度高，一切都用西洋風俗尊重女子，同樣的在中國女子之間用。我已經

不再去了，你可以信任我。我也同樣的勸睦小姐也不再去，最好多疏遠，所以雖有幾次邀請我去看招待所電影，我寧可不廣眼福。這給愛的保證可以引慰的。

　　愛的祝福！這甜美的熱吻，願愛的甜睡！

潤上

4 月13 日晚

4、17 收。

致王貽蓀函（1945 年4 月15 日）

貽：

　　今天敏月哥一起同了到街上看看東西，就代我買成了一件衣料，很像雪呢一樣的織品，價值八仟元。我想做起來顏色好極了，若是你見了一定會希怪我就喜歡了這樣的顏色。喜歡顏色在性格上改變很有關係的，以前我素來喜歡█和素淡的，而且藍的我終也看不厭的。現在我就多看鮮艷的，尤其紅色我也不厭了，這次我就買成了一件紅色的，而且很大方，敏哥也看中的。

　　貽哥，你一定會怪我給你很少的信吧，而且比以前少勤快了，一星期中我像給你二次信，這是我給你的太少了。可是你呢，你在這9-15 之間的一星期中，我僅得你兩次信。我知道你忙，你的工作是繁重，我不能再使你為我增加更多的疲勞，所以你少給我信是應該的。而我呢，我每晚敏月哥終先睡，他們讓我清靜的一個人，任我坐到什麼時候睡。這可以每晚給你一次精神的遞送，使這愛的情思，日日貫注在愛的情懷裡。貽！這全部都屬於你的愛，一切的精神，這純潔的心，永遠是

你的所有。貽！親愛的！願你

欣慰

潤的祝福

4 月15 日

4、20 收覆。

致王貽蓀函（1945 年4 月16 日）

貽哥：

今天為你的生日寫下我倆至高的情愛。貽！這忠誠
的祝禱為愛的健樂。我們為紀念你生日的光明，晚飯也
吃麵。敏月哥如此的快樂，長學甥自己學吃，樂得滿頭
大汗。貽！你見到這樣的情趣，該是多麼快樂的？更
為你生日的歡樂，上帝為降生你這偉大的靈魂，使我純
潔的心獻給這樂意的祝禱。貽！這永遠的忠心伴隨著
你，你也知道著這多麼愛著你的這夥心刻刻念著，我整
個心靈裡都佔有著貽的愛果，我為你的祝禱。我等待著
深夜，這恬靜的夜晚，使人沉溺的夜，我要清晰的向上
帝祝禱著，為我愛的賜祝，也為我倆幸福的賜與。親愛
的！腦中浮現我倆的樂趣，也遠遠的見著光明的將近，
那燦明的夜之光為我倆的光照著。貽！我倆緊倚著，同
向這光亮微笑，貽！祝你生日歡樂。

這幾天得你信少，尤其今天，當你生日的今天，我
很想得你的音慰，使我更高興、更快樂，我真為你的生
日奮興。中午去吃湯圓，我默禱著這早圓的來臨，貽！
你希望嗎？

可是貽哥！你可知道我過去用盡心思，想你能激起

為我的調工作成功，我希望著愛的能為我做到，正像你能會愛我一樣。可是我今天仔細的一想，我還是在貴陽，還是使我懸意的設想吧了，因此我懊喪，返而引起過你一度的不稱意。一切仍是照舊，我依例的上班、下班、吃飯、走很多的路，每天還是月姊燒好，一回家就吃飯，內心無限歉意也難表示出來的。敏月哥對你的關懷，不減於我的目前在他們跟前一樣。貽！我倆有了他們的指引是幸福的。

　　夜更深，這奔放的思潮無法收住的，這倦意為了明日白天的工作，還是歇住吧。祝你

幸樂

潤的祝福

四月十六日（國曆三月初五日）

4、20 收覆。

致王貽蓀函（1945 年 4 月 18 日）

貽：

　　首先給你這簡短的信吧。昨天我不太舒服，下午就沒有上班，請了半天假。你給我的 12 號及 13 號兩信都是昨天收到，昨天我很少力，所以也沒給愛的先寫好信。今天一到局裡，親切的愛就在眼前呈現，彷彿愛的溫暖的手緊握著我問詢著一切，我多麼快慰呀！

　　今天就給你匯上壹萬伍仟元，這是蔡傑買呢料還給我的錢，我想這是我早寄給你的。既給代買了呢料，現在還是補給你，好不好？任你怎樣用，或者代我買衣料也可以。最近也許有胡哲文同學送陸仟元錢給你，她要

還，我要她不必寄匯，就直接送到你處存放。昆明錢又退回來了，我取出後就買好一件衣料，很喜歡的。

我能有來渝的希望嗎？貽，我多快樂，每當我走著遙長的路去上班，我心裡是如何的希望著，我祇要能同愛的在一起，再走長一點的路，我也不以為長的。

今天又代著眭在做，一個人很有忙不過來的樣子。幸好來的顧客是絡續的，沒有擠做一時來，幸好。

在這將下班前給你這草的字，你會怪我嗎？

願你

午安

潤枰上

4 月 18 日 12 時

4、21 收，22 晚覆。

致王貽蓀函（1945 年 4 月 20 日）

貽哥：

當你十一、二兩日快信收到，我就身體不大舒服，一直沒有給你寫覆言。今天又得你十五日發信，其實我還是不大有力。吃中飯的時候眭小姐要我少走路，在她處吃了。現在正與敏生哥談著許多關於他愛談的話，就延到這時已有十點二十分鐘了。貽哥！我不給你寫好信我會不安，我會睡不好，所以我得一定支持著給你寫完。我愛！我要向你說很多話，因為我每天如此的想著愛，想著一些離奇的事。貽！但願我倆共處在一起，過著比現今還堅苦的生活我是願受的，就不要讓我受這目前的景況，好像一切向我示威，使我想盡所能想到的情

形。貽！祇有同你在一塊，我就可以不這樣想了，我就可以自由的愛著你。我可以給你我有的一切，並且讓我切實的感受你所給與我的情愛，我不能再這樣安排在這離你如此遙遠，所以我什麼也不稱心。現在我又變得更沉靜了，什麼人也怕見，怕多交談，我連雨蒼伯處也少去，簡直就一直沒去過。

　　偉青姊退回的款子，我確實買好了衣料在那裡，準備做夾的。為了我不化的無價值，所以我就立即買成了，這也可說偉姊給我的紀念物了，你說是不？以後我也會聽她話的，像現在敏月哥一樣的聽她們的話。貽！因為我還是一個毫無主張的小孩氣很重，敏月哥可以知道的很詳，你是我唯一希望者，希望是我的智慧者，而且你也能改善我的更多。貽！我的愛哥！自幸有你這樣的哥哥，我說你是我智慧的哥哥。

　　希望我們能辦到為鄉里的事業為唯一的先前題，教育是第一個不拔的目的，而且不顧任何困苦，得先教育事業站穩，以後再談到地方其他事業。必須有實業做後盾，希望我們鄉里有實業的興辦，可以籌置經濟無阻礙了。貽！你贊成我如此大的口氣嗎？這不過是原則上的條件，實際如何情形，也得看當時而定的。

　　歌曲我在向同學採取中，我離開三中後就很少唱了，並且為唱不好就此從不一哼，所以退步得像原始一樣了。我有會的現在一時找不到，曲調我又背不出，所有的還有一個「我的太陽」可以給你，可是得同和一唱，學起來就不費事，要是你自己去學，恐怕要困難些。音樂最會陶和人的心神，它能使人悲、憂、樂，力

量很大。我在學校時，我常唱著「鐵蹄下的婦女」，總是在我最悲的時候，往往淚簌簌下，心境會從樂聲中轉和。這許多是學校環境才會得到，如今我愈來愈不會哼一句了，因為我愛怕羞。今天實在太乏力，下次抄一曲「我的太陽」給你，也是我頌你的一曲，可好？

這次附給你這張相片，是我的同學代塗的顏色，並且如此的包好了。我真喜歡這樣做了，所以我寄給看看，並且存放在你處吧。貽！你也喜歡如此的嗎？我想你會喜歡的，這美麗的色彩正寫照著我倆現在兩地的心境裡。貽！你也在夢想著一些更美、更樂、更甜的世界來嗎？我愛！是不會例外吧！

敏哥問你每晚上要否耳熱，待你覆後再解給你知道。現在長學甥更可愛了，真想你現在來一次，來看看這裡樂融的情況，而你卻遠在另一邊。貽！你也有出差的機會嗎？月姊也常說你最好有出差的機會來這裡再聚一聚。貽！我也這樣想，就是我能在最近中見到你，以後再延長一點時間使我倆在一起，我也可以等到這長一點的時間過去。貽！你想嗎？你想我快調成功工作嗎？

我會聽敏月哥的話，我能知道是非，我能明白利害。貽！你放心，愛你的人，會永遠接受有益的主張的。雖然我會有內心的一點不平感觸，可是為大義上說我會擇善，我會剖白善與惡的。貽！但願你是永遠明白我的。

這深夜，這多惱人的夜，使人勾起無限情思，使我不能停歇的這樣寫著。願愛的知道是情愛的真實，最後願愛的同我現在一樣的逸樂。愛的！吻你永遠的愛！

潤妹的祝福

四月二十日

26 日收，27 晨覆。

致王貽蓀函（1945 年 4 月 23 日）

貽：

　　十七、八兩日信都收到，我也給芸芳姊一封信，不是你希望我寫信給她的嗎？當你寄信時附回。你問我想準備什麼時候吃酒，還不是你能決定什麼時候的嗎？家裡終必先通知道，否則要讓我們早訂過婚一樣，他們還在商議我們的事一樣。貽！怎麼你要我想準備什麼時候呢？其實呢，我人還在貴陽，怎樣的決定還得我們在一塊兒的決定來得正確些，你說怎樣？

　　昨天雖然星期，也不是我值班，我卻坐在家裡一天，可是也沒給你寫信，因為我做了一點別的事。這次給少寫，祝

健樂

潤枰上

四月二十三日晨

4、4、27，29 覆。

致王貽蓀函（1945 年 4 月 23 日）

貽：

　　每讀你的來信中，使我陣陣的微笑，乘著字句一行行的下去。貽！你那笑容立即溫暖了我，使我感受到愛的溫情，緊倚著你身旁的溫暖，可以使人振奮起精神，

喚起一切不合理的念頭，貽！你已是我心裡的智慧，你已要我明白世界上所有的真偽、善惡，我為你給我偉大愛的自傲。你是每刻不忘中，我愛！我心裡的太陽！我愛你的皎艷，永遠是我的太陽，我歌頌、我祈禱，為愛的一切幸福。親愛的！我要永遠在你身旁，我要立刻在你身旁，可是我祗有這遙遠的，這遙遠的情思是夠苦我意想的。我心中太陽，也是披撫我週身的太陽，這皎艷使我幸福，使我光亮。貽哥！你永遠是我心中太陽。

　　我每刻的惦念，到什麼時候是我捨開的時光，使我安詳地偎倚在愛的懷裡。我要投入愛的懷裡，傾訴著我現今設想的苦楚。怎麼不給我再有南明河畔的情景？那時我還膽小，我還不知道那一刻的可貴。現在的憶念、現在的追踪，該是多美的、多甜的情趣。貽！你有回憶嗎？親愛的！我盡想著你比我還強的憶趣，是不是？

　　綠色的時期能造成我倆更熱烈的情愛嗎？願這一天的來到。貽！你為什麼這樣的問我準備何時吃喜酒？那你打算怎麼呢？我為了愛的，我盡答應你的主張，因為你心裡早已有了一個好的籌算，這我可以推測到的。親愛的！是不是？

　　今天得我舅父家的表兄仲龍安來信，他大概也是你們一樣大的。他得到鑑哥十一月廿七日發信，今年四月裡收到的，他就來信問我近況，並要我相片。我為了他是我唯一的至親在外面，而且行時在一起的時候也很多，我就寄給他一張我倆的合影。當他見了會更快樂的，會更會為我倆而慶幸的，他是多麼掛念我的。他是我親母的外婆家，這是我的唯一至親。怎麼我們都收不

到家裡的信，而且我們寄回家的相片以及報紙，他們一點信也沒有來的，這使人渴念萬分。

　　貽哥！當這時的你，是在甜夢中吧！你知道我此刻是怎樣的在切念著你，因為這時已到十一時了，你睡夢中見到我此刻為你書寫時的情景嗎？貽哥！我祝禱著我愛的甜夢，為幸福而歡笑。愛！我倆是在熱情的擁抱中，我倆的愛吻，貽緊張的神情，這戰抖的心，為我倆熱烈甜蜜的情愛所震。貽！我飄忽，我為你給與的熱愛所神往，我陶醉，我更興奮，所以我不想睡，就是你在這裡伴著我一樣。親愛的！我多麼愛戀著你，為我永遠的唯一的愛，我要忠誠的珍惜他，我要切實的關懷著。我愛！珍貴的誠意是永生的幸福，時間太晏，祝你
晚安——親愛的貽！

潤妹的忠實
四月廿三日深晚

4、30 收、覆。

致王貽蓀函（1945年4月25日）

貽：

　　我欣喜你的成功，因為你的希望竟然達到，這是使我為你的興奮。可是我愛在希望我能英勇的去完成我自己努力的一部份其實難，就在這裡我現在要去見葛總視察，就沒有適當的時間去。要有一個碰巧，他能在那裡還好，要是不在，我不是空空的請了假前去？軍郵局早已搬到會文街去，貽！你說我怎能英勇起來呢？我沈悶、我躊躇，我沒有適當的機會去，叫我怎麼成呢？何

況我再向葛視察怎樣開端的說呢？貽！我對於這請調的
希望可以說完全粉碎了。愛的，當我沒有那個念頭在我
倒也罷了，若是有而失望，這給我的沉悶不知有如何的
不快呢！貽！我很想無這個希望，否則是苦我。其實看
到這張人事室的便條上就有不可靠的話語，我還是給你
看，你說怎樣？

　　每次上下班的長路很可以給我腦子想想的好機會，
可是我到局裡精神大壞，郵局的事情真沒法，這裡面就
沒有住宿的缺點。祝
健樂

潤妹上
四月二十五日晚

4、30 收、覆。

致王貽蓀函（1945 年 4 月 26 日）

貽：

　　請調的事用公事的程式決不會調動，全憑著所謂的
公務所需等因一定不會成功的。要是真的不能，就不要
勉強人家為了我們多出一件事來，使他們麻煩，等到我
們遇到一個得力的人再代設法吧。

　　還有我的一位朋友現在重慶江北，沒有適當的工
作。本來是一個小學教員，現在代，願任小學教員，是
五、六年級的級導師，功課都能教。你回新橋後，能在
你們的業勤小學裡代她找一個位子可好？在暑假以後好
了，要是可以的，告我後就叫她給履歷你，是女的，湖
南人。貽！你代留意一下，玉成她的工作好嗎？盼即告

我成否，祝

早安

潤枰

四月二十六日晨

4、30 收覆。

致王貽蓀函（1945 年4 月26 日）

貽：

你二十二日晚及二十四日午後寫信，都在今天午後收到了。是我昨天也不曾見你的來信，當我今日我望著能見到你的來信，我懷著一夥切望的心，我能在下午的上班能見到。可是陳局長那邊沒見給我，分外的公事倒收到的。這表明是說快信信差已經來過了，我難道失望嗎？我不安，我心裡的憂情該怎樣的給我寬慰？可是意外的，那邊售郵票處那邊的人將愛的二封信都給擲過來了，這時的喜悅，這時你給我的溫情立即驅走了我一時的憂情，帶著欣喜的性情讀著你的來音中。

關於哲文的錢，我不一定會要她還的，她的近況還是不佳，是不是能送到你處很難說，何況她是懶得有名。待她真的送給華澤民後告你再扣除好了，你說對否？

請調我還沒有到葛飛那裡去，現在是多麼的不方便去。貽！我真愛考慮，我怕又是冒昧的見葛視察很有點難色，在工作上我又得請假去訪他，所以我又在延擱著這事，我沒有遵造你的辦法去做。做是可以這樣做，能否脫離了勢利人情給我特許是一個例外的事了。

　　你考慮著怎樣的籌劃著使資金內移？依敏生哥的說法他覺得一件尚難的事，能找到這樣的劃戶嗎？時間過的相當長，起半年以上，這點數目再過一個時候就不值什麼了，就是目前拿來用也不能作什麼一方面用呢。他說家裡一時能拿出這麼大的款子來嗎？這都是不很妥當的事，依敏哥說這要向家裡要錢總是難說出口的。貽！你的計劃很可以照辦，就是家裡怎樣的情形我很不知道。我可以向你說一句實在的話，我在過去讀書的時候，為學校裡的零用我不敢向家裡直接要，並且要的很小，是當我離之中時所多得一點路費用，其他我都是小款。貽哥！你也知道我家庭的詳盡，我的老父親、有兄嫂、有繼母、有小的弟妹，我在家庭裡的地位並不重要，他們就愛敬我能自立在外。所以貽哥，你說我用怎樣的方式可以說給他們知道我所需的用意？貽，我這個人是一直深忱的，我愛思慮到多方面，我願我早日節儲起來，所以我盡量想法能將錢寄給你一點，能買東西的你就買，能儲也好，我想我能自己創立起來。我愛能知道我的願望嗎？資金內移在信上很難寫，除非說明要我們的結婚費，這倒又難說出口的事。一切事你能行得很通順，你盡管去辦理，多問多週折一定要不成功的。何況我不能在你旁邊，一切更不明白，我就不能在不明白中來參加意見的，否則這意見必然是空洞的。貽，你說對不？還有我祇能在旁邊進一點建議，一切決定還是要你的，你說這對否？

　　你夜籟幽靜的時光帶給你無限的相思，貽！當我見到你這樣的情緒，當我讀到你這信，正是我此時的情

緒。我真想笑出來，我多麼的不安，我倆這遠遠的隔著
這遙遠的愛，這兩地的夢境永遠是吻合。在我此時的情
境，我吻著我倆有同一的這戒指，他溫柔的光澤永遠縈
繞在我心底。愛的！祝福著我愛，今晚共在幸福的甜夢
中。貽！記著我倆的甜美愛吻，祝你

健樂

潤枰上

四月二十七日深夜

　　我要改正自左到右便捷的好處，這次就首先實行，
很有的不慣吧！還有託你代留心小學教員的職位有希望
嗎？下次告你姓名後先發給聘書，可好的。

五、四，收覆。

致王貽蓀函（1945 年 5 月 1 日）

貽：

昨天收到廿六日發信，應該昨晚就給你覆。當我寫好克誠先生覆信，我已倦的不能支，決定今晨給覆。今晨來局，首先就得到你廿七日發信，這欣慰的心該是我倆才能熟知的。

關於黃熙民消悉，我還要去問過新聞檢查處戴主任，再告他們由劉貽蓀告訴一點情況。為了黃熙民自己男子的自尊，將環境轉佳後再來重慶，這是我聽到的大概所加的推測。

我請調的事並沒有進行，要到葛飛處去我不方便，所以一直在挨著，希望我自己不去就好了，反正公事的轉折真有一段時間的。你想在你去新橋前我能到渝嗎？這是不可能的，那天能成功事實，恐怕是難事。

敏哥病了多天，今天已大好，還沒上班。我已經完全好了，你勿為我念。你也要注意身體，這天熱來的外疾太多了，尤其外邊吃東西最不清潔。這裡雖有大館子家，照樣要吃了肚痛，所以我希望你注意。祝你

健樂

潤枰上

五月一日

五、四覆。

致王貽蓀函（1945 年 5 月 1 日）

貽：

我很好了，你勿念我，就是現在敏哥也好了。想明

天上班我還勸他休息一天再說。貽！當我見到你熱情的來音中，我終感受到人間至上的甜美，你已賜與我你所有的一切了。我愛的在望著我早日到渝，這成功我不能就做到可以使愛的寬懷。你的想著我更在每事每物上設想著有愛的共處。貽哥！親愛的！永遠是我倆的愛神該指使著早日相會。貽！我不能再這樣想下去了，當我見到你如此熱情的奔放，得不到這愛的切實慰情，我常常忿怒這不公平而想流淚的。貽！怎麼有如此的不平遠隔著我倆。貽！我領受到你擁吻的甜情。貽！我親愛的，我不會怎麼說出來了！

祝塘的振興，敏哥也說要以實業交通來開關始，什麼都可以迎刃而解，你說怎樣？現在要有一個好的組織做基礎。

明天我們局裡就實行提早一小時的戰時時間，你們也一樣的實行了嗎？明天我們為更起得早，我想給你少寫，因為得趕上明日的航空班，我得明晨就發。最好愛的能就當日見到，這是多麼使人興奮的。

請你代留意小學教員的有沒有希望？是在暑期後的，是女的，她一直是做小學教員的，以前在湘桂鐵路子弟小學做五、六年級級任，你就代她找妥，好嗎？

貽哥！我很想辭了走，我不願多求人，這種有勢力、有地位人，我不大愛見的，因為我很厭惡這種人的。我一直到現在所安插的地方，都是憑著自己能力，我沒有受權威的指使過。所以這次我很想乾脆辭了走，可是我很擔憂其他機關團體都沒有這郵局的清逸工作適合、待遇穩，所以我矛盾得苦得利害。貽哥！你贊成

我有這樣的狠心嗎？我考慮、我打算，一切都是給我空的。

我往往想得苦悶難受，所以我每走這長路我有時很喜歡，我可以多做我散步的功夫，可以有多的腦筋想一個長距離的路程，所以我反倒喜歡這樣走路了。貽哥！我同你一樣的孤寂，我一切都合意，就是不能使我倆共處。貽！我倆共在一起那情趣！啊！太快樂了、太幸福了，愛的你也想到嗎？

現在月姊不上班，每天做飯、做家務，我反倒吃一個現成的，我實在過意不去。貽哥！我要你更知道，知道敏月哥給我的恩情。我願愛的更感激他倆，完全為更愛護我倆的，今日我受到的庇佑。

親愛的！這深夜、這絮語，唯有愛的聽到，我也同聽到你這時也在給我聽到心絃的奏曲。愛的！親愛的，這時的情愛為我倆所共有，是嗎？你也為愛而欣樂的嗎？貽！相吻著今晚的共樂。

祝你
晚安

潤的祝福
五月一日晚

五、一收覆。

致王貽蓀函（1945 年 5 月 4 日）

貽：

二十九日暨卅日發信收到，如若到進行請調的程序及時間並不是理想的那麼快，郵局的事情也不是普通機

關，用情理講得通的，因為機構要複雜。權是民主的，也不是局長一人能獨攬的，許多關，各級層峰的關、視察員的關。郵務公會裡能多活動比較有辦法，像我們支局裡的，真是同海角天涯另一方的情景。如此條件我真不敢試，何況葛總視察處我尚未去。

　　現在我們都很好，敏哥也去上班了，你可一切勿念。祝
安健

潤枰上
五月四日

五、九覆。

致王貽蓀函（1945年5月8日）

貽：

　　我應該明白你最近為了六全大會的工作忙，因此我不能時常得到你的信。而我呢？我也是因不見你來信而不寫一信給你。貽，你也在怪我不給你信，不給你在工作繁忙之下得一點愛的慰藉嗎？可是貽哥，我從沒有受到這是有如此久的時候沒見你文字，你知道我心裡該多麼念你的。想你在無論如何的忙之下，終必有一信給我，可是我終於一天天的失望下來。貽！今天我決心給你一個電話，然而這電話局實在夠人等的，又不清楚，還是給你一個電報吧。我在明晨就去給你電報，也許信將到，你剛收到這電報吧！

　　我準備去上呈文了，不管葛處長那裡見不見，我用最後的一點希望去做了，成不成，我決計在不成功之下

辭職。貽哥，希望你代我說一聲這樣做好否？不多寫，
但願這明日能有愛的賜音。情綿縈綺，願愛的
晚安

　　　　　　　　　　　　　　　　　潤枰上
　　　　　　　　　　　　　　　　　五月八日晚
　　今晨到局裡就得你五月四日信，我放心，我不再去
打電報了。

五、十二覆。

致王貽蓀函（1945 年 5 月 9 日）

貽：

　　正是我設想著許多可能的情形，推測著你沒信的原
因，想給你一個安否的電報，居然愛的四號來音晨間就
讀到了。那時我笑了，我放下諸多不安的心，所以電報
終於沒有去打。到中午又得你六號發信，並且附著兩
信。當時我想立即去葛飛處，為了時間不及，我也就打
算在明天去成，能否給我成功要看我們的機會了。這請
調的事，你也用過很多的心思，結果沒有給我們達到，
一定不會不給勞苦人應有的代價的，你說是否？

　　你正忙著六全會的工作，在這個時候應該給你更多
的撫慰，使你覺爽疲倦後的精神。我最近也給你較少
信，你會同我一樣的心神也在記掛著，以後我會不再延
擱了。貽，相信我如今是一個怎樣熱誠的心，心向著有
愛的共鳴中。

　　你軼卿叔叔那裡已先去一本城信請他來月姊處，因

為我們去到招待所去找人很不能的，尤其女子到那裡全國美軍的環境下會使人發窘。

這信的內容我給你大略的讀出來，因為一部份專用名詞很難解，幸好意淺，還能給我們不通的人領得一點大意。最好還是讓我在明日整個翻成了再寄你，好不？他們在科學館裡所有工作的美軍全是一整個的美陸軍供應總部，生活適服，也有很多中國人在一起工作的，完全同美軍一樣待遇。

今天我很倦，昨晚睡的很少，現在我眼很難招開。還是不多寫，祝福你，貽！永遠是我倆幸福的賜者——上帝，我們祈禱，我們也為愛的祈禱！貽！祝你今晚的安好！

潤枰上

五月九日

五、十四。

五、十五覆。

致王貽蓀函（1945 年 5 月 10 日）

貽：

敏哥早已痊了，並且上班多天，已恢復勞頓了，勿念。

我的字與文都不成樣子的，尤其在正式想發表一點意見，恐怕就沒有辦法了。我希望你是給我修養的好老師，不是我說你是我的智慧嗎？此後更希望我的智慧能切實的執行。

至於我放棄與否，還是先上呈文再說。現在當然我

會決定上呈文的，你不懷念，到我見過葛飛後再將詳情
告訴你。

你代我買好了衣料，敏月哥也希望你剪一點布再來
看是怎樣的，適合於做那一種的。你能在重慶買東西還
是合得來，我再有錢，寄你可好？這裡一件普通的東
西、很粗的質料，我買六尺五吋的還化去捌仟多。我的
生活在這裡的確是最舒適的了，什麼都不要我擔心，有
什麼事可以問這兩位的哥與姊。在這裡只有使我不想其
他，因為沒有再能使我安逸的生活了。依我目前安享的
生活，實在不捨得走，可是老是這樣打擾下去，打擾得
敏月哥多一份的心思，我實在過意不去。這樣長久的下
去，覺得我是太過份的享受，並且有其他的不方便。當
然一個家庭有一個家庭的預算同動靜，將我隔在這安祥
的環境裡是不大合宜的。貽！你可以就這樣的知道這個
中的情形嗎？

現在敏月哥都在推測我倆倒底有誰在想一定要來重
慶的動機，並且想來問你。貽！你說這是我們那一個要
這樣想的？

今天附給你的兩張履歷我的朋友，她不一定純粹找
小學教員，其他有機會也可以的。因為現在她竟閒在重
慶，生活當然不幸的。

這夜靜多美的，什麼也不會來打擾我。願愛的也有
這情境，即祝
快樂

潤枰上

五月十日

五、十四日。

五、十五即覆。

致王貽蓀函（1945 年 5 月 11 日）

蓀：

今天軼卿叔來了這裡，帶來了熟悉的鄉音。我們談的很興奮，要是你也在這裡，我們都談是多麼更些人興奮的情緒了。軼叔穿的全副美裝，真神氣，他們薪金少，就是衣、食、住的待遇很高，這可以使人安心的。

我也去過葛飛那裡，可惜他睡了，沒有直接交談，我就將你的信留在他那裡，希望能有一個覆音。

戰事一天天送來好消息，大家都在打算著回家的計劃，這是我們應有的興奮，也是應忍受這過渡期的痛苦。所以貴陽生活更高了，米要六萬伍仟元一斗，豬肉捌佰伍拾，即著又會漲到玖佰而壹千。這種生活真令人駭怕，其他隨著漲的情形，不要通知就會不約而同的，貴陽實在是貴。

乘著談興奮的情緒，我也帶一些給你。軼叔送來的外國糖，可惜不能寄一塊給你一嚐。蓀！最後祝福你的健樂

潤枰上

五月十一日晚

五、十五收。

十六覆。

致王貽蓀函（1945 年 5 月 12 日）

貽：

當我收到你五月九日來信時，正是我給軼卿叔信。是代月芳姊寫的，約他星期日來家裡玩，看他工作很忙，能否來，我們可以暢談了。我現在很少一個人出去拜訪人，如電廠、雨蒼伯處等簡直不去，所以雨蒼伯倒還常來，我也等待他來後再交給他。因他做香煙的推銷，能常來，你勿念。想代譯軼叔的信，我也在前天快信給你了，裡面一定很不通的，完全是我獨個人含意的直譯出來，一定不通。那個生字註的獸醫是對的，軼叔是在獸醫部分翻譯。你就覆他信吧，因為他曾提到沒見你覆信。

每次上班去，感到習慣後的不覺得長了。貽！你可勿念我現在路途的長，這可以使我鍛鍊身體的好機會，的確我走的暢快了。並且更有愛的也為我念念在懷，我感謝你給我的慰貼，使我忘記一切。請調成與否，完全看代我們相助的人是否能給我們仁慈、同情。我看到很難有希望，因為他們並沒有與我們有怎樣的關係，浮淺的交情很可以推委的。

我很好在這裡，我可以講到最安逸的生活，什麼也不需要我去操心，像買什物，我可以不擔心的得到。貽！我是在大哥、姊底下，可以說是最佔光的了。貽！我一切都很好，東西貴，我們的薪水也可以多。四月份的我已得薪津三萬柒仟元多，我很可以舒適了，你不念我們這裡的生活。

偉青姊在這月中之內生產，她固持著不要我們寄款

去，你說怎麼使她肯接受，還是不用寄錢的方式，你說怎樣？

　　別的不多寫，祝你

健與樂

潤枰上

五月十二日晚

十七日覆。

致王貽蓀函（1945年5月14日）

貽：

　　昨天請軼叔吃中飯，我們熱鬧極了。你呢？你離我們如此的遠，就不能給我們共處這好晨光，你將也在羨慕我們這好的聚樂嗎？

　　你代我同學留意的事可能有希望嗎？最好任何工作都可以，關於我還有讓我決定那時能到重慶時再進行找事，恐怕在我離在這漸落的希望裡，我事情終不敢下決斷的，你說對否？待我整裝待發時，我再給你履歷等大概還是不可能的。並不是我的不能有決心，事實上重慶找事更難，我怎樣離局也是不能立決。貽！你不會怪我無決心吧？我在這裡生活安逸，有工作做，薪水並不低。要是為一時調不動的氣忿辭掉不幹，人人會奇怪我這次行動的特別。貽！人家會立斷這是非，為結婚才不至有這大的犧牲呢！你說對不對？

願你

晚安

潤枰的祝福

五月十四日

<u>五、十八覆。</u>

致王貽蓀函（1945 年 5 月 15 日）

貽：

　　這次你六全會裡工作是太忙了，我自問的確給你很少的慰安。貽！我曾一度心裡不爽快，所以什麼事也賴得動，說我為什麼，可是我自己也不知道。不過我也有過因你在四天之中我沒見你信，我是急了，我沒想著許多的原因，大概為你工作在六全會裡忙了，所以我放心，我得時常給你快樂。貽！你快樂嗎？當給我都讀到各個對方來音中，該是如何的同感著樂意。這次你真的見到民主政治的選舉程序，平常我們所做的不過是一點學習而已，沒有實在性的。可以一廣眼界是你的好機會，可惜我沒見到。

　　克誠他們都很好嗎？他夫人不能做事了是不？小寶寶長大了許多，他們的希望我倆，當然全憑我倆如何的努力了，你說是不是？

　　看這次請調的情形如何定了，是否能給我轉呢？當然我會一步步的告訴你，以釋你的遠念。

　　前次由敏生哥要我問你每晚上是否要耳熱的，當你說出原因後再告你，可是你未曾提過，我也沒再問你。既然你也問我耳熱否，我得拉出陳言來重提了。本來你有答案後敏哥再告你，我說吧！每晚的時候，長學甥是如何知道的，爬上蹬子指著相片，就是舅舅的叫你。白天一見到有意想討個好，又是指著舅舅的叫起來。所以

說舅舅給他耳都叫熱了，是否如此呢？可是這兩地的情縷終互念著，貽是互念著。

還有我上月廿一日發快信中有我倆合影的五彩照片，可是你從未提過，是否失去了呢？否則我可追查的，你告訴我是收到了吧。

敏哥要托你留意好一段藏青呢料，質地不用西北呢的，要真的毛呢。這是要長時間的並不急需，祗要留心在那裡有機會才買，他想做一件合意的大衣，又不願穿西北呢的。

祝你

快樂

潤枰上

五月十五日

十七覆。

致王貽蓀函（1945 年 5 月 16 日）

貽：

今晨發過航快，曾問你我倆合影五彩的，並有紗布包好的寄你，你是收到了嗎？希望你快告訴我，否則我可以去追查的。

下班、下班後我到過葛飛那裡。葛飛給我倆太好的幫助了，他一口就答應我一定給陳股長說好。如能印給我電話，在下星期一的時候可以覆我成不成，成功我可以上呈文了。所以我就準備好呈文，在星期一下午得到確悉後我就可以立刻呈了。貽！你也會為我這一刻的喜悅與高興，我一定要給你一點，這使我倆共同高興

的消息。

　　天氣已很熱了，你在重慶的熱天會比貴陽的悶熱，恐怕比我們現在要更熱。貽！願你安康！你每要送信而走許多路，貽！你可以不寄快信，平常寄也可以請工友去的，為何非你親自跑不可呢？貽！我記掛你送信時的困難，真如我在此見到的一樣，所以我還是希望你就寄寄平信吧，不要太麻煩，好不？祝福

你

貽哥

　　　　　　　　　　　　　　　　　　潤妹上

　　　　　　　　　　　　　　　　　五月十六日晚

五、廿一覆。

致王貽蓀函（1945 年 5 月 17 日）

貽：

　　你十二號信收到，我還是不斷的給你信。雖然如此的簡短，我還是記著，想時時在給你寫信中，我祇要知道你為了工作忙，沒有其他的不安。我放心，我雖有時不見你信時，我會想到你是為了工作忙而解慰的。貽！以後我還是有原有的習慣。

　　請調決定星期一下午呈送，要是葛飛先生告我無問題的，遞呈在這裡的關鍵可以無妨了，及至轉送總局的時日，我會再告你。一切計劃待我能到重慶後我們共同商量吧！郵局太死呆了，我一樣的不喜歡。這完全是去年離開學校後無處工作，因為「勢」不能依仗，還是憑了一點自己力量得到這個工作地。這個勢利沒有迫到

我，所以盡可能我還不忍捨棄我自力的地位。要妨礙我們太盛，我會厭棄的。

　　但願我們的希望早日成功，祝你

快樂

潤枰上

五月十七日

致王貽蓀函（1945 年 5 月 18 日）

貽：

　　你十五日發信收到，現在我能時時見到愛的來音。雖然我也每次給你的信中，我寫的並不多，可是這兩地的傳音在各人面前飛舞了，我因此而快慰。貽！你也是如此嗎？你也快樂，快樂我們將能有面見的時期來到了。

　　當敏月哥見到你的信說：「住一年也不覺得長的，若是我們的家庭他們來住一年，就是會減去家庭快樂的。」當然我會先代你答敏月哥的：「這是不會的」，貽哥，你的答法又如何呢？

　　每天的工作還不算怎麼忙，將路走得長，我飯也吃得多，真奇怪。現在我進增很多飯量，是運動的功效。每天這點路給我身體活動上幫助不少，每天回家後總是笑話很多，大家快樂而熱鬧中渡過了。在九點以後，是我一個人的時候，也是我給你最親切的一刻。貽！我整個的一切都是充滿著貽的熱愛。親愛的！祝福你

並

健樂

潤枰上

五月十八日晚

致王貽蓀函（1945 年 5 月 20 日）

貽：

在我給你寫信的時候，長學甥坐在我身上搶我的筆，我就握好他手給你寫，你也見到高興嗎？長學竟能握住筆寫成了這幾個字，該是多麼有價值的。

我同學的地址是重慶江北米亭中心小學，有機會就通知她好了。謝謝你能夠給她成功一個位子，因為她在那裡待遇等並不好，所以要換。

關於我的履歷情形，我愛的還不清楚嗎？何況我是簡單得很，最多寫上國立三中畢業、貴陽醫學院肄業，經歷是郵務員工作一年。因為我想這次請調大致不生問題了，所以我不預備正式給你履歷表，我想到了重慶再商一切可好？

等待明天得葛飛電話中的覆語，如何都照呼過了，要我就上呈文，所以呈文就將你代我做的稿子抄了，裡面加了一句「職今寄居之親戚家於下月即將去渝，則職之膳宿又將無著」，你看這樣添進去一句可合適？

還有你問到重慶白竹布要較好的，多少錢一尺？這裡大概要一仟元到二仟元之價一尺，如此一樣我就在貴陽買了，不必你在重慶買。若能幾佰元一尺，你就買六尺，多也可以。

我們在陰曆端五節時又可以借二個月的薪水，大概可得五、六萬元。我除掉夠路費外再寄給你，好不好？

祝你

晚安

潤枰上

五月二十日晚

長學問舅舅的好，又代爸爸、姆媽問你好。長學握筆。

五、廿五覆。

致王貽蓀函（1945 年 5 月 22 日）

蓀：

十七日信收到，今午後葛飛處的電話告我再等，明日他自會通話給我，事情定會妥辦後再由我上呈文，這比較安穩有把握。想來此次上呈文，不至於有什麼不妥了。

軼叔離我郵局很近，可是他在上星期日來家後至今尚未再來，恐他工作亦忙，所以這星期未邀約來家，見後當告你近況。我的英文是在校中最劣，也沒有的功課了，就是如今丟生了，更不能應用，你不能這樣過獎我的，因為這門功課是我最慚對的。

長學甥的頑皮更比前增加了，因為他增長了智慧，更有趣。可是貴陽的糖太貴，要重慶糖才便宜半價，恐怕是這樣的比例。

以上的是昨晚寫好，因我偷賴喝了兩口冷開水，肚痛起來，我就早睡了，今晨接著給你寫下去。晨間來局又得你十八日發信，我接受你賜我的甜吻，在這晨間，

這快樂的心境該是多麼活躍的，我樂，貽！我有愛的賜與一切的快樂，所以我永遠是珍愛著的我倆的相愛。

現在你工作問題一定很使你籌劃的，你不要因此而多思慮，就是一時沒有適當的位子也是無妨的。你在軍黨處的工作問題是否因你一定回新橋已讓你走了，你還能在組織部嗎？一切你都勿介懷，自寬為好。貽！你祗要記得，同樣有更愛你的人在同你一樣分擔著你感受的境遇。我想你工作是毫無問題的，就是多一點周折而已。

黃惠之的通訊處：江北米亭中心小學，她教書很好的。其他的人我也不敢代她們多事，否則事成人不到常有的事。所以貽你祗要能給黃惠之弄成事，也可以或者旁的工作都好，能待遇過得去，她寫字也要得，任便你怎樣好了。

敏生哥的料子，一定要買到真呢的質料，時間可以慢慢的買，不是急需的，所以錢的匯寄你尚待一個時候了。

貽！關於我們的事，你曾提到桐偉哥為我們的婚事而念！這是說我們一定要在重慶嗎？或者說我能到重慶後，我們能舉行成事的嗎？要是這樣，貽哥！我一樣也無準備，又要我有怎樣的準備呢？我一點也未見過，沒有經驗，就是敏月哥那裡，我決不好意思問出來的。因為我終說我不會在外面結婚的，因此我終不願她們提到這些事的。你確實告訴我，告訴我們如何是決定的。

還有月姊說，要是不為結婚到重慶，她是不放我到重慶來的，並且她想一定吃到我們的酒。貽！你能答我

許多問題嗎？這可以讓我安心在一方面的準備，否則我
要被攤台的。最後

祝你

安好

　　　　　　　　　　　　　　　　　　　　潤枰上

　　　　　　　　　　　　　　　　　五月二十二日晨

五、廿五覆。

致王貽蓀函（1945 年 5 月 22 日）

貽蓀：

　　今天由睦告訴我關於那個經由總局上呈文的事，事
當然成功，可是麻煩也夠了。腦筋傷盡，總局賣盡人
情，到貴州區的人情傷極，結果雖是調成，當然苦也苦
死了。這裡局裡給她記一個三等過說是擅離職守，所以
能調成也是由得力的面子成功的。這次我呢，當然葛飛
給少的面子，在王局長面前確實的困難當然有，看這樣
的情勢還是不要請調吧！何必苦惱呢？所以我要最先告
訴你商酌情形，再定去不去總局試試。都由你決定吧！
我不能多說，因我很不定。祝

好

　　　　　　　　　　　　　　　　　　　　潤枰上

　　　　　　　　　　　　　　　　　　五月二十二日

致王貽蓀函（1945 年 5 月 22 日）

貽：

　　午後五時又見葛總視察，他談著貴州區的困難。由

於王局長誠懇的言詞裡，說貴州區已有十多人同樣情景
的要請調重慶，為了情勢難准一律不准。曾有一個比我
早數天上呈文，局長給照准，而別的同事見同例一樣
質問局長，並要請准。結果一律再不准，連那已准的再
撤回。因為郵局的作風可以任何人向局長申述的，有正
當理由一定得接受。這種情勢下，這次王局長很對葛視
察抱歉，所以葛視察也對我們抱歉，說這件事在貴州遞
呈已無望矣。現在葛視察指示我們一個辦法，試試將呈
文直接到總局。要你去找曾先生，說曾有過一次破例由
總局准了（此言萬不說葛視察等說出來的），能否按照
成例給以照准，呈文內容決不要提到生活高等的原因。
貽！像這樣情形，我看成功的希望很小，若是由貴州區
遞呈永遠也不會准的，因為這裡請的人太多，他又說反
正自費請調對於公家方面沒有多少損失，僅數天行路的
不辦公而已，其他也沒有什麼多的。依葛視察完全推給
我們到總局直接想法的可能了，在這裡他祇有抱歉。

　　我想若是一時調不成，能夠由葛視察向陳股長說一
聲，將我調工作到大西外，中山門外郵局工作，倒也省
我每天最苦悶的行路時間，可是我為一時的失望，我沒
有再向葛總視察有所懇求了。貽！你說怎麼決定了？還
是不再調而徑離職，或是就這樣的做下去，每天還是成
規的走著這許多冤枉路，或是調到近一點住的地方，我
們就等待抗戰勝利了再一起回家。許多的情形反擾亂了
我，莫知所措。

　　呈文內容可改為母親在重慶，自己一人在貴陽住宿
無著。急急向貴州郵管局呈請自費調渝，無奈黔郵區欲

調渝者太夥，不能厚彼薄此，為迫不得已，祇有向總局呈請為照成例格外恩准自費調渝（但絕不要提到生活所迫而請調），以上是葛視察所教我們這樣做的。他說將呈文給曾先生看後逕寄總局，但不必由曾先生提呈文，又恐他私人事等。還要加一點，說總局長總能體恤到員工的苦衷，並能寬宏的賜以恩情，照成例批准。若是這樣做也不能的話，也問問曾先生能否有其他辦法，因為請調的還是一樣的有得到成功的。

現在將已書就的呈文也給你一看。貽！你願意怎樣方便做就任你去做，或者你不方便看曾先生的話，事情不能得到成功，也就不去計較了。因為這次雖然沒能調成，可是你確為我費去很多心思，結果不會圓滿的。

要是離去郵局，恐怕以後由勢利面子找到的事恐怕會更不滿意的，所以我到最後才能決定我要否辭去郵局職。當然離去的損失會大得不易計算，許多同學也會代我可惜，這是戰時才有如此多的枝節。貽！我不該多擾你的，因為你也正為工作在打算。祝福你。

潤枰上

五月二十二日晚

附件——請調呈文

報告　五月二十一日於筑第二支局

竊職頃接渝戚快函，以家母年邁多病、思女心切，囑設法從速去渝等情。按職母女流離八戴，相依如命，情何能忍。徒以國難方殷，職既投身郵員工，亦報國之時，又何能遽去。況目前生活之高，老母在堂，皆待

奉養，區區收入僅足勉強肆應。職今寄居之親戚家於下
月即將移渝，膳宿又將無著，設一旦去渝失業，勢必困
頓，煎迫更甚。為迫瀝陳下情，懇請鈞座破格恩准自費
調渝工作，以償職忠孝兩全之願，是則母女感恩，誓當
圖效於來日。臨呈不勝迫切，待命之至，實為德便。

謹呈

二支局長　陳轉呈

本地股長　陳轉

幫辦　吳

局長　王

職杜潤枰謹呈

致王貽蓀函（1945 年 5 月 24 日）

貽哥：

我們是失敗了，這次並沒有給我們成功，也是給你
這二十一號信的心境裡充進著這不樂意的消息。貽，你
不要為我的情形來著想吧！以你的工作前為考慮！我能
否到重慶來，是夢想，是不能成功的理想。貽！我還
是不能來重慶的，除非以後再能得到比郵局更可靠的機
關，我才可以離去，否則我還是不能離開的。

今天十點鐘時軼叔剛來看我，也帶給我多本的英文
圖報，可惜我看它不認，而它倒識我呢？恐怕看它很費
力，將有趣的我會告你，可好？軼叔也問我請調如何，
我祇說不成功，已無望了。他也問我一些關於郵局有
否我們的同鄉，可是我離總管理局有如天涯各一角，我
不很清楚。若是真的不給我們最少的希望，我們將如何

呢？我不能決定還是怎樣辦好。

　　昨晚我想給你寫信，可是我很倦累，我睡吧。不過我睡得也不安，思想充滿了我整個的念頭。我想到許多，想到最快樂的境地，我又想到最可怕的發生，又苦惱著我一直所過的生活。自從憶起我母親的離去我後，我就沒有受過親切的撫愛。我似乎什麼人也不相信，我不敢傾訴我的內心所思，因為覺得那一個都不會永遠給我親近的。直到我三中裡倦居四年，感情最放野的時候，我更沒見過一個我的親人。我現在唯一的父親，他離我如此遙遠，所有家信都是平安數語。我是想到許多的苦惱，想到我母親，我竟設想著她會能給我將如何的情愛撫慰。如今我唯有沉淪在讀思孤念裡，永遠也沒有一個我所應該向以訴說的。因此到如今，一切都融合在我難以言說的情緒裡，我不能再修飾得說出來。是的，我再說不出我應要說的話，如今的我不想多說話。頂好在任何場合下我給以少說話，我是最自慰的。貽！我這樣胡說的寫來，你會說嚕囌嗎？最好你看過就丟了，不要放在你腦裡。因為我實在給我感情的壓仰不能使我舒暢，非讓我說完，讓我說出一點也可以給我暢一暢。貽！你可以知道我的。

　　別的不多寫，也沒有特別的要說。除了告你說這裡無法上呈文，上了也是白費，所以沒有上呈文。該不會說這根本就沒有上的呈文，就知道不准了嗎？我得先提一聲的。

　　在我倆之間有色彩，有美麗、有甜蜜，有我倆的溫情，所以永遠溫暖在我倆心底深處。貽！親愛的！我倆

都有溫暖貼慰在心中，貽，愛的吻！祝
健樂

潤枰上

五月二十四日午後

<u>五月卅日覆。</u>

致王貽蓀函（1945 年 5 月 26 日）

貽：

你二十二日發信收到，我們在這天的「中央報」上
也見到了柳克述、馬元放的錄選中執會員，還有你告的
人就沒見到了，一定落選，這是很可惜的。你能從這次
工作中得到好的收穫，我真如見到你那種欣慰的情緒。
現在你將一部分任負完成了，又將開始回新橋幫忙了
嗎？是否已去了呢？我真擔心你這炎天的繁重工作。

現在請調的希望完全沒有了，葛總視察也全盤推
去。想到總局想法，更要買盡面子，重開始起，這吃力
要比這裡向葛總視察處費力得多了。若是不可能，貽
哥！還是不要去蒙受這種人情吧！因為這種的人情不是
輕易得到的，而且得到了也是不是永久屬於我們的。

軼叔我同他很難見到，這次他來問我請調事如何，
正是失敗在不可收拾裡，所以沒有告訴他需要如何協助
的話，我也不會說什麼其他的話了。軼叔來局裡立一
回，談了一點他所問的，如敏哥姓、字、工作待遇，還
提到你要調工作的事，我現在我想見到軼叔，能否給我
看看我目前所應採取的步驟。貽！你不要笑我，你也不
要責我，因為我想到重慶，又不捨工作，再不願請求人

代說面子得到請調的成功，你不能原諒我嗎？原諒我不願捨去工作的苦心，原諒我在這裡環境的枯渴。

其實調到重慶也不會給我們理想的環境，僅給我們一點相愛距近，能給我如現在生活的安逸嗎？一定不會有的。可是我在貴陽所處的難言之苦，一切祗有我自己忍著，常常淚水也濛著眼，違避開人家的注視而已。現在這幾天裡月芳姊去上夜班，我們的寂寞你可想見嗎？我想立即離開的原由你可理會到嗎？一切我是苦的，我永遠是苦的，我從未見過綠色的生活加給我，我祗有將這唯一的綠色心靈的「你」給我一點慰樂。貽！我不再想說，我願離去人群的生活，因為我會顧念到許多許多的思慮，這種思慮也許不必要的，可是它們都將要爬進我的思想裡，我無法拼除去。所以我沉溺在不可解脫的胡思亂想裡，這許多也許當我們能在一塊兒的時候，我可以說出這來源，我混亂的腦際的來源。當你能同情我的時候，我才可以給你說。貽！你願意聽我這種無端緒的思想嗎？我是這樣的愛胡想。

明天又是星期，我是值班。軼叔沒來通知我們，大概是不會來的，否則我會先預備好招待他來的事。要是明天特如其來，一定會空坐談談而已。

現在重慶也開了一個ABC花生米店，在大壁道附近。你可以去嚐試是否在貴陽味兒一樣，你有機會一定得去嚐嚐。今天來的顧客特別多，做得我們雙手是黑灰。貽！我不多寫了，否則又無法結束的。祝你
安好

潤枰上

五月二十六日午後

五月卅日覆。

致王貽蓀函（1945 年 5 月 28 日）

貽：

　　星期六晚上軼叔來玩，也給我一張祝塘通訊的紙。剛巧星期天雨蒼伯也來的，大概都填上去了，準備下一次信中給你。軼叔也問我關於你的近況，我也一時說不出什麼，就說你要改工作了，因為你所工作地區特別黨部方面的恐怕不久長的，想換一個永久性的工作，他很贊你，說你一定會得到更理想的工作。

　　雨蒼伯的提議，他說勝利已近，可是回家了，不必去調。他又問是否一定要結婚，那就一定要調，他說在這裡除了上班多走一點路之外什麼都方便。是的什麼都便，像給我吃飯生活上一切都不給自己擔心，都由敏月哥在費心。關於其他我總有一點自愛心，當然我要自己有一點知道事理的分清，所以往往我一個人想到許多許多的苦惱上去，這許多盡我的想像而已。

　　現在我們都很好，月姊去上夜班太辛苦了，白天想休息終有長學甥的纏繞，使得不能好好休息了。所以做一個內外皆美好的工作是難的，苦了身體。

　　我猜你去了新橋幫忙了，真的去了沒有？又可以過一過稍稍靜幽的日子了。貽！我希望我們都過得很好，雖然一時我們都離得這樣的遙遠，願這遙程中，愛你的永遠渴念著、祝禱著，最後

　　祝你

健樂

潤枰上

五月二十八日午後五時

五月卅一日覆。

致王貽蓀函（1945 年 5 月 29 日）

舅舅：

　　這次長學又問你好。

貽！親愛的：

　　今天讀到你廿四日新橋發信及反部後的二十五日信，我輕快的讀著，可是我也更深沉著我內心的不安和苦惱。你竟然這樣的高興著滿意，為請調的事可以成功了。當此時你也將讀到我失敗的報告，你此時將怎樣喪氣的內心，也許有無可原宥的責備會加給我嗎？愛的，我就承受你所給我的這一份譴責，因為是我使得我倆苦思著兩地。貽！這還是要給我們的磨折，現在祇有靜待了。貽！你願意嗎？願意就如此的靜待，我再也不希望什麼了，這希望反而急增了我們更多的苦惱。本來我有著一個等待、一個有期限的等待，我什麼也忍受下去。如今我竟無法再忍這種情調了，所以每感觸一事一物都是黯然的，因此我煩亂在不可捨脫的感情裡，終至我什麼也無緒說出。

　　在這一天裡，我更興奮的接到了這位表兄來信，他是我親母舅的，對於我更感到無限親切。他是去年出來的，一切情形他知道得很多。這次他有一點關於家鄉情形，這次我附給看一看，現在祝塘的情形一定不好的，

我見到這信我又是像初期接到家信一樣的，我滿是熱淚
的讀完信，我感到說不出的關念。如今是將年來沒見過
家裡信了，他們是如何了，我從沒得到多的消息。貽！
我也思念他們。龍安表兄在大理二十憲兵隊，本來他是
做生意的，他很希望他也給他們呢？你願意嗎？我早將
我倆的合影寄去了，他看了高興的情形可想見了。

　　你提到經濟情形，說起來太慘了。貽！當我見到你
所告我的一點，的確我們僅有精神的互扶，但經濟都還
是乾涸的。我們從怎樣的著手呢？所以我一直躊躇著，
至於我呢，每月算不差的，這五月份裡連補四月份的數
目，竟給我有五萬多薪水。可是我給敏月哥處僅壹萬捌
仟元，買了捌仟多一件衣及一雙捌仟多皮鞋，每次發下
錢給必需的整款付出後，零錢放在身上就慢慢化完了。
當我看到你所告我的詳情，又見到家鄉的慘狀，我是天
堂，我太自適逸樂了。我深深自悔，我一直無節制的生
活，其實呢？我從沒有整仟的數目送出去零化的，每次
還很苦熬的數百元東西買買。就平時愛買小另食回家大
家樂一樂，也有時買一點餅給長學騙騙好，這樣的多數
用上去也是可觀的。貽！我也將許多告訴你，這是我倆
共同的協調，使我倆一直是這樣嘆著、候著，我倆是永
遠候得近近又近近的。貽！愛的甜吻隱現在我倆唇間。
貽！我倆是甜美的微笑著，這美麗的幸福之花。貽！愛
的，愛神永不停息的傳送著我倆的幸福。貽！我們吻，
我們要有狂熱的吻著，甜美的愛溫存在我們心的深處。

　　貽！我們能在什麼時候會在一起呢？這遙長的日子
裡不能給我一個正確的答覆。貽！愛的深！就是相見的

希望切。貽！要是我們在一起後再也不要離開了，要永
遠的在一起。你看現在的情景該夠苦人的。貽！擁吻在
這夜晚的甜夢中。

潤妹的愛音

五月廿九日晚

　　親愛的！我不能止住我給你心弦的奏音，我已寫好
了上面幾張，我不肯放手，我最愛的，你將知道我此刻
苦惱中所得到的一點樂意吧！貽！當我獨個兒發苦悶的
時候，我將望著遠處，想能望到我愛的微笑的心靈，
來溫暖我此刻冰凍著的心境。許多許多，我常常這樣的
想著如此多，我苦痛著，我一直是在艱難的境遇裡。愛
的，當你將整個心靈賜給我後，我珍愛著、我寶貝著可
貴的名石。當我咀嚼著這美香的甜菓時，我會味著我有
了安琪兒似的幸福，我得永遠忠誠在這幸福裡。貽！至
愛的，你的妻隨時都能迎合你所能表演你的偉大處，希
望我將成我愛夫的有成功的將來。貽！讓我們緊把在愛
的懷裡，升騰在幸福之宮中，貽！這是苦思後的餘音，
祝福我倆。

將是你的愛妻潤上

五月廿九日夜晚

　　怕信過重，龍安表兄信下次附寄。

　　舅舅：這次長學又問你好。

五月卅一日覆。

致王貽蓀函（1945 年 5 月 31 日）

愛的貽：

你二十六日發信昨晨就收到了，我應該在昨晚給你即覆。為了長學甥有了亮光他炒著玩，我不得不也熄燈睡了。貽！今天一個整天的工作，忙了不能得一點空閒。現在乘著這下班的時候同睇約好非寫好信才回去，所以我可以給你好好的寫了。

敏哥的意思是到秋涼後再說，現在著急反而沒有用的。至於辭掉的說法是不值得，一直在秋後決定一切。貽！你是不是要我有一個一定的決定嗎？

寫到這裡，你廿七日深夜中的熱戀呢語，惺忪裡的甜吻，我樂。貽！我一定安心現職，為了不讓你匆忙的工作中再加層我的事，我一定接受愛的偉大。我一定、一定的安心。貽！這幾天來我恢復了快樂的內心，有我倆交織的依戀，可以我們得到人生的真樂，在這裡就可以得到了我們的真樂了！

我是知道你工作的繁忙，又要你上清寺與新橋之間的往返，該是多乏力的，還要工作很費腦力的工作，你不要時常記掛我好了，用你全部精神應付你的目前。我一定很好，在這裡有敏月哥的避腋，我是安樂的，我能時常有信給你，你可以從中得到你疲後的慰樂。貽！你要工作後的快樂調際你單純的工作式，我願負起。愛的！我們要的是真正幸福，就是人家所不易得的寶貝，我倆的心向至愛──貽，你說是嗎？

今天也接偉姊的信，她已生產了一星期，身體很好。我一定會去信道賀的，也會說我請調情形，以及如

何的打算，我會都告訴他們的。不多寫，今晚如空，我
還有給你寫的，因為這是我寫不完的心中語。貽！祝福
你

健樂

潤妹上

五月卅一日午後五半時

六月四日收。

五日覆。

致王貽蓀函（1945 年 6 月 1 日）

蓀：

偉青姊姊已經生了一個男孩了，他們孩子多，生活高。偉姊太勞苦了，她告訴說一星期後就起床來給我們寫信，她一定也已起來料理家事了。現在我們是否要怎樣的賀他們呢？蓀！你說要不要的？

現在我們都很好，就月姊做了夜班，精神稍欠佳，還有敏哥帶長學也很辛苦。我已經一切都恢復了，雖然當我見到你來信中還意為我能得到這裡的成功，我會沉悶，因為更給你的失望比我自己還強，這是使我不安的。前幾天中最不能強制的心裡也算過去了，現在我稍稍習慣，我已習慣在環境裡，所以我不會自苦了、不會悲痛了。蓀！我從得你信裡我快樂，我恢復正常的性格，一切你可勿念。

在於敏哥的意思是能調就調，不能就待到秋後決定一切，反正那時的局勢一定會很好。那時或許有回家的希望，不過一旦回家，這家裡的情形一定不會安舒的，會比我們在這裡的更苦。他們也談著能有給我們這樣的一個預計，到那時回家的熱潮中，敏月哥也能到了重慶，返家途中參加到我們的婚禮，這是最理想的。若是待回家後的準備，非再過一年後不可。已燬的原氣，一時不易復原的。蓀！你說怎樣？其實我也知道你月來忙在工作中，我不該這樣給你多的分心。蓀！我不再多說可好的，祝福你

潤上

六月一日晨

六月四日收。

五日覆。

致王貽蓀函（1945 年 6 月 1 日）

蓀：

今天適巧領到了米貼貳萬壹仟元，我寄給你一萬，給月姊一萬。到十號左右我們可以借薪，那時我再全部匯給你。

我想要一件雨衣，最好是藏青色防雨布的，有醬紅的也好。這裡眭買過一件是貳萬壹仟元（拍賣行買），盡可能去買。若是旁的地方適用，你就適便而用。若是雨衣很巧的買到，能先帶給我最好，因為這裡天無三日晴，真苦。

本來我不應該再叫你多費事麻煩，我很知道你最近忙的情形，可是在貴陽東西實在太貴了，貴得可怕。祇要想豬肉就買壹仟二佰元壹斤，所以月姊總摧促我將錢寄給你代買，可是我又怕你太忙了，蓀！你說你可以不說我煩你嗎？我就可以安心，祝

安健

潤枰手上

六月一日午後

六月四日收。

五日覆。

致王貽蓀函（1945 年 6 月 1 日）

貽——親愛的：

今天晚飯的時候，敏月哥談著我們的事，依敏哥說還是在這裡請一個較長時的婚假，我到了重慶後一定直向總局去設法調到渝區，因為在貴陽的希望完全沒有了。

他們要你在重慶買一丈六尺白竹布，能夠就請人帶到貴陽來，我可以做枕頭及被單。所以我今天有發出的信中要你代我買雨衣的事暫時緩買，待我再有錢匯給你時買，雨衣可有可不急需的東西。

親愛的！你我完全在艱難中組成，從細微的積聚成功我們的願望。愛的！我們所需求的幸福，它可以永遠送贈我們值價的禮物。貽！你也快樂嗎？敏月哥為我倆是如何急著的打算這打算那的，我反而做著極沉著的情緒。親愛的！讓我倆擁吻在今晚的甜夢中，這樂的心境，互惠的熱潮。貽！吻著！吻著！甜美的愛！給我們的至樂，貽！祝福我倆永樂

愛你的潤上

六月一日晚

六、六覆。

致王貽蓀函（1945 年 6 月 2 日）

貽——愛的：

今晚我得接受著愛的撫慰而甜睡。貽！我真似有你健壯的身體貼伏在你溫暖的愛懷裡，親愛的！這幾天中我已恢復了更快樂的心境，什麼都驅出我思想之外，因

為我每天能見一見愛的慰安，得著有親愛的溫暖的手的撫摸。我忘去了痛苦，我也忍受著一切我應忍的境遇。貽！當我在不可擺脫的情緒下，我就會說著許多不合理的話。過後我是後悔了，後悔我存捺不住感情，非說出不可的。其實是一些不足一談的事，不必要記戴的事，我反而不顧頭緒的要說了出來。愛的貽！你將我還是作為一個不懂事的孩子看，否則你會說我幼稚的。貽！以後我會改好的，我不再說一點無意識的話了。待我們在一塊兒的時候，我很可以剖白一點，我現今性格的造成都是幼時一滴滴的印像鑄成的，所以我常給這樣神經過敏的頭腦苦惱了我，更苦惱了我一直得不到如意的性格發揮，我迫得好苦啊！

月姊今晚也不去了，她可以得到休息的機會了，長學也不要因不見媽而哭喊，我們都得正常了。軼叔來發信，也順便帶一本英文畫報來給我們讀。偉青姊也給我們信，我也在昨天覆給她了。

你這樣的工作著，還要給我忙中偷閒的每天給我信，你精神不要來不及周達的。貽！你能少給我信可以的，我不要耽擱你工作就好了。我知道你因工作忙，一切都好，我會放心的。你少給我信我會知道你很好，就等於我能親眼見你忙碌的手同腦不斷在應用，我好似見到。不！我簡直就已見到了，所以你可以少給我信的。

貽！你不要一時忙累了，反而更增我的想念。貽！你盡可能的做，愛的！願我倆一直是這樣互相信賴中的互慰，這是真實的，是我倆從磨難中更深切的互愛著，這是才有價值，這可貴的信誠永遠置放在我倆之間，使

能幸福的永遠。

　　貽哥！溫柔的甜睡，你賜我的，快樂的心境，是你佈放的。貽！我將用麼答謝你的厚報呢？親愛的！你說我唯一的先給你什麼。你猜？你所渴望的？哈哈！這是要由你的評判力來中獎了。最後要你今晚也同樣的甜睡，由於這互愛的熱潮中。貽！讓我們擁吻在今晚的美夢中。貽！祝福我倆，並祝你更有

健樂

　　　　　　　　　　　　　　受你至愛的潤上
　　　　　　　　　　　　　　六月二日深夜

致王貽蓀函（1945 年 6 月 4 日）

貽！

　　你三十一日發信收到，並且告了我哲文等來看你。她們都是懶鬼，倒有這大的興緻來到你處。她們尤其對我的一切如家長一樣的關懷周到，尤其哲文，我真感謝她。她對我一直是切心的關切，她竟提到我的婚前、婚後的計劃等。我一直是感謝著這幾位同學給我這種特殊的待遇，我也不明白為何她們竟會如此的愛護我。

　　貽！我珍惜著我自己，為了你，為了你如此的愛我，所以我要聽你話。我安心在職務上，我更要每天帶著愉樂的心境在來回的路上走。因為這散步可以使我養成精神的神氣行路，我更可以在腦中翻起無窮思路。貽！我有時飄渺在幸福之宮中，我有時會堆在無限思潮，使我沉淪到不可自拔的苦惱中，真不明白我為什麼要有著這樣一個多想的腦子。

　　請調事大概希望很小，我也就不再有這樣一個希望了。我唯一的還是希望著勝利後回家鄉的請調吧，那時再不能准的話，也衹有辭職了。我怕你再去行不通，使人嘔氣得利害，所以愛的盡可能還是不要去試吧。我這次所嘔到的氣已不小，葛飛先生完全是社會的功夫使我遣走了，我不想有這種官僚氣中所得到的恩惠。

　　你忙，所以我的事盡不必放在心上，衹要你有較好的精神去工作就好了，此外我也不會再來多費你的精神的。貽！我們都是從苦難中來的，願我們再從苦難中一同奔放到有樂園的天堂。愛的，祝福你。

潤上
六月四日

致王貽蓀函（1945 年 6 月 5 日）

貽：

　　你雖然如此的忙，我還能常時得到你信，從這裡面我更可以獲得至愛的寶藏。貽，我並沒有因你有工作忙而少得信，愛的！我照常可以每天在讀你的愛音裡，因為雖有隔一天沒有信，我也可以用我心裡的愛來讀一遍愛的來音，我每天存放著愛的在心中。

　　請調的事依敏哥說最好先去曾先生處面商後，問可否依照過去有過的例子。人是廣西區這次來貴州報到的，名字是章德文，現在竟調到昆明儲匯局。就是調到重慶也要在總局，不能到重慶的內地局去。因為總局的人可以隨首都所在地遷移的，要是到了內地局，到回家時再調又是麻煩事了。敏哥又說你做的呈文上，局長徐

是指儲匯局長徐繼莊，還是郵政總局長徐，這個也要明白的。郵政局同儲匯局雖可稱為一家，而行政機構是不同的，郵政局是可以民主的，而儲匯局可以專制的。要是能到儲匯局人事室去設法，指名調去要有辦法些，可以說貴陽二支局儲匯業務成績可記，工作效力皆良，今調某某人來局協力此等工作以增實效。這許多最好仍得同有關方面探問才能明白。這次呈文裡還覺不甚妥當，最好問清了越級的情形如何，並且我們是屬郵局的，不能上呈文到徐局長處，返遭不合適。以上是敏生哥所供陳的意見，我一一把它轉達了。

為每月兩萬元的積儲，在我可以想法將每月兩萬元寄匯給你，是我盡可能寄匯，當然我會依你所說盡零用所需之外的積儲。過去這幾月中沒能寄你，完全因我在這裡也買了一點物品，夾袍、單袍、皮鞋，還有七千元一副眼鏡，所以都不能寄你了，以後我想又可以了。貽！這個我可以響應你的，其實銀行可以得到大一分利息，當然得八厘是太小了。貽！你還不明白這大小呢？是不是？

白竹布最好的這裡買一件一仟一百元一尺，若重慶能在仟元以內的價值，你一定買一丈六尺，就快的請人帶來。其他用品你就酌量的買，依我們最低可能中來求穫可好？

貽！敏哥也在拾萬元計劃來重慶，他說要是我在九月裡動身，月姊同長學可能同走，這不是更好嗎？並且到三個月後的局勢又會更好了，調動的希望又是一種樣子了。可是貽！我就不喜歡我一到重慶就該結婚的，

在我還有這樣一個理想，讓我們在未婚前度過一個更美麗、更幸福的日子。當未婚中的生活會有一種莫名的愉樂與甜美，一旦我們就結了婚，那種生活一定又是一樣的了，你說是不是？也有人說，結婚後的雙方會將秘密揭開，變得不大客氣的。蓀！我們要是也這樣的話，不是得過錯這樣一段黃金時期嗎？所以我就常想像著有這樣的一天，是我倆真的幸福與甜美的一天，那是會比我倆互相思念中的夢境更超過。

　　哲文她們來埋怨，我說是天這樣熱，走又不好走，結果還是見一個空。她們要我到重慶後給她們賠償損失，其實我早已去信致謝了，你可勿念。祝你

健樂

潤枰上

六月五日

致王貽蓀函（1945 年 6 月 6 日）

蓀：

　　昨天我也接到龍安表兄的信，附有相片給你。他希望你能給他一次信，一直是問候你的，你抽暇給他一次信好嗎？

　　還有我同學黃惠之的事可以存希望嗎？她還有一個月那裡就要結束了，工作問題又將無著。你能給她安排一個地方嗎？

　　今也將龍安表兄的相片寄給你看看。

潤又上

六月六日晨

致王貽蓀函（1945 年 6 月 9 日）

貽：

　　琦鈺同素琴都來看到了你，而我是仍不能聚，我依舊在筑地，幸好所有的同學還能留一個書華在這裡貴陽，可是她還遠在花溪，不能使我們常見面。

　　你五號、六號兩信都在昨、今收到，這報告我想還是由你向人事方面完全疏通後再上，比較是否有把握。不要在以後時常見到有這樣的一張報告，使人生厭。現在我仍寄給你，最後是寫三等三級乙員，並不是乙級乙員的。

　　今天本來我會匯錢給你的，敏月哥代我買了一個金戒子，因為他們亦買了，所以這次錢得月底才能匯給你。不多寫，原諒我近日來少給你信，祝愛的

健安

潤枰上

六月九日

六、十六覆。

致王貽蓀函（1945 年 6 月 17 日）

貽：

　　八、十一、十二、十三都前後收到，我沒有一一給你的覆信，因為我數日來精神不能安好。昨天我也曾提過筆想給你寫，一時我又是滿懷紛雜，我又不能安靜的給寫。今天我雖去過花溪看書華，我心裡難過，我也同她談了很久。因為暈車吐得肚裡空空，我很不快樂，現在我已回家了，我一定得先給你信。雖我乏極，我怕你

太久不見我信，起上更多疑竇，我也因此不放心，所以
我將這簡短的懷念寄你，願你放心。愛的！也得知道我
這多日來不給信的苦衷。貽！但願你也能知道我這精神
不正的悲哀，我簡直就想到黯淡裡去。貽！親愛的，恕
我還是少寫，祝你
健樂

潤枰上

六月十七日晚

端節有軼叔來喝酒及吃餛飩。

六、廿一日收即覆。

致王貽蓀函（1945 年 6 月 19 日）

貽：

　　我將如何來說出我近日來的心境，我也能早知你也
有著同樣紛雜心緒。委實我在這一星期之中不給你片
字，可是我已苦極，當我沒想到你如何的預計著能得到
我信的希望，一天天的失望了，這一星期中都失望了。
貽！我給與你最深切的懷戀，同樣你也給了我不可少的
念情。我曾為了愛的生出諸多思念，我也有過不可自抑
的苦情，一切我難盡言。

　　關於社會上的污俗使我們年輕人寒心，我不想再調
其他機關，也因為社會無保障的缺點，我決不輕易放棄
自力得來的功績。你呢！你不要忿意，這種不平的憤意
對於一般公正的人尤甚，可是身體有虧。貽！為了你真
實的愛我，你要保重，你不能太被激烈。貽！我能立刻

就看護你旁側我才放心，咳嗽不讓施得太長。關於李，
已早我半月與同學兄長訂婚，凌也有她意中人，這些事
我很難說圓。貽！愛的，祝福你
安康

潤枰上

六月十九日晚

六、廿七日覆。

致王貽蓀函（1945 年 6 月 21 日）

貽：

十八日發平快信今晨就收到。貽，我是少給你信，
我也有一時興緻不好，我就早睡了。其實當我不給你信
時，我內心怎能自安呢？我一樣的不能安放這夥懷念的
心。貽！許多許多你不會設想到的，也並不是為我一
時不能調成工作而納悶，也不是我每天奔跑的苦惱。我
不能達到我所願望的境地，我不能永遠的自抑著，永遠
將我的感情有規律的秘鎖著。貽！如今我將悶死。貽！
我也恐你還沒有明白我的本質一切，我意想得太遠、太
濶，所以我是得到了自苦的結果。

這個月的薪我為了要買我一點零星，剩的萬元我不
能寄你了。我共得本月津薪四萬六仟，其中二萬給月
姊，一萬給你，剩一萬多自備了。反正敏月哥也說現金
的存放還不如購物品，那時不一定自備多少錢。

祝你
健樂

潤枰上

六月二十一日

六、廿四日覆。

致王貽蓀函（1945 年 6 月 24 日）

貽：

你少收到我信，使你惦念，這是我的過錯。不！我也說不出我為什麼不多寫信，可是我也並沒有心緒不好，就不常寫信，就擱了這麼一個星期。天氣炎熱，並且見報重慶霍亂大流行，許多許多都是使人惦念的，而我呢？也給了你更多的懷念，但願我仍很快樂的常能給你信。現在是正值班，比較寄信人少，我提起筆隨便的給你寫幾句以釋遠念，祝你

健樂

潤枰上言

六月二十四日午

致王貽蓀函（1945 年 6 月 25 日）

貽：

過去的幾天裡我雖然沒有給你寫信，其實我心裡不寧，每次想寫一點，可是終不成話。你也能從我先寫成的一封（今日同天的）裡面，我無法再能改正的斷續語氣，因此愈其寫出不像人樣的字跡來，還不如乾脆不寫的好。所以貽！我曾有一星期不寫的情形，以致使你遠念，使你不放心的念著我。貽！當你深深念情的來音中，你的焦急懸念，我深深痛悔的心要比你更甚。貽！但願上帝祐我倆，讓我倆快樂，讓這各人思想的解懷。

　　當我在有緒端的思想裡，不論最快樂、最苦痛的時候，我會說出更多的話，就是怕我無緒端難排解的情況中，我會不能說成一句像樣的話，這樣祇有不說了。你廿二日發信正這時收到了，你所問的幾個我都沒有為這些事，終至我還要說家裡為何丟我一人在外。祝你

安好

潤枰上
六月二十五日

六、廿八日覆。

致王貽蓀函（1945 年 6 月 25 日）

貽：

　　廿日賜音垂詢我在昨日收到，並簡覆以示愛意。今日復接你廿一日信，更為未得我信而遠念，有同時發信給敏月哥處信也在午前收到。以愛我之深，我自愧不能消受。為何無緣由之中竟將隔此長時，以增吾愛不甯，其咎也由我生，惟以至誠願愛諒此。實我亦有難言之不甯，故有少寫信，此後我當不再犯此，願你放心。

　　敏月哥亦好，惟長學甥經兒童健康比賽體格檢查後發現營養不良，今正補充中，一切勿念。筑地氣候尚佳，並不炎熱，近日受雨霖之佈，已涼爽許多。一切均安，望勿念。祝你

健安

潤枰上
六月廿五日

六、廿八日覆。

致王貽蓀函（1945年6月26日）

貽：

你廿二日的來信，昨將下班時就收到。當你問我的許多點，我在當時沒有一一覆。你問我為了請調嗎？根本我就早有打算不會成功的。因為我們所疏通的是一面，在不甚重要的一面，另外許多勢力範圍我們都無法去推行的，失敗是必然。使人夠想的一件事不是在簡單的感情上可以得到喜與悲，乃是不可捉摸的思想在紛擾。我單獨？我一直是單獨的，我除了感謝你曾給我過一度歡樂活躍的心靈外，我一直在單獨。物慾我早就沒有了，不要說我現在已有了獨立權能，我更有富裕的錢在每月份的預計裡用，所以我對於這並沒有什麼了。為結婚？當我意想到你是永遠永遠的愛護著我，將來能有我們共同的愛護一定會更好的，因為我相信你也會對我更好的，是不是？

以上我覆你的說出來了。今天月姊給你的信中，她也問你會在抗戰期中結婚嗎？你是怎樣的打算呢？我從沒見你的有所關注？

貽，當我也有所接應你的意思時，你從沒有再覆我所言，所以我再也不會說什麼了，但願我能一切為你所好。

最後祝你

健樂

潤枰

6月26日

6、30 覆。

年內或新春，雙十、復興、元旦、正、十五。

致王貽蓀函（1945 年 6 月 26 日）

你說能到資委會對外貿易方面去工作，敏哥也知道你組織會改組的，所以敏哥倒也希望你跟隨中央的實業機關、經濟機關走比較要穩妥些，不致常受改組或結束或者是一種空洞的工作。另外一切的決定當然全在於你自己的決定，我唯一的贊成你是安全穩妥。事業上那一部門都能有造作的，不一定拘於想像的一面，也許想像的美景往往會有例外的。貽！你說怎樣？

我一直是處於一種範圍以內的感情，我想向一切傲氣，可是環境就使我餒氣。也許當我有過一個最苦悶的情緒過去，習慣了我會麻痺，也可以說我會從此的深印給我感情不振的起源，以致我現在的性格。我這次從新向你說這幾句，因為我得接受你的精神，我也就可以說給我的心靈知道。也許我以後又會不再提起我的暗陰，一切都有起沒的。不多寫，祝你

好

潤枰又上

6 月 26 日晚前

致王貽蓀函（1945 年 6 月 28 日）

貽：

接你廿三日來信，稱簡要，確實你寫的是確乎簡要，可是反例我有兩處看不清，反正並不重要，我也不

想看清它。

　　軼叔曾在最近去過昆明又返貴陽了，又有到重慶來的可能，你們又可以晤面了，該多快樂。我也想來一次重慶玩，看看你，你說好不？若是你也希望我看你一次，就假打一個電報來，說我母病故。最好我想要的竹布也由軼叔帶回貴陽。餘待續敘，祝
近好

潤枰上
6 月28 日午後五時

7、2。

致王貽蓀函（1945 年6 月30 日）

貽：

　　乘今日晨稍空，首先給你一信，以釋你懷。

　　哲文等晤面否？她談些什麼？但願她少為我講話。

　　近日來筑市連日陰雨，長日的天乾悶熱給這涼爽雨霖之調和，不無受益之無窮。

　　軼叔有來重慶希望，願你們有樂聚。

　　餘待續敘，祝你
安健

潤枰晨於6 月30 日

致王貽蓀函（1945 年6 月30 日）

貽：

　　你27 日自小龍坎返後來音接讀了，這天正也是我與月姊同時發你信，大該也在今天中得到，你作何想

念？告我。貽！我從你這信裡，我也得到你給我的樂與慰，我接受你給我的友愛，我一定要快樂一點。

在於一個人的感情來說，並不是有科學能來證明的，也不是論理能來論述的。所以貽！我怎樣的說出我所感受的一切呢？以及我生活的縮影呢？一切還願你是我的知己，我要是再沒有一個我的知己，我將會窒死。貽哥！你還能是我可言的所在，所以我也給你曾說過許多話，畢竟你尚未給我有怎樣的同情，貽！我因此而失望，這失望的苦楚祇有我知。

你做儐相一定是樂意無窮。貽！當你這樂意的時候，見到我不樂意的信，你會責備我嗎？願你能有責備我，否則我會更難受的。

哲文、書華我們三人在四年中，我們是一旦不移的在一起，各人之間的事知道得很清楚。愈其說由我自己來說出我的性格，還不如哲文來說出要比較確當些。她吃到你帶去的糖，她告訴我領會到的甜意，她說你的真實，這是我絕對承認的，你我都是有相互的忠誠。

我喜歡你對我說多一點的話，當我見你簡短的信中我得茫然不知所思。我願意聽你的心聲，聽到我倆的共鳴音律。天慚更黑了，不能多寫，祝你

健樂

潤枰上

6 月 30 日黃昏

致王貽蓀函（1945 年 7 月 1 日）

蓀：

在戰時一個家庭的重負是不容易的，最近敏哥為了公路局欠薪不得發，所以心裡很不好過。今天星期乘興就喝了幾口悶酒，半醉中給你寫上這信，這是他最記得你的表露，我特意將這封信寄給你。

在這裡我不多寫，祝福你的

健樂

潤枰手上

7 月 1 日的晚上

致王貽蓀函（1945 年 7 月 3 日）

蓀：

得愛的 28 日發信，我預算好今天一定會愛的來音，我等待著今晚的詳覆，所以這匯票我等到明天一起發了，將得到一個滿足希望時的欲望，該是多麼快樂而引慰的。

能夠多聽名人講演是增加活的知識，勝過閱讀死呆的書本。在首都萬人人才的集中點，可以時常有這種機會的，像我們沒有這樣的好幸氣。

愛的！將等待你的發掘這感情的擺佈，也許是我自造痛苦的原因。蓀！我太使感情無自主，因為這長時的壓仰恐給我的反應太大了，願我能早得到愛的親手撫慰，那時我也可以盡情的安泰在愛懷裡。我如今更感謝有愛的來同情我，蓀！我感謝你。

當我久常的住在敏月哥處，我自覺也慚愧的，不能

給他們有益處，反而為我許多方面受煩擾。這種情形下，我也不能安心，終想能早日脫離我的煩擾，使他們安康。畢竟我仍是無希望的挨下去，若是一個人在外住下來，恐怕問題更多。貽！在事業上，我是得希望你能助我。

在上個月裡我無法揍成款數匯給你，今天正是發下米貼。我首先寄你這點錢，任你處置。

餘待下次再談，祝你

安康

潤枰上

7 月 3 日晨

34、7、7 收並覆。

致王貽蓀函（1945 年 7 月 4 日）

貽：

你六月卅日晚十二時寫給月姊及我的信今午就收到。貽哥！你我的坦誠將是我倆幸福的先聲，你為我這深夜中埋首寫信，我將怎樣來恩感。貽！我是知道你近期生活的失平衡，我不該多使你為我而不寧。實在說，我為念你而多給你信，並且使我有說不完的話。貽！但願上帝是撫慰我們的。

現在你工作問題可以少煩擾你嗎？真是這個時期給公務員負的打擊太多了，其實最苦的還是公務員，在我們這個國家裡太難整頓了。願我們都能知足常樂的精神來自慰。

敏月哥他們都很好，七月十四日是長學甥的兩週

歲，到那時又可以有一番慶賀，那時再告你。祝你
快樂

潤枰上
7 月4 日晚

致王貽蓀函（1945 年7 月6 日）

貽：

我欣喜之中讀你二日發信，我想能在近期中到重慶
一次玩，事實呢，並不會給我圓滿的，要看你使我整個
的思想，都想能看到你，並且能讓我滿訴著愛你的忠
誠。貽！我早在我倆交換熱情的那晚，將我的所有一切
從熱吻中交給愛的了。愛的，你還記得嗎？當我倆沉醉
中的相倚，兩夥熱烈的心相抱著，我一切都給了你。如
今我想能在無法請調中得機會看你，那也是給我一點希
望。我也極明白你，我更該體諒你，所以我遲遲不辭我
現職，我也不怕你的責怪為失掉你的自尊心，我就可能
中匯款到你處，你的收入一定比我更清苦的，願我們
共同擔負起這個擔子來，我們也不會去羨慕那種享受
者，祇要用我們的功而得獎，清苦反而會給我們共負
的樂趣。

剛剛軼叔來談到十點鐘方走，他還沒有把握來重
慶，大概有來的希望。

貽哥！我是你的摯愛者，你更將充滿著我整個的心
靈，我一時的納悶，我也有過悲痛的思潮，這都是我孤
單的心無處訴。貽哥！當我曾有過向你訴說的可人處，
想得一點慰藉。可是你也有你生活及工作的不稱心，所

以就有過一度你也自認答覆了一點不中肯的話，這是我最痛苦的思想，深深刺痛了這孤單的心，愛的！你想我能向誰訴說呢？我惟有早到你處才能解放我們相繫的思想，可是我又基於多方面的考慮，畢竟使我中止，使我什麼都是失望的。

　　時間已太晏，不多給你寫，待下次多談。祝福你並健樂

潤枰上
7 月6 日晚11 時

7、11 覆。

致王貽蓀函（1945 年7 月7 日）

貽哥：

　　今天正是七七，在貴陽多天的雨日，今天特別放晴，更增加了紀念的情緒，想陪都會更加熱烈的慶念，敏月哥為了賀我，今天也是我進郵局的週年日，也特別多加點菜，我們自己樂一樂，並且也有前次留下的酒渴渴。貽哥！你看我們這裡的自由共樂該是多麼融合的，你呢？要是你也在這裡、在一起，更使這融樂的情緒不知要增加幾多倍呢？貽哥！但願你是永遠精神連繫在一起的，今日我們的樂也有你的樂，我們時刻相共存。最後祝你

共樂

潤枰上
七七日

7、11 覆。

致王貽蓀函（1945 年 7 月 8 日）

貽哥：

　　關於總局上呈文請調的事，你也不必再去追問了，我已經得到公事不准。並且你是怎樣上的呈文，呈文內容是怎樣的，希望你從最快方面告訴我。因為我要根據做一張說帖，越級呈請是犯章的。但願在今明天中能得你信，寬慰我一切。祝你

近好

潤枰上

七月八日

7、11 覆慰。

致王貽蓀函（1945 年 7 月 9 日）

貽：

　　昨天匆匆的給你一封短信，大概你會看不明白的。對於我請調渝區工作的呈文，總局已有公事到貴州區，批語是礙難照准，並且加有為呈請自費調渝區儲匯局服務，這樣呈請的呈文更難。要調渝區已經難極，再要指定調儲匯局，這樣的呈文更要使人皺眉的。若是郵局調儲匯局已經是天大的人情才能賣，像我們這樣更夢想。關於這件事在重慶你不必再去追問，我這裡必定受公事的等，應奉此一張說帖必定要做。核呈的結果如何，要看我受益葛飛先生的人情了，事實上我見了葛飛先生還是難於懇託的。事情是我們自己弄糟的，既然無法准，何必呈請，結果魚落黑網自投死。因為管理局裡越級呈請的太多，是不得不有的公式施威，我也算時刻之中都

是受難人。祝你

晨安

　　　　　　　　　　潤枰於七月九日晨

7、13 覆。

致王貽蓀函（1945 年 7 月 10 日）

貽：

　　時間不待人留，一轉眼我倆愛的紀錄已有十七個月。貽！我應該要自愧！我想我曾有給你的愛外，並沒有給你其他，反而使你有更多的事為了我。貽，我為情深，我曾有一度給的報告中，你正是為生活的失調，而給我稍簡短的來信期間，所以我就呼出了你沒有在這時同情我。貽！你也是會知道，我這是從幼就隱蓄了深壓的感情，和多疑的不信任任何人，老實說自從我有過你給我真實的感召，我不顧一切的將我的情愛完全按排給你。貽！你早就從我這裡將一切我的寶藏被發現了，也等待你的發掘了。愛的！你說真有其事嗎？願我執行好綠梅曾我的這夥善心，真是一張幸福的支票，我不會有幼稚疑竇的，想愛的也會這樣相信的。

　　這次七七發行的平等新約紀念郵票很有意義並亦美觀，如你不易買到，我可以代你存留數套寄你，恐怕敏生哥會送你一套的。

　　請調的希望已經全無，我願能達到來看你一次的願望。到那時能成功，我們的歡樂，祗有在默默中相答了。

　　貽！我說，我既已是你唯一的愛者，我為滿足你的

願望，在抗戰期中完成我倆的婚事，並且地點擇的要在
重慶，因為你的同學與友人都在為完成我倆光榮的一
頁，我得迎合你的願望的。可恨的請調不准，又迫我們
的經濟，這許多也是你潦亂的原因。貽！若是你決心想
達到這一點唯一的願望，我們商定後，我可以請假來
的。此後能怎樣的計劃，我們再慢慢商定。最後你的回
答可任你開出怎樣的支票來好了，我決不會因此而失望
的，因為我明白你的苦衷。貽！不必拘於我的反應上，
忠實的說給我聽好了！我們是得將實說開誠的。貽！你
得一定將實際情形告我的。

　　摯愛的！我可貴的就是你能毫無一般男性思犯的習
氣，你的真純就是你給我的永遠幸福，可是我反而不贊
成你隔絕了任何女友的說法，你應該有一般友人的，心
裡交往得如姊妹一樣，反則你反而會偏極的。有機會，
我的同學都是喜歡談笑的，你能常見她們也好的。貽！
你高興我有這樣的勸你嗎？我們祇要交往得光明，並且
永遠心裡放穩著一個我所已經深愛的對方，一切普通的
交往一定要的，你說對不對？

　　最後祝福你的健樂，讓我倆祈禱著人類的幸福
普照！

潤枰上
七月十日晚，深夜人靜中

7、12 覆。

致王貽蓀函（1945 年 7 月 11 日）

蓀：

你七日發信中當我在局裡就看過一遍。你有去湘的可能，那時我要調湘工作一定可以成功無疑，到那時我一定可以達到你十月十號的願望，我就可以再設法進行調到湘區，就可以等待到我們一同去湘。那時我們的理想給達到了，給我們的宿願也實現，該是多好的一件事。可是我一回到家給敏生哥看後，他告訴了我，說柳克述先生並未得到湘民廳的發表，已有人發表了，這是給我一場美夢喚醒。還是計劃著你所打算的吧！我可以響應你的計劃與籌備，能否實現我們可以不必計較，這許多的祇要給我們有真樂就可了，你也如此觀念否？

你工作還是你到柳先生處為好，我希望你這樣決心去，這是接近你素有的志向與願望。你能仍追隨願望中的長官，一定會使你工作得更合意。蓀！我忠誠的祈禱著愛的能早償宿願。愛的，祝禱你的成功，你能追隨理想中的主官，我更得相輔你精神的奮發前進，但願我成為一個你所最能相得的愛妻可好！我一定要是一個情深，而能平衡使你受益者。蓀！我現在又長成了許多，因為有你的撫愛所致。

說帖我自己擬就稿子送陳局長閱後再呈，因為陳局長曾來摧過。這次要是知是困難，不能核准，就不必將這呈文送進總局的，這是落得一個不成反而受責，並且有許多人都知道這件事，真還算我在局裡創成了眾人之例。

最後祝福你並

健樂

潤妹的祝福

七月十一日晚

附件——請調說帖草稿

呈為越級呈請懇予原宥由

　　竊職前曾具文呈請自費遣調渝區服務，未獲鈞長核准。惟目下職於筑地所寄居之親戚，日內即擬起程赴渝，則職之筑地食宿勢必無著。而年邁老母獨居陪都，乏人照料，為情所迫，苦無翅揮。素聞局方對於員工之苦衷屢多垂察，不得已冒瀆直陳總局，祈能逾格推愛以解困難，而遂烏私誠實。未識此乃越級呈請，有犯規章，謹此呈明鈞座體察下情，與以寬宥，實沾德便。謹呈。

　　那個越級的呈文是我辦的，我請交通部陳參事轉去照面子講，應該可以獲准，但郵政的刻板實在太呆了。以後如要舉行婚禮，最簡單的辦法，祇有她到重慶來玩一個月，然後再回筑工作，否則祇有我到貴陽工作，但近期是不可能的。我為了幾年來的努力，能開拓前途，也希望能跟好上司如柳先生等人物好好幹，以便樹立戰後的地位。我倆的幸福建築在我的前途上，█以我曾將此番道理告訴她，此信是針對而覆的。又及。

7、18 覆。

致王貽蓀函（1945 年 7 月 12 日）

蓀：

　　你十一號、十二號兩信都在今午收到，一切詳情待我今晚再給你細訴。

　　請調的事你在重慶決不要再去過問，那是不再體面的事了，你一定不必再去問了，郵局的事就是死呆的。

　　這次我又領到借支二萬多元，除去送同學結婚禮伍千元及長學生日我往買的麵，剩下的我匯給你，任你怎樣的去用。還有你的去領取是兩路口支局的，不是到上清寺儲匯局的，因為我見你的署名上是兩路口巴中組部，並且信封日戳是二十支局，我決定好你離兩路口支局要近些。蓀！你會不會麻煩一次次取錢的手續不耐煩，所以我盡可能讓對據早寄到，你走去取錢不遠，這才可以使我放心，你告我那一支局你近些，可以方便。

　　乘將下班時給你亂塗幾句。

　　那天長學生日，所有菜、麵都是我做的，你相信嗎？

　　其餘待今晚我再給你詳談吧，祝

健樂

　　　　　　　　　　　　　　潤枰上

　　　　　　　　　　　　　　七月十二日

　　匯款紙壹萬伍仟元系兩路口支局取款。

致王貽蓀函（1945 年 7 月 12 日）

蓀：

　　得你十一、十二兩日信，我深深的感謝，上帝給安

排這份誠，給我倆真正的表現了出來，我感受到這誠的樂意，我將忘去身外一切，專為愛的內心歡樂而承受。貽！我稱頌你所說的一切均發自誠。

可是我也得否認，我既然如此的愛你，並不是急急乎希望你我立即結婚的愛你。貽！你要知道，我是重於靈的多情者我可自認，我決不會當你事業尚未穩固時來加重你的負擔，同轉移你的志向。並且我已經能自給自足的力量，就是當我們已成事實共同在一塊兒，我也要以你事業為先，內部的一切決不讓你來勞頓。而你向外的展拓，我盡以最大的能力從旁輔助你少吃力，我一定不會參加成見的。這樣方才能貫徹你的意念，我不會拖累你的。最近以致請調的事都給你多了一份的事情急的，我常時不安。貽！我不會再加重你已有的許多紛雜，盡以我生活得更好以慰愛的，我們的婚事將目前為準備重於一切。那一天的來到就是你事業光明的一天，你說好不？

我並不是以一般女性的性格可言，我討厭餽贈的虛假、懇懇的可怕手段。她們能愛虛榮，我卻生就沒有這個頭惱，的確你是將整個的愛交給了我，那我還想什麼比這更重要的禮品呢？最後但願我能將自己管理得較妥，到你處不致使你失望，好似什麼都將依賴著別人的，為的求你有愉悅的心境接待我，這樣能我們更實際些。

以後我不再希望你常為我們婚事，而放在心頭許多計劃與思慮，這是要分心的，反而分掉你直向事業的心。請調的事一定不會再有可能了，你不必去希望著。

我在敏月哥處很可以生活得安好快樂，你也可以放心。你所愛的雖不在目前身旁，終算也在一個你所信託的環境裡。貽！

我在敏月哥處我是安舒了，而她們終不免為我吃虧不少，她們是切實的幫助了我倆，要是我不在她們處生活，恐怕給你處匯的錢會更少。以後你得答應我，不再在婚事的計劃思想放在腦中打擾，而盡用無聲無息的向婚事上準備。貽！為了我的切實愛你，我也會迎合你所願望的一點。你這樣的願望，我不會使你的失望的。你記著！願你為你的事業為先，記得當你是事業的光明日子，就是我倆的佳期。

這裡總局來令是「自費調渝區儲匯局或各支局服務，擬難照准由，此令」，這裡管理局長批示是「何以越級呈請，具明說帖」。這呈文連同總局令再上去了，要郵局的作風，可大可小為的事，要我這次的碰他們的興緻了。今天又來要我上次呈文未蒙簽准的稿子，幸而我尚未丟掉，看明天再上去又何舉動給我了，反正等著他們的公事了。

關於我辭職的計劃我也有過，據陳局長勸說，在這時我的辭職是他不樂的，未滿二年的工作如要走，得追回三分之一的薪水及戰時食宿軍貼金退回，所有借支亦將退回，這是有貳拾萬多的鉅款。這種情形之下，很難得我們理想中的計劃了，所以我要你盡以你的一切為重，我在敏月哥處，等於我在你身旁一樣，我們的精神一直不會離開的，我們是精神為一的生活在兩地，實當於一地。貽，你說對不？

　　說不完的話，留待下次你問我的盡量覆你吧！祝
福你

晚安

潤枰手上

七月十二日晚上

7、21 收。

22 日覆：雙十佳節結婚。

即寄還。

致王貽蓀函（1945 年 7 月 13 日）

貽：

　　七月九日發信收到。重慶的炎熱盡人皆知，這樣的
熱對於每個人的健康，一定都使精神不暢的，想貽哥
你能這樣忍受嗎？但願這炎天早散，使你早得暢快的
氣溫，否則真叫憶念。貴陽是避暑勝地，並不熱，我
雖然每天在陽光下來回四次，我還能並不感到太熱，
你可勿念。

　　明天長學生日兩週歲，軼叔會來，一定又是很熱鬧
的。在這種歡騰之下，我常時念到我所應該受同歡的
愛，想你也同感的吧？不，我們有這歡聚，你也似在我
們一個情景下有歡情。因為你我已早相同隨在一起了，
永遠相愛的我倆，我們是一樣的樂，最後祝你也有

共樂

潤枰上

7 月 13 日

7、18 覆。

致王貽蓀函（1945 年 7 月 17 日）

貽：

接讀你十四日來信，樂甚。我已將一切得失都置之度外，我為了使你為我更安，我得不計一切盡量求到我內心的自慰，我一定生活得很好的。並且有敏月哥在一起的樂陶，敏哥更以乾妹待我，這是使我更得安著的一點。貽！你放心！我會謹慎以使他們厚待我。

秋中我能離得去郵局工作，可以實現我們的計劃，若是不能離局，我也可以設法到你處共樂數天。祗求你已有安妥的工作，我任有怎樣的計劃都可以去施行的，你說怎樣？也以免桐偉哥的惦念。到那時你盡可寫一封假信來我處，我可以根據請假。

不多寫，待後續告，祝你

健

潤枰上

七月十七日晚

七、十七日

致王貽蓀函（1945 年 7 月 19 日）

貽：

你一定為了在中組部結束工作忙，我也望你安心的致力在上面，我們是有負責的心，一直負責到底。對於我這裡你是能少記掛我，因為我很靜心的等待，到我們的計劃慢慢實現，所以我會自得的心樂，這是可使你得到安於工作了。

軼叔明晨就到柳州去，在這裡我們並沒有很多的見

面，大家拘於各人的工作上，就沒能常敘了。他也是一個老實人，他許多的同學都是活動得很的，也許軼叔會先我們回上海的。

今天不多給你寫，也想給偉青姊信以釋念，祝你晚安

潤枰上

7月19日晚

15日發信也收到，上午去見過本地股長。請調的事可暫一結束，沒有什麼事了。今午後業務特忙，現在五點過鐘尚不能下班。

7、20又上

致王貽蓀函（1945年7月21日）

貽：

七、十五信在二十晨就收到，一切如你所說的慢慢實現吧，都靠自己才是真正的靠得住。這次我去過本地股長處，一句話向股長說明白後，什麼也沒有了，並且答應我能調到中山門郵局工作。當然調到中山門，工作要吃重一點，並且精神上不會像如今協調。雖說我每天四次烈日下的往返，必定有二十分鐘到三十分鐘的距離，畢竟這是給我有精神上的暢快。我可以將一切思想都放在這行途中呀！所以我還是遲遲的沒有急的向陳局長講。貽！若是我在中山門工作的話，你可以更放心，以致我因走路太多身體上因受損虧不少，我可以好休息了，為了我的身體，我也許會調地點的。

關於我的其他工作，我還是希望能靜坐的工作。教

員對於我不很適合，因為我不愛多說話，並且我說不好話。若是再找的工作一定得候你近些，這是老實話，要是仍離不方便處，還是不進行的好，像這許多條件下找一定困難的，你一定也是同樣的說。

我很想你能將竹布帶給我，剪二丈，若你能夠將東西包好送到川鹽大樓中航公司，仍用睦的那封信，找顏秀玖或找她先生梁小鴻先生，交給他們請由睦的哥哥叫睦永昕帶給睦小姐就可以了。最好是本月的二十八日以前就送去，過了二十八日以後會早來貴陽。你也不必多跑川鹽大樓了，這是要看你這次是在二十八日以前辦妥送去才可以，過了二十八日一定又得白跑，你就不必再去。記好，貽！你一定這樣注意著。餘不多寫，祝你安健

潤枰上

七月二十一日

致王貽蓀函（1945 年 7 月 23 日）

貽兄：

七月十八日信收到，並附來的「江陰善後救濟」一文，我也仔細的讀過。是否得有人去領導的做，還是給救濟總署來分派而作。若能由救濟總署委派一位熱心為江陰服務的人有條理的去做，一定能見到燦爛的江陰。可是大前題還是經濟問題，當按排好了實業與交通以後的一切都可以先後實現，所以說以實業與交通作為後盾的地方事一定能辦得善美。當然你這次僅以綱要的說明，關於細目還得深加籌劃，你說如何？我還希望你完

成這個細目，可是我擔心你的身體並不壯強，過多的用腦會你更虧損的，在天氣涼爽後你再擬計劃吧！

　　我在天熱對於身體也無甚妨礙的，雖然每天跑，我身體更見結實，要是你見到我會出於意料之外的強壯。

　　敏哥的工作他還得過一個時候再活動，因為月前的工作不是輕易能脫身的。在新局長調來後，他就加上審核股長的銜名，為了責任不是一時能脫離的。昨晚也談起他在年底的計劃了，約陽曆年底，他們還是希望我能先到重慶有房子住，又可以在一起共同生活，也可說為我長住敏月藉機答謝，真能如此嗎？事情往往不會給理想滿足的，現在不必有預計，環境不會給預計成功的。

　　如果我辭現職，據陳局說一定得賠還所支過的薪津及數次的借支，像這個數目給我們來負擔是一個鉅數。貽哥！你會不會說我顧慮得萬事無成，事實就給我如此多的難關。你也為了我煩夠意，而我呢？以後也可以告你一點有趣的事，真是我們的空理想。最後祝福

　　你並

更健

潤枰上

七、二十三日

　　剛又得你二十日發信。

致王貽蓀函（1945 年 7 月 23 日）

貽哥：

　　我還是老脾氣，別人能要我做事，在範圍以內的我會不顧一切的代做去。今天董先生病的很重住院去了，

可憐她家裡三小孩無人看管，她還是想到這老友一定能代她出一點力。今天用請求的情調將我叫去了，祇要代她看一看孩子們少吵鬧，她就很放心了。現在我是辦公完後到她家裡了，乘這時我無事可做，我就給你信吧！願我愛的也有更樂的心境。此後我們什麼也不要記起過去曾有的失敗，祇要收拾起今後的努力與自信，遂步的去做，不必光放理想上去，貽！你也說對嗎？

你現在仍每天吃雞蛋嗎？你記得蛋一定去熟吃，不能太生，當然太煮老也是無用的。你能吃蛋之外，現今正是蕃茄最多的時候，你就生吃地用開水泡過吃。這兩天我們同敏月哥、長學甥能吃一斤多一天都是很大的，你也能如此吃嗎？在營養價值上最好，並且用來生吃可以預防一種壞血病，就是俗稱「走馬官」。你不要因為自己經濟不寬就少吃營養品，這是我不贊成的。

我能到八月中後或九月能使我們在一起，享受愛的所願望的給我們一個甜蜜的假期，讓我們得到這真樂的寶貴。若是我來一次重慶玩，可能的話，就給我們實現了願望，會不會成嗎？或者再延至我們婚後的蜜月裡嗎？大概這歡樂的日期也是在婚後實現的，因為我們都限在公務上，並且有如此長的距離，這給我們是一件不公█的事。

最後願你工作早妥，也不要因為現今的工作太煩自己。若是新工作要你早去，你就不一定等待現職部份結束，僅將你本身的結束也就好了。祝你

安好

潤枰手上
7 月23 日晚

致王貽蓀函（1945 年7 月27 日）

貽：

你廿三日信今晨收到，同時我也得到表兄信。我曾告過他關於我們的計劃，他說這是很好的一件事，為他不能前來一賀我們而抱歉，並且乘有便人帶給我們一對花瓶及盤子四隻，都是大理石。這富有意義的盛禮，就給我倆嘉賀了。

一切計劃我回去同敏月哥共商，貽！我沒有什麼意見的，你已經籌劃得很周密，我完全樂意你的意見。可是要我既到了你處還得回筑，仍舊讓我在這個地方住，這我可不大贊成。這是使我沉悶的允許你，這工作、這地點使我吃盡苦頭。待下午再給你續寫，祝

早安

潤枰上
七月二十七日

致王貽蓀函（1945 年7 月27 日）

貽：

剛剛回去，敏月哥也沒有其他意見，並且希望能正同路走，而能見到一切，事實未必能盡然如願。

原則是最好的，你所擬各點，我不能再有添置了。關於我的來渝，我可以一直在準備中，要我再返筑，我可不好說。貽！老實說，我在這裡一直是忍受著人所不

能忍的情景。我從赤手空拳裡豎立我自己起來，我所能
忍受的，也祗有做到如此的了。可是我還得迎合你熱烈
的原意，到那時再決定我的一切吧。你能代我找好一個
工作地點，待這裡先請婚假，最多也不過三星期。一方
面再上呈文請調，不准就辭。我想這樣才可以最後的決
斷實現。最後祝你

好

潤枰上

7 月27 日午後五時

致王貽蓀函（1945 年7 月27 日）

愛的貽哥：

　　白天我從無系統的答你信發出了。這個問題的確單
純的為了我不能來重慶，不能具體的計劃我們的一切，
也是煩苦了我倆的腦筋。貽！為了這我將付出我的一切
來補償這個過錯，愛的！我不知怎樣說出我如今的心
情，我惟有至誠。

　　當你向我說出廿六日返筑，你看，那時我再得一個
人獨登返筑途上。我一定會百感俱生，你也能可以知道
我已為你一切的安排，我能再離開你嗎？我既然已將一
切給你佔有，當我一個人返筑途，你說我此後的生活恐
怕會比如今的環境更兩樣。除非你能答應我，可以有我
們的佳期存在，而不必有我們的事實做到。你可以想到
我一個人返筑後的無商議，一旦我有需要你的時候，你
又不在，必然的我會生活得更苦。如今還能有同情、有
幫助我的人，以後恐怕未必了吧。因為人人都會承認，

這已有保護者的人，可不必有這多餘的過問了，因為我已感受到我倆相遇後的人情間與以前的都有天涯之別的相待，任何親友都會另眼相待。貽！我已經從你處變為大人，許多親友再不以為我是單獨留落在這陌生地方的孩子了。貽！我是將你作為我生命中的光亮，可是這光亮僅在遙遠的山那邊，無法達到這暗淡的身上。貽！我也將你所能可給我的希望將全部寄放著，忍受著！候受著！可是沒有給我到達的可能，我還是一樣的奔逐著，我目前還在做著一件我自己犧牲一切的事，若是早離這裡，我也不必坐在這矮檔上寫信。我來董先生這裡已有五天，做著我所不習慣的事，飲食及生活不能有正常，並且我每月有肚痛病，我還得撐持來此。往往我有自悲的哀怨心情，我就得自己落淚。我苦我的母親，決不會因她不在而造成我許多痛苦。貽！你能允許我此時忍淚而書的話嗎？惟有你的愛尚能使我有歡笑的心境，否則我將整個的納悶著。

貽！你不要急燥，也不要見到我所說的心冷一半。我還是為愛護你而尊重你的意見，而我更會使你願望達到，我可以做我可能做到的事，準備還是要我們的準備，當然我也會在這裡做得到的準備做。

龍安表兄送的大理石花瓶同盤子，正是可以留念、可以攜帶的禮品。這也是可以減少我們這一份的開支，增加我們的裝飾。

蚊蟲太多，不多寫了。祝你

晚安

潤枰上

7 月27 日晚10 時

致王貽蓀函（1945 年7 月30 日）

貽哥：

　　七、廿四、六日兩信均收到，你在兩邊跑著做事不是太辛苦了嗎？若是中組部就可以辭開，你不必做它了，遣散費也得不到多少的。幸好時間不長，你就可以正式到中央團部了，這樣可以減少你辛勞的精神。貽！我真擔心你，工作已經很使你受累，你還得更多的心思蔚集。我希望你更健康，貽！我祝禱你的康健。

　　今天我回到敏月哥處，將你所問的一切都給他們看到了。他們要你在渝是已有多樣的準備及計劃，希望你有先告我們。衣料能否買了？若是尚未買，我們可以在貴陽買並就做好，因為由我到重慶後再做恐怕時間不夠的。枕套我可以準備好的，能由你已買好竹布，我一定可不再買了，你得告我。我本身上的零星的在準備，其他尚未，月姐很為我們著急，若是雙十節的時期太近了，一定得急速的做去，並問你十五萬元的計劃如何了？尚須我這裡的補助嗎？

　　我想到十月初我定能走成，九月底就得請妥假，何況在貴陽我還有親朋處走走告別，以後就再設法請調，在此時期就請病假，你說這樣好不好？恐怕給我婚假最多不過三星期，延擱到一月是很可以的，能夠在十一月也能在重慶過去，恐怕一切的問題都可放心的了。

　　最好你在抽空中給雨蒼伯一封信，並且說明每次請

調不成完全是沒有在內部有得力的人說情，所以無法成功了。最好再請雨蒼伯一次的幫助，在我到重慶後的再上呈文請調時，請他託人在貴陽的本地股長及幫辦、局長，以郵務視察都要通過。由這樣一個人在裡面說一句話，要比任何大的帽子有用些。再同雨蒼伯說明雙十節的計劃。

　　最後祝你
健樂

潤枰上
七月三十日

八、三收覆。

致王貽蓀函（1945 年 7 月 31 日）

貽哥：

　　你廿七日發信收到。月姊也在問你處已能準備的何物，開列給我們一觀。而我們呢？也是說不出什麼是可用的。貽！我目下已有的可說很少，自己做好了二套內襯衣，有一丈五尺的白布，花紗布管制局買，你帶來的被面一條。如果你能將竹布帶來最好，不能的話，我可以準備好兩對枕套，裡面的枕心由你處買木棉。可是木棉裡面的棉子要揀清，最好還是我到後再做這事。月姊也問你已代我買好的那件料子是什麼顏色？能否將它帶來貴陽，我就可以再決定做一件怎樣的顏色了，這是我可以自己準備的。你買的床單買好否？是花的嗎？如果還未買好，也可以由我這裡買竹布做一條。其他什物一樣全無，還有龍安表兄能送花瓶一對及盤子四只，此外

的你再酌量的置辦吧，盡以簡單為原則，不必太多的，棉被做一條新的就可了。貽！盡以我們單薄的經濟下力求簡式，我們決不是愛虛榮的人，所以你也不必太為此事過分的費心思，你又為公事，多方面的費事最能乏人，你盡可能終以本身體力來衡事。

這裡也買了一個戒指，重約一兩四分四的樣子，全扁的如敏月哥一樣，就上面有雙龍喜珠的花紋。你說若是由你買兩個，或是配上我這已買的，全由你定奪。

貴陽雖然也是很熱，到晚上頗覺涼爽。昨、今日都因天雨又復涼了不少。

偉青姊曾有信來，尚未覆，待月姊一起寫。

家裡我收到了十月十三由無錫日戳的信，他們沒有講什麼，就希望我能多給他們信，可是我近數月來，老實說，我盡有你處較勤的信外，我沒有給他們信。我也想反正收不到，也就沒有寫了，我能心停後再給他們詳細的寫信，並且告我們的一切及預計。現在我也將這信附給你一閱，這是我爸爸的█筆，他年齡大了，好像記得明年要六十歲了，能夠我們回去賀他壽辰，那是多麼理想的。貽！你說？不多寫，祝你

健樂

潤枰上

七月卅一日

被——壹條就可了（被面可暫勿購用，已有你夠好的綠花面；包被用白平布可以了吧？我已購好三丈，是兩段的，再由你決好）。

墊絮——用舊

被單——已有勿購

枕——我已準備裕如，勿購

帳——不用

桌及椅等能借就可，勿購

面盆一定購新的壹個

茶杯等及枱上用具暫可勿購

熱水瓶可有可無

　　如零星東西也可以待當時需用再購，你說好否？這都是敏哥的主張。

　　毛巾、木梳、鏡子及香皂需買，牙刷我有很多，足可用了。

　　你要我的相片，我僅有這兩張在手邊，可惜都塗上色，還是指另外的？本星期我會帶了長學合攝一張，能好就單洗寄數張給你。

致王貽蓀函（1945 年 8 月 1 日）

貽：

乘這時有航空班，我從潦草中給你寫一封，關於我們的佳期一定如此的準備，到那時可以臨時決定，你說好嗎？

我們的什物盡以簡單為原則，待以後回家時攜帶許多太不方便，並且我們的用途並不是太多求的，又是經濟不能允許我們太多，是嗎？

我也可以託在重慶的同學幫我們忙，可好？祝

近好

潤枰上

八月一日晨

致王貽蓀函（1945 年 8 月 1 日）

貽哥，愛的！

這次附給你一張平等新約紀念郵票，你看美麗否？一套共有六張，售價仍照票面，很便宜。這裡貴陽售買風起很盛，據說竟有人將此四十四元購得，貼好到郵局來說幾句好話代蓋日戳，竟在外賣一仟元一套，此種我們做國民的真為此髮指。及長學二週歲相片一張，敏月哥就是這樣送我倆的了，說不另給你了，所以我先附給你看看，就存放你處吧。

今天我趕上航空班了，所以我草率的給你寫了一封，能很快收到嗎？但願能所望的，若是你也能在每星期三的九時以前，到星期二的信都可以投航空信。到星期三後，就沒有航空班，記得是每星期三有的。不多

寫，祝你

健樂

　　　　　　　　　　　　　　潤妹上

　　　　　　　　　　　　八月一日晚夜中

致王貽蓀函（1945 年 8 月 2 日）

貽：

　　七月廿八日發信收到，我曾有一信寄中央團部，不知能否收到？

　　我又得到米貼及補生活費，除給月姊外，我尚能餘三萬元，我還是給你去購物呢？還是存我處在貴陽買？最好買了須要我自己做的布物帶筑，否則等我到渝一定是來不及的，你說如何？

　　今天敏哥說再問你帖子是怎樣印的，最好有遠親的必得早寄去，以後我開好地址給你去寄出可好？另外當然我也會去信提及的。

　　我又想到我工作問題，這郵局工作畢竟能給我解決生活的，是有優厚的保障。到那時再有好的計劃吧，我也不愁這些，一方面請雨蒼伯，一方面還有劉穀蓀在壽陽，我可以佈置得較妥的，你說好嗎？最後祝你

健樂

　　　　　　　　　　　　　　潤枰上

　　　　　　　　　　　　　八月二日午後

致王貽蓀函（1945 年 8 月 2 日）

愛的貽哥！

　　為我倆的祝福，我已深深為此虔誠的祝禱著。貽！我能來到你身邊，我能得愛的親手撫摸，為我們內心的歡笑而興奮著。貽！我們有熱愛的擁吻顯現給我倆美麗的花朵。親愛的，我常常在睡時眼見你歡笑的心，緊緊的讓我投入你熱烈的愛懷裡，緊貼在你的胸口。貽！我回味到你曾給我的溫暖，想得有趣時，我就笑了。

　　關於東西什物，這要全由你在計劃了，我在這裡買不便宜，又攜帶費事。做枕頭的白竹布決定我買一點好了，你如果已買也可以留待別用。我的衣物都做一點夾袍就可以了，我這裡已做的是一件布料紅色，能夠有能力再做兩件比較好一點的料子也好，料子還是由你買否？洗臉盆我也沒有，這是要買的，這裡是一萬柒、捌到二萬肆的樣子，並不好。鏡子、梳子都需要，還有洗臉毛巾不可少的。關於你能買的也告我可好？如果遺漏我可以添增的。

　　本來我是完全為敷衍過日子，新物品我一天也不需求的添置，終抱著快回家的念頭。我也曾說，我一旦知道可以啟程回家，否將我一切破物買個精光，可以很輕便的回家，所以我是什物也全無。衣裝上我更不考究，以致我目前還是像學校裡一樣道地的戰時學生，現在想要就是太多、太費事了。

　　這次還是匯你兩萬元，不久恐怕還有錢領，可能的補給一擔米的米貼、借子女教育費，當我旅費用途，我可以完全計劃夠用。我能餘多就可匯你處辦理一切，可

是就苦了你一個人奔跑購買費心了。

　　親愛的！祝你晚安，並

健樂

潤枰上

八月二日晚上

　　你的地址近那一個郵局？這次錢還是待你有確定地點再寄了。

致王貽蓀函（1945 年 8 月 4 日）

貽：

　　七月廿一日發信收到。為了特別要保護我自己，董先生雖然尚沒出院，我已不去了。除掉每天去看一次小孩等好否，我晚上仍在敏月哥處睡，以免你念，也可使敏月哥放心。貽！若是我早不在貴陽，我也不會受到這許多的意外。走路的這件事，真也算給我鍛鍊的機會，可是我厭極，不想接受這好訓練了。

　　我近幾日中差不多每天有信給你，地址中組部及中央團部都是我想著就寫的，所以我不能記清那天是由中央團部的投交，望你知道。還有附寄著長學甥的二週歲相片一張，望你收到告我。

　　昨天是月姊生日，我們又是大吃麵，也算我們的借端作樂。

　　今天一定將錢給你吧，仍到兩路口去取，那裡容易取款嗎？枕頭竹布決定在明天星期日去買了。

　　你們在重慶的機關都不會家庭宿舍的，最好是能從早解決房子，這樣可以少費心。關經濟問題，我看問題

尚小，你說如何？

要下班了，不多寫。祝

健樂

潤枰上

八月四日

致王貽蓀函（1945 年 8 月 5 日）

愛的貽：

今天敏月哥陪我買好了白竹布，這七尺布化去九仟叁佰元，你說可觀否？還買到一段紅色綢，這是準備做我夾袍裡子。你已代我買的那布料能否給我做夾袍的？要是可以的，這夾袍就可以不買另外的了。因為我已做好了一件布料的夾袍，顏色都很好的，我們的被面，不是已經有好一條了？雖然顏色不太漂亮，也可以用了，並且可能蔡傑會送我們一條，所以這上面的開支又可省下另外用了，你說怎樣？貽！祇得準備一條棉被及包被的白布，像我這裡也有一丈伍尺的的白平布也可以充用。貽！能節省時最好，以免你有更多的籌算。枕頭心子這裡有壹萬壹仟一對的鴨絨枕心，若是重慶價格如何告我後，我決定再去買可好？恐怕以貴陽算的木棉價，還是買鴨絨的合算，又輕巧。

家裡你有空時也去信告訴他們吧，當老人家知道了我們已成的事，也會引以為慰的。居然用自己的力量完成了這一身的大事，造成了光榮的一員。貽！當我到達渝市時，我們面見時的情緒是如何的，我們會狂歡嗎？你說？

我們的帖子要早印好，遠的親友一定要早發出去，太遲了寄去反而不好。還有我許多同學處又怎樣呢？她們都能同我尚好的，當然我也會問過哲文她們再決定的。

我還不想睡，其實時間已經不早了。親愛的！整個的你都縈繞著我，使我整個的思想裡唯有你的心靈在伴著我。貽哥！一直在叫著這可愛的名字，貽哥！直叫出我心頭的熱烈，愛戀著貽哥給與我這心靈的歡笑。我為你忘去世界上任何一切給我的意外悲痛，祗要貽是永遠愛著我，瞭解、互諒我。親愛的，但願我們能做到互容，為兩人的幸福立基石。

親愛的！為我的忠實吻你，為我倆在今晚共在甜夢中，讓我倆有熱愛的擁吻。貽哥，祝禱你的
更樂與健

潤枰上
八月五日晚

致王貽蓀函（1945 年 8 月 6 日）

貽：

八月一日信收到，你所計劃籌措也給敏月哥看了。他們意思說，關於被，你做一條較大的就可以了，被面可以不再買，因為蔡傑可以送的，包被就由你置添。房中茶具也可以省的，到當時看情形，如有人送呢，在臨時買起來也可以。當日婚禮開支將發多少帖子？備多少開支可以抵？枕頭心子一定我去買了，你可以不必買，一定是我買。匆上，祝

近好

潤枰上

八月六日午後

致王貽蓀函（1945 年 8 月 6 日）

貽哥：

家裡的信我也寄出了，並且告訴了我們的決定計劃，以及外婆家裡也說過了。我們盡量籌措就可了，要時間不夠我們可以延至十一月、十二月也很好，不要將你累得太很。我們以有一分力量準備一點，你這樣的累法叫我怎麼能放心呢？時間延得長些，也可以充裕。我們不必拘於雙十節那天，並且那天一定有更多的人選作佳期，一定很擁擠。貽！我為了看你忙累太利害，還是酌量延期到十一月可好？

購置的什物，被一條，備有棉絮及包被單就可以了，被面已有。枕我已購置好，你可省下。床及桌椅你的預計中，茶具可不必，臨時再說，這是敏月哥主張。買一個洗臉盆，梳裝具需要。當日支出能把握住將量入為支出就可了。我的衣服就困難些，能多置最好。我有一件夾袍及長袖袍，呢料或綢的襯絨袍，尚需一件短外套。我的皮鞋需買，你也得買一雙較好的。襪子、洗臉巾、小手巾都需少數的。還有床單子是否已置有？最少有一條花床單用，多也不必。這些你再酌量配用。

關於籌款事，敏月哥也不贊同向家裡劃用，一方面通信不通，又是折合上很周折。這個可以慢慢再籌，若是我仍能工作郵局，想經濟問題在我們簡化的家庭裡也

可以的。我們不必太糜費的，有的人簡直就一無計劃，
也就結完婚了。我們能力求簡單為原則，你贊同否？因
為我終不以你多籌措為苦，簡化我們為上策。

　　面議雨蒼伯，我當去一見。你既然太忙了，可不必
你再寫信了，問後詳情再告你。若敏月哥同來重慶，必
可解決我們許多困難，並會主持得更好。今天信寫得太
多，不能再多寫了，祝福
我倆的愛

潤枰手上

八月六日深夜

八、十八覆。

致王貽蓀函（1945 年 8 月 8 日）

貽：

　　三號發信收到，若是我們準備不及，就延至十一月
也是可以的，不要將你累得太很，我怎麼安呢？現在祗
有集中我們的資力，不必要的省去，能多留存一部份錢
在我們婚後富裕些較好。尤其在當婚禮日那天把握住準
備這部份的現金，絕不能有超出。

　　現在我想能積餘起來較好，我買了一件衣料就可以
的。做長袖需八尺，短袖需七尺，你依這個尺寸買好，
待我抵渝後再做，我的皮鞋也到渝來買，你呢？你也得
買好一雙新皮鞋的。我們較遠的親友先發帖子，地址用
你中央團部的。在本市親友，我方面的待我到後再決定
發給她們就好？

　　我再說一聲，被面可勿購，被絮你就買一條也就可

以，包被布我已有三丈白平布可充用，枕頭我已完全準備好，已在開始做了，枕套我可做，就二對的。貽！我們能簡省就省些，何必在經濟上掙扎呢？還有同家裡劃款，我當然去探聽，不過恐怕不容易有這樣的顧立。通信無法通，每封信有一年或八、九個月，並且斗量是與家鄉的不合，這裡面很難計算了。貽！我們還是簡一點吧。至於婚後的家庭基金，這我仍可工作，生活費可以不擔心了，何必這個基金在呢？何況放一個時候的經濟決不可預的算的在用。

敏哥又問我們介紹人要發生笑話了。在書面上及登報還得華欽文、徐雨蒼的，怎麼可以換呢？請克誠等代是可以的，我的主婚人要請翁先生代理，你說可以嗎？

想我們兩人都是從一星期中往返的信札中來商討我們最重要的一件事，不避艱困的在做。我就迫於郵局的工作，不能常在你身旁作我們親密的討論，這是我最不能使你慰藉的。餘續談，祝

樂

潤妹上

八月八日晚

致王貽蓀函（1945 年 8 月 10 日）

貽：

中午回去的第一聲，敏月哥都告訴我說日本無條件投降了，我們都是興奮得連飯也吃不下了。在十二時半以後，街上充滿爆竹聲，一種歡騰的人聲使人興奮，使人忘去我們已有八年流離的痛苦。我們很快的將家中收

拾好了，鎖門進城裡去，每個人面上光煥發的驕態，
都喜悅得什麼似的。滿街國旗飄揚，爆竹味刺激得人更
興奮。一直到這時，我們剛巧來了三、四個美軍顧客來
集郵，乘機問一個仔細，他們說這不確的謠傳，尚沒有
正式此訊。所以不久滿街的外國旗暫時收起來，恐怕這
是為期不久的興奮消悉傳來了，你們重慶也有這樣的情
景嗎？告訴我們。祝你

平好

潤枰上

八月十日

八、十八覆。

致王貽蓀函（1945 年 8 月 10 日）

貽：

八月二日信收到，昨天我要附兩張我的相片，結果
是忘了。今天是附在裡面了，是否能適合你們要用的，
快告訴我。

我又見你說就要去購物，這信到時也許已購妥了。
我告你的在我處所有，你能知道了嗎？已有的當然不必
再購，有許多小零星也不必購，存儲現款到臨時準備
金。關於向家裡劃款，我會向雨蒼伯處量議，能有劃戶
再好也沒有。如無門路，我們就慢慢說，不將這筆收入
在預計之內。

我預計著時日畢竟還有兩月，這也算是充分的時
間，我們不要著急時間不及，若是真的來不及，也就延
時可以的，何必將你忙累了？何況我們為簡單為原則，

所以貽，我見到你忙的情形，又為這件事的忙，我不能
放心。我一直在念著你，惦念著你在獨個兒奔跑。貽！
我愛你，你要多多適當的休息。祝
健樂

潤枰上
八月十日午

致王貽蓀函（1945 年 8 月 11 日）

貽哥：

昨晚貴陽歡騰的氣象，空前所未有，這每個人內心
真實的流露所集成，弄得大十字馬路水洩不通。盟軍在
車上、在馬路旁，手中握著酒瓶在狂飲。大家做著高呼
的手勢，將內心的興奮都叫出了。一群小學生整好隊，
唱著「義勇軍進行曲」。整個的城市差不多要鬧翻
了，想重慶、昆明也都是如此熱烈的情緒。貽，我們
都興奮。

我們在這整晚都沒有安祥的合眼，設想著返家途中
的情狀，見到白髮脫齒的老父，我想一定會抱頭狂歡流
淚的。不說別的，像昨天自午後起，我一直感動流出淚
來，所以我沒法安眠了。貽！我更可告慰的，有了你，
有了我生命中的至寶，他將伴同我返回家園，也許可說
我八年中所獲的成功，就是你給於我的愛。你也一樣的
感想嗎？勝利必竟不輕易發放的，一定是賜與奮鬥的人
們的。

我們的婚事，你有另外的計劃嗎？一定在重慶抑或
一直等我們回家後，讓老人們去主持，也給他們一個眼

見此事的成就而自慰。貽！我還是依從你的主張，祇要有你的樂意，我什麼都可以答應，貽！一切你決定好。

敏月哥也是歸心如箭，可是擔心著如何的回法。你還是一樣的忙於工作嗎？貽，願你為我愛中得到你的慰樂而恢復疲勞。最後祝我們勝利的笑容。

潤枰上
八月十一日晨

致王貽蓀函（1945 年 8 月 12 日）

貽：

兩天來的狂歡，今天還是有點餘燼未完。街上仍是歡騰熱烈，見報載重慶也有盛大的歡狂，一定有的，你也在中間跳躍嗎？這是真樂。

今天雨蒼伯也來這裡，是為了我倆的婚事，他主張大局決定後再說，就是將我倆工作地點安妥在一起就回家一次，婚後再出來工作。他就主張回到家裡的主張，他完全為節儉的打算，所以等待你如何的決定好吧，我終為愛你以求我們的歡樂與得體。他還供獻意見為我工作上，說可先託一聲孫文俊同鄉在總局做股長，不知那一股不清楚，能先提一聲，到復員時可以方便在志願之內，並且內部的人終是容易說些。貽！若是可能的話，你便中向孫文俊先生說一聲。因為孫文深已先回陷區，現在祇有文俊是可靠的同鄉在總局了。別的待明日見你信時作覆，祝你

晚安

潤枰上

8 月12 日

致王貽蓀函（1945 年 8 月13 日）

貽：

　　得你八月九日發信，你已經將一切物品買好了。貽！這完全是你的心，你深愛的心，我深感接受。貽！我也明白你全為我的誠意，所買物品都為我主體，可是你太專一化，以致全用在化裝品上，其實有許多是重複的用了。恕我也老實的招出，還有些可以省略的，並且我不會愛常用化裝品的。貽，我一直到現在從來沒有買過一粉或霜，這次你居然為我買了這許多，的確是我平生的首次。更有你在去年來筑時送我的那瓶粉，我是第一次嚐試，正像我倆的初遇一樣。

　　現在勝利之聲著著迫人，這是刺激的、是興奮的。在敏生哥的估計，這次復員的速迅也是驚人的快，是否能在雙十節，你們中央機關仍在重慶或已搬南京了？貽！我們這樣的討論你能早告訴我嗎？並且你也將床及桌都買好了，這是不能移帶的笨物，我們該怎麼辦？一切你早告我。

　　你其他物品可以暫緩選購，勝利後物價會跌的，你還要預備的東西快些緩些時再買吧，待我來後也可以買的，你說可好？

　　我衣服也慢慢再談，到那時我一定可以按時去做，就是到那時的局勢一定是兩樣了。我等待你給我好的消悉，決定我們回家還是在外完成我們的事。

　　貽，想不到我會能同你結伴返家，是多麼光榮的儔伴。貽，當我倆同伴在途中時，心中平靜的歡樂，我們將怎樣的來流露。貽，愛的，我唯有你的愛是充實了我。在我唯有奉獻這忠的誠，貽！我的愛！你也會因是次勝利之速而驚駭嗎？最後祝你

健樂

潤枰上

八月十三日晚

八、十八覆。

致王貽蓀函（1945 年 8 月 14 日）

貽哥：

　　你能答應我，待我們回到家裡去結婚可好？這次太快了，意想不到在雙十節之前就可以回家了。貽！你想到那時大家都是忙著回家心切的情緒，還有我也得等待局方的調派了。若是我走開了，對調派的消息又得隔膜。所以我這樣的主張，你是意為如何？反正返家後什麼都可以安心了，並且還有大人們扶助，否則你太苦了，盡是你勞碌，叫我心裡怎麼能安呢？愛的！你決定的怎樣？還有你們復員的情形是怎樣情形？

　　敏月哥決定在年內回鄉的，計劃由重慶返蘇為原則，你是怎樣在打算？快告我。

　　家裡也給信了，告訴他們最歡樂的消息。今日是正式公佈投降覆文，到受降典禮時又將有狂歡的情緒了，這次真使人興奮。

　　一切盼你詳告我，我深念中。祝你

更樂

潤枰上

八月十四日

八、十八覆九月五日來渝決定。

致王貽蓀函（1945 年 8 月 17 日）

蓀：

　　積壓的心境等待你能來信。今接你十三號來信，並附有仲卿伯伯給你信，這真是萬金家書，現在仍附上給你。

　　我也問你是否待回家後完婚，可是你又在無所見的待我決定。我很想有你在重慶能得一遊，可是並非一定在短期內成功我們的婚事。現在既然能有回鄉希望，還是由家中的熱烈主持，也用不著我們的辛苦籌劃。蓀！你呢？你到底如何決定？你還是想在重慶草草完成我們的願望，還是回家拖累父兄們呢？在這許多矛盾之下，我不能自斷。蓀！最好讓世界上沒有我這樣一個人吧，否則我將是所有累事之源。我恐怕祗有累你的事，而無助你之成，我自愧。

　　蓀！我聽到有人推測這次共黨將乘機倒亂，外患方平，內憂復作，居心之毒，何以上天容其存也？蓀！我很為這事氣憤，一旦有這種發動，我決不能坐忍。見了日寇的侵入，也許是鄰里之間的掙扎，情有可原。這種手足同胞的自相殘殺、爭權奪利，不能以這次抗戰而互諒，還來從臨危時挑釁，中國不幸，我們不幸。餘不一一，祝

近好

潤枰上

八月十七日

八、廿六覆，八、廿七再覆。

致王貽蓀函（1945 年 8 月 20 日）

貽哥：

　　這幾天來的郵件及匯兌把我們二支局整天忙個水洩不通，應該今天白天就給你寫信的，因昨晚我要早睡，這一整天中忙到六點半後才能返家吃晚飯的，你十六、七兩日信都到這時才能安心看過。

　　復員的空氣很濃，葛飛已發表貴州管理局局長，但尚未來接收。到正式後到來日復員大定時，我能先給他留心好，恐怕一定能有希望調到蘇省。貽！到那時你能平心靜氣的代我寫一封信給葛飛，能有復員的名冊決定時，能代我留心安插到你同一城市可好？這可以在下同裡辦的，或者我知道葛飛來接事後的情形再告你。

　　我們的婚事，還是回到南京去不是更好嗎？敏生哥也是這樣的主張。你想你現在在渝市，正忙於整裝待發的模樣，我們再來熱鬧這些事，人家也沒有多少心思顧及。愈其草率從事，還不如回到南京去同國慶同慶不是更好嗎？就是可惜你已買好了床及桌子，將來又得買一套。貽，以我的念頭還是決定在十一月、十二月最好，時間也不太久。而且新都的南京也是容貌重修，會更壯重，而且你的許多長官、同事、同學也是多數在首都的，不也是不失你的願望嗎？貽！我不贊成這樣匆促的

我就來渝就結婚，在人家看起來好似弄到迫不得已非結婚不能免的情勢樣的，貽！我決不這樣。敏哥也說到決定好日子後我就可以請婚假，奉家長命返籍結婚，這沒有可以不准的理由。貽！你會因我的答覆而失望嗎？愛的到那時待我們在一塊兒的時候，我一定會補償你這次的失望。貽！一定要使你受到我全誠的愛的補償，貽！記著磨折愈多的成就才是愈真的，你說對不？希望你再有考慮。

敏哥說你一定是在你處，許多人都知道你有這次的喜事，好似不能不做到似的。其實你又沒有發帖，根本就不在乎，你盡管說我不能准假所以中阻了。

關於我如何回鄉，我知道你還不能帶家眷，並且得先要你們去籌備就緒開國民大會的，決不會給你准假自己反里或帶了我同行。能夠給我們有好的機會可以同道而返最好，不可能的話，我再等待郵局動靜如何後再決定，或者同鄉親戚返鄉的更多。大理龍安表兄已早約好等待同返的，還有敏月哥、劉穀蓀家裡都可以。貽！你為你的工作去，不要掛念我的，我已能自立，已有這樣大的人了，當然不像從前一樣的沒勇氣，一切我自會照料，你勿念我。最後祝你
好

潤枰上
八月二十晚

廿八、晚收。

致王貽蓀函（1945 年 8 月 22 日）

貽：

當這信到時，想這信前兩封也早到達你處，我們還是決定到南京去吧，就是就現在在重慶一筆住家費，你到了南京也不是仍然這筆必要的錢去化費嗎？愈其匆匆的在重慶，還不如富裕的到南京呢，那時我也許由葛飛的幫忙，允許我准假東歸。

現在局裡業務忙極，得我請假允准恐怕難極，並且對於我沒有理由的請假，我就無法啟口。請事假固然不能，請病假不能離開本埠，若是我一旦離局而走，許多人都會說笑我，許多我也正考慮了，許多不能得一個自解。我何尚不喜歡早讓我們歡敘嗎？

為了得這期空班，不多寫，祝

好

潤枰上

八月二十二日

廿八日晚收。

致王貽蓀函（1945 年 8 月 23 日）

貽：

終於這張不能兌現的支票由我開給你！你在怨我嗎？這筆給你精神的損失，你要希望我怎樣在可能情況下還給你，由你向我支付吧。可能月姊會給你一信，將我一時不來你處的原因說一點。

我不能再向你說什麼了，希望郵局的調我在你同行時，這不過是空想而已。一旦路上通行後，我能立刻就

走，走回家鄉一舒我胸中悶。別的我不多寫，祝你

更好

潤枰上

八月二十三日

廿八日晚收。

致王貽蓀函（1945 年 8 月 23 日）

貽：

若時你們在重慶能耽擱較久的話，也能使我們有充裕的時間，否則匆匆忙忙又得整裝欲發之勢，又得我們婚事的忙，這又何必呢？還不如安安心心的到南京去呢。當然時間一定在半年左右的，這樣下去我也明知道在你我之間祗有在遠距離中。貽！要是在九月中你們首都部分還沒有多大移動（聽說元旦前國府遷南京），我們仍如期舉行好了，在我的親友間還是要發帖的，否則我瞞住她們是很不好的。你決定怎樣？希望敏月哥的信早給你，以解你日來的迫急。

最主要的，我們婚事並不是在匆忙中收拾起來的，你說對不？

祝你

安康

潤枰上

八月二十三日午後

廿八日晚收。

致王貽蓀函（1945 年 8 月 24 日）

貽：

　　今天收到我爸爸的信，他們在家裡還要什麼出口生訂婚等。這是他們九月廿八日寫信，恐怕也知道了我們已訂婚了，也就簡省的。我也常去信要他們不必的，你說對否？

　　爸爸一股辛酸全在這次信裡，悶得不得已告訴了我，又恐怕我不快樂，又連連的說要我自己快樂自己。終至我父老、弟太幼小、哥哥沒有受到嫂嫂的得力，我又不是男孩子。老實說，這次我對家裡全建的希望，我全被你的愛所打消了，我惟有你處已定，我也不能做一個不明理的女人，更不能受一般人倚靠式的拖人下水，除否我能繼續我這份的事業，也許對老父有點幫助，否則我祇有一生中僅有的遺恨永在心頭不語了。

　　我也寫給哥哥一封長信，他聰明能領會最好，反正我可以不久到家了，一切可以明白處理。願貽哥也助我，想你也一定能樂意的。

　　要是你尚能在重慶兩個月，並且能帶我一起走，或者我請調一起走的話，我一定待你來電報告我後請假就到你處。我想你考慮得確當嗎？速告我，我已可以無問題的離此，因為能請到婚假的。我已累極，祝你

樂

　　　　　　　　　　　　　　　　　　潤枰上

　　　　　　　　　　　　　　　　八月廿四日夜深中

廿八日晚收。

致王貽蓀函（1945 年 8 月 26 日）

貽：

22 號信收到。你講的很詳盡，可是我為顧及到許多許多，我要遲遲的不得來了。貽！你會恨我嗎？會恨我僅開出了不兌現的支票。有什麼希奇的？貽是否會這樣想的？可是我在這許多的顧忌中，我的起程日期不能立斷。

貽！若是在我最近期中離貴陽，我有電報給你的，不著急。在決定明日上車，就在今日下午五時後，我就發電報給你。貽！我到了重慶再給你電話告訴我到了的地方，那時我們會樂聚了，真有這樣，你也快活嗎？

許多不再寫了，祝你

快樂

潤枰上

八月廿六

8、31 收。

致王貽蓀函（1945 年 8 月 28 日）

愛的貽哥：

二十四日發兩信我都收到了。貽！我的確陷於矛盾之中，敏哥見了我這樣的情形，也為我作辯論似的，直談到夜中一點鐘。許多理由我可以後面告你的，所以我曾寫好的二十六號晚的信我就又遲疑下來不發了，我再想能等待你的來信究竟給我有怎樣的意見。現在你給了我最後的勇氣，我已經決心來你處，你高興嗎？在月初中能啟程坐西南公路局車子，票很男買，許多許多的話

就讓我們慢慢談吧。蓀！我完全接受你的願望，希望你不焦慮。

可是你得準備好帖子，祇要你決定好那一天就可以了，我也附給你一份所有的通訊處。固然我並不是要打擾她們，也是我同她們一點情感，不能將她們最希望我的一件快樂事，不知道中過去了，我想能在我們日子之前就通知到。蓀！你一定首先寄這許多地方的。不多寫，祝你

□□

潤枰上

八月二十八日晚

<u>8、31 收。</u>

致王貽蓀函（1945 年 8 月 31 日）

□□

得你廿六日發信，我已在月初動身的信早告訴□□□航快發出的，你收到了吧？我們日子最好要近一點，因為在我呈文上寫明九月中旬，所以月初起假可以了，要是等到十月一號，不是又不附了。他們要由總局派人來調查的，為了局裡有一個記載。蓀，你決定好的，發了帖子就算，我不要另外加意了，你說對不？關於在重慶城裡，我方面同學親友的帖子還是我到後再發好了，我先給你的通信處較遠的，你就先發吧。

登報的介紹人一定仍得徐雨蒼、華欽文，否則要不相稱，弄成笑話，這敏生哥一再說了。我一定是八號

〔中頁亡佚〕

　　開車到達時我再通知你，最好有你的電話號碼，否則你能算到十號下午可以到海棠溪的話，你得跑一躺了。要是我能容易先找旅館後再找你，你可以不多多跑。貽，你看情形去，不要太為此急的，我一定很好而順利的到你處。匆匆不多寫，祝
近好

潤枰上
八月卅一日六時

致王貽蓀電（1945年9月1日）

9月1日

下午16時50分筑發出

渝

特快。中央團部編豢室王貽蓀，假已准，濟離筑，婚期
改申舋。枰。

圖4 杜潤枰致王貽蓀電（家屬提供）

致王貽蓀函（1945年9月）

貽：

　　我得恩謝上帝賜給我這份赤心。貽！你二十七日六
時及十二時信、二十九日午後信我都一一讀到。貽！是

我到電報局九月一日十四點鐘時給你一個特快電。當我急匆匆的去上班，已經有許多顧客擁擠在外面，睢一個人忙亂的在做。她遞給我了這封美麗的信，我祗有欣羨的看著外面你精神的字體，手中忙著的工作我不能丟下，讓一陣稍稍應付過去。我看了，愛的，我樂、我祝禱著這將給我們樂敍的事實。親愛的！最近半月來我們都苦，你呢？你會比我更苦，貽！我也知道，因為我不願給你說出空論了，所以我迫得不敢提筆，事實上我很知道你念我的深，一定懸著不安的。貽！當我到你處後，你就向我取回你所有的損失吧！貽，祗要你喜愛的、我所有的，我一切獻給你，補償這次的不安情緒。

還有你中央團部的電報掛號也立即告我。

敏月哥住的是貴陽環城西路85號樓上，你信可以直寄這裡。

在我接到你廿四來信後，我就決定請假了。本來想立刻走就好，手續要清澈，所以我還是待到八號的車子走。貽！我一定在八號走，可能還可以七號走，那時我有電報給你的。坐西南路局客貨車，說是新車五輛同時開，準二天半到，並且是酒精車。所以貽哥！你不必先來的，到站後我會先給你電話，告訴你後你再來，可好？否則你空空的走我會不安的。親愛的，是否我們決定九月廿日（中秋），因為我假條上是九月中旬，他們還要派人來調查怕太延遲了，我又會受到枝節的。你是否印了十月一日的帖子？最好是改成九月廿日的。貽，一定這樣，並且十月一日的日子很不好，是敏哥看曆的。你一定將改了，我當然在九月中旬前就會到，時間

很充分。

　　貽！在一件懸著不決的事放在心上，比一塊緊壓的石頭還得重。敏哥給我們的參加，我曾又遲下□□□□□□□□□□□□□□□□我不好。

　　讓這幾天的日子快過去，快樂的日子就來。貽！婚事我也不愛有怎樣的鋪張，在先我所說過的「匆匆的結婚及勢非不可」，因為我想能夠等到返南京一樣可以自己完成我們的婚事。那時我可以請婚假回籍結婚，也可以經調到那邊，所以敏哥完全贊成這樣的步驟，所以我想再看你的方向和決心如何。親愛的，你已如此決心，我是應該使你有我這忠誠的愛滿足，我恨不能立刻飛入你愛的擁吻裡。愛！我要你樂，將你累極了的辛勞，讓我吻你、慰你，也要你慚慚肥胖起來。貽！因此我要立即就到你身邊，由我看護你，現在我們可以高歌，我們快樂的來了我倆心中，是嗎？我又恢復了先前的笑容，貽！愛的！你是如此嗎？

　　貽，還有許多，讓我們以後慢慢談吧，我們是上帝聖潔的孩子。最後祝你

　　□□

　　　　　　　　　　　　　　　　　　　　　　□□

致王貽蓀函（1945 年 9 月 3 日）

貽：

　　今天勝利日的公佈，貴陽慶祝的節目一一的熱鬧著，我仍是值班，所以忙的情形更加了紀念日戳的蓋印。馬路上花花招展像過新年，八年的積怨由十分鐘的

解除警報完全解除了。我想到你們重慶區的熱鬧情會更盛，是不是？

貽，我已決定八號動身，坐西南路局的客貨車，準二天半的。我們歡敘在即，內心的歡樂會比今天共同慶祝的更興奮，是吧！

現在我要一定舉行我們的婚禮是在中秋那天，九月二十日。帖子印好了嗎？日子有沒有印就的，最好是改過來。貽，我一定是能在十一、二號就可以到，這是最遲的，如期的話，我可以七號下午到。貽！你一定要改的，不要猶疑，我已有如此的決定了，而且這天的意義比十月一日的要好得不知多少。而且十月一日同十月十日又有什麼來不及的，何必要早呢？我早到你處完全是因為你，我的至愛，才需要我早走的。所以這中秋是多麼好的，能有親友的敘樂，也是中秋為佳。你一定改，好不好？

今天也收到爸爸信，我所寄回的相片及啟事都沒收到，你寄回的全收到了。他們都看見，當然很為我們快樂的。還告訴我有一位表姊的消悉，她在重慶美專街七號後進，柯健之（表姊夫）問祝月霞就是的。如果你近的話，有空去看他們一次，沒有空也就作罷。我到重慶後可以我們兩人去的，你說好不？表姊對我好極。

餘不多寫，祝你

好

潤枰匆上

九月三日勝利日

致王貽蓀函（1945 年 9 月 3 日）

貽：

　　這時的我內心中要比此時他們在火炬遊行人的內心還要熱烈。貽！世界上祇有我倆的存在，也祇有愛的貽哥可以主宰了我此時的心境。愛的！我唯有慢慢的從這紙上道出我將炸烈的熱情。貽！我倆將不到一星期就是可以讓我們真的能擁吻在一團烈火中了。貽！你我再也不要兩地的苦思中了。貽！你放下這夥不安的心吧！盡量讓我們安祥的互愛傾訴中來輕鬆這久壓的心境。

　　貽，你就安心在你工作上，也不必為我再寫信了。因為我一定不能收到了，你說對不？希望你多工作些，待我到後一定不會安心工作的。起馬你得陪我出去走走，是不是？愛的，我會不斷斷的給你信，使你放心可好？今天得你30晚的信，希望我們婚禮的日子一定改在九月廿日（中秋）。你一定得改，恐怕十月一日你想那時機關又會搬走一點，這不是很不好的？一定改，記得一定要改一下。

　　表姊處我知道了地址也就好找了，這是我得到家裡信中最高興的一個報告。

　　貽，你知道我家裡有多少大小，他們告訴我說有二十一個人，連我在內。這個龐大的家，如此時勢下不知怎樣在維持的，真正人丁興旺，我回去有大半人不能認識了。他們望我的心真切，他們常為我僅這一個人是不在身旁的，念我的心在每次信上可以見到許多的深刻念情。

　　別的再待你信後續談，祝

健樂

　　　　　　　　　潤的祝福
　　　　　　　　　9 月 3 日勝利日

致王貽蓀函（1945 年 9 月 4 日）

蓀：

　　你卅一日午發信收到，並且有我爸爸的信。老人家為我的關懷無微不至，他們終以我單身的苦。其實做人是苦，能要自己有目標的努力，那怕這許多經濟的苦呢？無人照應，他不一定是苦的。爸爸為我這遠途的旅客會時常不安的，我不孝之罪無可再能掩飾了，但願我這忠誠的祝禱賜福與健樂給他們。

　　蓀！你將英勇的決心賜給我樂願的愛嗎？我們一定要有一、二年幸福的生活過過，否則我們會全在生活上累苦的，由我們兩人共同工作著，多麼輕鬆的日子呀。當我見到敏月哥兩人共同勤奮的情景，也有為孩子累的生活不能舒適，也許這也是抗戰期中的現象，此後也會好的，你說對嗎？

　　這兩日來，我是飽足中收你的來信，我知道你近日來情緒一定不會平衡的。蓀！我們都是這樣。

　　我冷靜的一想，我們很被經濟限制的。我一切都得到重慶來做，我並沒有在貴陽做一點衣，連平日穿的也馬虎將就。因為我渴望著回家鄉去，不想多帶東西累。這次我真的要到重慶了，反而身上仍不能整齊。蓀，當你見了要驚駭的，怎麼做了年來的事仍是身不能顧全的。蓀，你原諒這樣的襤褸。

今天陳局長一定要客氣送我們四仟元禮，我不好意思一定謝過了，並且我還是整日在一起，我拿了都不好意思的。

別的不多寫了，祝福你

健樂

潤枰上

9 月 4 日

後　記

王正明
王貽蓀、杜潤枰長女

　　記得自母親過世後，父親的身體狀況日益衰退，雖有妹妹正華從旁協助，但因我倆均在職中，仍深覺有所不足。俟我一屆滿服務年資，立即申請退休，可全心在家照料陪伴父親。

　　我們相處三年餘，罹有巴金森症的父親已身體僵硬、很少言語。在這之前只有妹妹尚能與他簡短談話，因妹妹常與他交談八年抗戰前後的問題，由此父親將其珍藏近七十年的日記、信件、證件……等交給妹妹。妹妹翻閱後，曾書寫三篇與書信等有關的研究報告，後因原本的其他研究工作，甚為忙碌無暇整理。而這些文件多為原始手工裝訂，已有鏽蝕、鬆脫現象，文字為行書或行草書寫，直接閱讀頗有困難，且有散落之虞，亟待整理保存和掃描存檔。

　　這事務性的整理、歸檔工作就落在我的身上，我利用父親睡回籠覺、午睡時間，專注的將這些文件，一一裝入分頁資料夾，並掃描建檔後，又逐頁逐字輸入電腦，建立電子文字檔案。

　　歷時兩年餘，父親的身體急遽衰退，我照顧的時間加長，而停頓了整理工作。待父親逝世後，雖恢復工作，但速度趨緩，再加二年後妹妹遽逝，我亦在其後二

年罹患重病，使我動力日衰。現身體雖已康復，但年歲漸長，後繼無人，正煩惱這批寶貴的抗戰民間史料，何去何從？

某日忽接獲一通電話，讓我重燃希望，是妹妹的老長官——國史館前館長呂芳上先生來電詢問：「因成立民國歷史文化學社，專門集結出版以抗戰時期為主的史料。願否提供正華發表研究報告的原始資料，協助整理並付印成書？」我當然欣然接受，立即簽約授權，並提供所有已整理與未整理的各類文件數十冊。

當年父親因祖父的臨別交代：「人在外地，兄弟姊妹要保持互相聯絡。」大哥（桐蓀）的提醒：「你要保存每一封接到的信。」所以父親從抗戰伊始到勝利還鄉，保存所有來往的信函和各類文件，大陸變色時，信函文件亦隨身攜帶來台，日後隨著職務、住家的變動，從高雄左營，而臺北市、中和、新店，遷移不下十數次，都妥為裝箱運送。記得有年九三暴雨，家中遭水淹至膝蓋上，損失了部分老照片和日記，殊為可惜。

這幾本日記是抗戰中期的，民國 28 年的日記是母親跟隨外祖父於民國 26 年底逃難至湖南長沙後，不願再隨家族返回老家——江蘇江陰，爭取留在後方找尋復學（初二輟學逃難）機會，經同鄉安排進入後方軍醫院擔任護士工作，安頓後所記錄的生活及就學奮鬥日記。一位十七歲的女孩獨力掙扎在因戰事受傷後送的傷兵世界，並努力尋求讀書機會，最終完成高中學歷，還進入嚮往的貴陽醫學院，但只就讀一學期，因經濟接濟不上而休學，為了生活考上郵局任職，成為她一生的職業，

但也因此認識父親結下良緣。父親則是在民國 26 年底隨祖父逃難到湖北武漢，進入湖北省政府辦理的鄉政人員訓練班，受訓後分發至江陵任職，後為尋求新出路轉往湖南沅陵，不意錯過考期，只得暫去電訊訓練班受訓，因表現優異獲得保送，正式進入軍事訓練班接受訓練。時已民國 30 年，他翔實地記下之後的軍旅的生活。希望父母在八年抗戰期間點點滴滴的手稿記錄，能為那一代苦難的中國人留下見證。也讓苦心保存這些文件的父親，在天之靈得到安慰！

在此非常感謝民國歷史文化學社社長呂芳上先生的賞識，暨全體工作人員的辛勞整理，使得父親、母親的珍貴手稿能出版面世，為八年抗戰留下片羽鴻爪，見證那個時代民間的實況和心聲。

民國日記 26

關山萬里情：王貽蓀、杜潤枰
戰時情書與家信（二）
Love Letters and Family Letters: Wang Yi-sun
and Tu Jun-ping on the Home Front - Section II

原　　著　杜潤枰
編　　者　民國歷史文化學社編輯部
總 編 輯　陳新林、呂芳上
執行編輯　李佳若
文字編輯　高純淑
審　　訂　王正明
美術編輯　溫心忻

出 版 者　🛡 開源書局出版有限公司

　　　　　香港金鐘夏慤道 18 號海富中心
　　　　　1 座 26 樓 06 室
　　　　　TEL：+852-35860995

　　　　　✿ 民國歷史文化學社

　　　　　10646 台北市大安區羅斯福路三段
　　　　　　　　37 號 7 樓之 1
　　　　　TEL：+886-2-2369-6912
　　　　　FAX：+886-2-2369-6990

銷 售 處　源流成文化 股份有限公司
　　　　　10646 台北市大安區羅斯福路三段
　　　　　　　　37 號 7 樓之 1
　　　　　TEL：+886-2-2369-6912
　　　　　FAX：+886-2-2369-6990

初版一刷　2019 年 11 月 30 日
定　　價　新台幣 400 元
　　　　　港　幣 115 元
　　　　　美　元　15 元
I S B N　978-988-8637-41-6
印　　刷　長達印刷有限公司
　　　　　台北市西園路二段 50 巷 4 弄 21 號
　　　　　TEL：+886-2-2304-0488

封面書法字來源出處：
中華民國國家發展委員會，CNS11643 中文標準交換碼全字庫
網站，http://www.cns11643.gov.tw